光文社古典新訳文庫

芸術論20講

アラン
長谷川宏訳

kobunsha classics

光文社

Title : VINGT LEÇONS SUR LES BEAUX-ARTS
1931
Author : Alain

『芸術論20講』　目次

芸術論20講

1講　体系

（一九二九年十一月五日）

わたしは芸術という広大な領域をいま一度探険しようと思う。理解するのがむずかしく、謎の国であり、もの言わぬ形の国だが、少なくとも、それについて書くのはさほどむずかしくはない。一つの美しい記念建造物、一つの美しい交響曲、一つの美しい詩、一つの美しい肖像画、一つの美しいデッサン、一つの美しい彫刻を挙げることはだれにでもできる。それで十分だ。いくつかの実例さえあれば、そのあいだに類似ではなく対立と相関関係を見出すことによって、ある種の見取図が浮かび上がるからだ。とはいえ、わたしとしては研究に着手する前に、二人の著者が必要不可欠の案内役となることを言っておかねばならない。『判断力批判』のカント（一七二四―一八〇四）と『美学講義』（ベナールの仏訳が手に入りやすい）のヘーゲル（一七七〇―一八三一）だ。カントは美の分析と、美とは区別される崇高さの分析とを申し分なく進めている。読まないでは済まされない書物で、わたしはその内容が知られていることを前提にして話を進める。ただし、わたしは崇高さを美のうちに再統合するつもりであることを言っておかねばならない。カントは二つを区別するが、区別することが再統合を準備しているようなのだ。

ヘーゲルについては、実例の提示がいつでも驚くほど洞察に富み、説得力があり、わたし自身、学ぶところが多かったけれども、かれの歴史観を導きの糸にするつもりはない。その概略を振り返っておくと、最古の芸術が「象徴的芸術」で、建築を主体とする。中間の芸術が「古典的芸術」で、彫刻を主体とする。現代にまで続くのが「ロマン的芸術」で、絵画と音楽にその特徴がよくあらわれている。素材に縛られることの少ない絵画と音楽において、無限の主体性、もしくは、個人的な魂の陰影、といった新しいキリスト教的な価値が表現されるという。

わたしはヘーゲルの後を追って大芸術史を再建するつもりはないし、芸術の具体的な歴史に触れるつもりもない。むしろ、芸術の生理学を素描してみたいと思っている。歴史の流れのなかで目に見える変化などしてこなかった人の体を——感覚器官や神経や筋肉の構造と仕組みを——考察しつつ、そこを出発点にして、さまざまな芸術の誕生と再生のさまを見ていきたい。芸術がたえず新たに始まり、たえず枝分かれし、たがいに対立しさえする、自然の秩序立った動きを見ていきたい。

たとえば、なにかを建てることはつねに歴史の一要素であり、人の体と密接に関係する行為だ。というのも、なにかを建てることはつねになにかを着ることだからだ。ところが、衣服と飾りはいっそう体に近接しているし、ダンスすることは生理の自然にもっと近く、歌うこととなると、おそらくはさらに近い。詩もまた、言語と同様、音の管《くだ》（オーギュスト・コントのいう、高価な管）と舌と歯と上下の唇から生まれる自然物である。他方、普遍的な言語である身ぶりは、声の言語が覇権を握ったため（それは歴史の全時代にかかわる大事件だ）、言語の仲間から外されてはいるが、にもかかわらず、身ぶりの言語はさまざまな模倣芸術のもとになっただけでなく、身ぶりが物に刻印されるという形を通じて、造形芸術といわれる彫刻や絵画やデッサンのもとにもなっている。建築上の装飾は別としても。

こうした大雑把《おおざっぱ》な見取図を見せられると、読者は、芸術を人の体の動きの結果と考えることが可能となって、そうなると、想像力が排除されてしまうと思われるかもしれない。が、わたしとしては、想像力がすべての芸術の母だという常識を否定するつもりはない。むしろ、正体が定まらず、欺瞞《ぎまん》的で、まずはつかまえにくい想像力なる概念が、最終的には、人の体の自発的な動きのうちに位置し、そこでまるごと捕獲されると前もって言っておきたいほどだ。おもてに出てこない考えではある。以下の論述でも機会あるごとにそこに光を当てることになろうが、いまはその考えを読者の考察の材料として提示するにとどめたい。

想像力とは、常識的な考えでは、不在の対象を現前させる力である。想像力が不在の対象に実際にたどり着くのはその通りだが、しかし、一見してそうだと思われているのとは事情が異なることは、やがて分かってもらえるはずだ。広く信じられているのは、想像力が、精神そのもののうちに、触れることのできない像の形で不在のものを浮かび上がらせるということだ。この意見がどの程度にまやかしなのかを厳密な分析によって示すのは、ここでの課題ではない。とりあえず、この意見が感情の昂《たかぶ》った、あまり信用の置けない人びとの意見だとだけ言っておく。恐怖心にかられた人は恐怖をあたえるものが目の前にあると強く激しく感じはするが、当人の作り出す対象の像のほうは曖昧《あいまい》きわまるものだ。世界には必ずどこか覆いがかかっているから、つねに、とはいわず、多くの場合、というにとどめるが、想像力のすべての対象は、多くの場合、知覚された、現実に存在するものだ。ジャン・ジオノ（一八九五－一九七

○)の小説『丘』に出てくる悪魔のような猫がいい例で、想像力がたとえどんなに恐ろしい働きかたをしようと、ものの形を歪《ゆが》めるところまでは行かない。猫はどこまでも猫だ。別の例として、枝葉を切られた木が道に傾くのを恐れる場合、わたしは待ち伏せする男のすがたが見えると思っているが、木しか見えていない。以上は視覚にかかわるものだ。聴覚でいえば、風がうめき声に聞こえたり、大時計の音が「出てけ、出てけ」と言っていたり、重たい車が突然オーケストラの音を奏でたりといったことが起こる。触覚についていうと、薄暗がりのベッドで手に触れたマフを猫だと思う、といった場合がそうだ。
さて、これらすべての例をもとにわたしがいいたいのは、すでに最初の例についていったことだが、想像上のものは像のうちに——対象についての知識のうちに——あるのではなく、むしろ、情動のうちに——急に不安になって全身が起こす、混乱した激しい反応のうちに——あるということだ。そして、幻想的な描写をいかにも自然に押しつけてくる情動は相手にせず、対象そのものに向かって、想像力がなんらか見かけ上の変化を作り出したのか、と尋ねてみれば、なに一つ変化が生じていないのが分かるはずだ。奇妙といえばいえるこの発見こそ、想像力を論じる上では重要この上ないものだ。というのも、そのあとをひるまず追跡していけば、精神が形を発明し、手がその形をなぞる、といった不毛の考えからぬけ出せるからだ。とはいえ、自身の夢想を題材にして事柄を吟味してみないことには確信がもてない、という向きもあろう。ただし、恐いものを見たと思って逃げ出した人はつねに口達者で、反論されるとよく苛立《いらだ》つことは忘れないでおこう。だから、心をゆさぶることのない、冷静に対処のできる像を考察するのが得策だ。

葉の繁みや漆喰《しっくい》の割れ目に人間の顔や動物の形が見つかるのは、だれしも経験するところだ。見えなくなったかと思うと、またあらわれる。子どものよくやる遊びだが、どの年齢にもある遊びだと思う。さて、そこで、こう自問してみよう。わたしが想像上の形を見つけたとき、わたしの目の前にあるものは以前とは別のものだといえるのか、と。思い出の次元では、別のものだと答えることになろうが、対象そのものを目の前にして存在しない形をいまそこに見ているという場合なら、以前と別のものではない、と答えざるをえない。わたしの知っている形が本来の形であって、目の前にあるのはつねに葉の繁みであり、つねに壁の裂け目、ないし、ひび割れである。さまざまな経験をするなかで右の考えを堅持すれば、読者も、この世界が見かけの上でもわたしたちをだましたりはしない、というわたしと同じ結論に達してくれると思う。ヘーゲルの力強い表現を借りれば、この世界はつねにあるべきすがたを取ってあらわれている、ということだ。ところが、感情の昂《たかぶ》った人は、どうしてもそうは考えられない。自分の体になにかがあらわれ、それに心が動かされて注意が逸《そ》らされるからだ。よく起こるのが、逃げ出したり目をふさいだりすることだ。すると、まず大抵は幻や幽霊が見えてくる。そうなると、次には、自分の実際に経験した恐怖のすべてを雄弁な口調で表現するしか手がなくなる。『レ・ミゼラブル』に出てくる熊手をもった男は、まさに熊手をかつぐ男であって、よく見ればそれ以外のなにものでもない。角《つの》を生やした悪魔は恐怖ゆえにあらわれるものにすぎない。ところが、わたしたちは像など作りはしないし、あらゆる幻覚はことばの上のものでしかない、と言うと、すぐに反論がなされ、議論は際限なく続く。そこで、想像力についての右の言をわたしは証明しようとはせず、提示するにとどめる。ただ、自分が見たと信じるものについてそれがどういうものなのかをよく知っている、と言う人にたいしては、きちんと考えれば動かしようのない例を一つだけ提示しよう。ただし、情念の悪意に惑わされて誤りに執着することだけはしないでほしい。わたしの提示する例は否定のしようがないのに、怒りにかられて否定される場面になんども立ち会っているから。

さて、月は地平線上にあるとき、中天にあるときよりもまちがいなく大きく見える。想像力が働いたためで、光線の進みぐあいは大きさになんら関係してはいない。想像力が働いたために起こったのだが、しかし、おかげで見かけが変わったのだ、と言う人がいるかもしれない。地平線上の月を実際よりも大きく見るのはたぶんわたしの誤りだろうが、月が大きく見えるのは事実であって、それが想像力の力なのだ、と。ところが、月が大きく見えていないのは確かなことだ。画家がやるように物差しで大きさを測ってみるとよい。ついでに、海の上に突き出た島の高さを、晴天の日と靄《もや》のかかっている日に測ってみるとよい。見かけの高さは両日とも同じだと分かるだろう。要するに、靄がかかっていても知覚された像の高さには少しも変化が生じてはいないわけで、同じように、月の像も大きくなったり歪んだりはまったくせず、そのような幻覚のうちには対応するものがなにもないこと、あるのはただ本来の知覚だけだということを認めざるをえない。かくて、やや性急にすぎるのは確かだが、わたしはこう結論せざるをえない。目の前にあるものについて、わたしたちの作り上げる像を歪める力などは想像力に具わっていないわけで、とすれば、想像力が目の前にないものを浮かび上がらせる力などもつはずがない、と。

今後は、人間の本性をつねに生理学的にとらえるようにしよう。大時計の打つ音にことばが聞こえたなら、自分の口がごく低い声で、当然ながら耳のすぐ近くで、ことばを発していると考えるのが自然ではなかろうか。ここには想像力の働きが、しかも、まちがいなく創造的な働きが、見てとれるかもしれない。わたしの想像するものが現にここにあり、耳に聞きとられているからだ。自分に語りかけるとき、わたしは聴覚の幻影を作り出し、この幻影が対象となる。夜の静寂《しじま》のなかの一息が無数の力の働きで変化し、それだけで音楽になったり、アクセント、ことば、模倣音になったりする。以上加えて、足や手や指のほんのちょっとした動きが音になることもいっておこう。以上が、臆病で狂気じみた想像力が対象を求めるすがたであり、体のわずかな動きだけでもって現実の対象をみずから生み出すすがたである。

触覚もまたみずから対象を生み出す。そのことはだれも考えてもみないほど明白な事実だ。体の動きにほかならぬ想像力は、途切れることなく自分自身に触れている。わたしが一つの姿勢や一つの運動を考えているときは、想像上のものはなに一つない。わたしは姿勢を取り、運動をおこなっているのだから。ここではどんな小さなことも感じとれるから、粗《あら》っぽい動きで事足りる。しかし、わたしは自分の体を内側から知るだけでなく、対象としても知っている。自分を叩いたり、喉《のど》もとをつかまえたりするのがそれだ。最後に、自分の体をまわりの物にぶつけたり、こすりつけたり、押しつけたりする動きが来て想像上の場面が完成するが、そこには想像上のものはなに一つない。それこそがものまね芸術の原理である。

視覚もみずから対象を生み出すのか。別のいいかたをすれば、わたしたちの体は視覚にたいして対象をあたえるのか。その通り、しかも、何通りかのあたえかたがある、というのが答えだ。まずは、自分自身の動きによって簡単に物の動きを生み出せる、ということがある。わたしが動くにつれて月が走ったり踊ったりするのがそれだ。目を移動させるだけで、物があらわれたり消えたりする。が、とりわけ手のしぐさが、物の形を目に示す上で大きな働きをなす。そこではすでにデッサンが行なわれ、書くことが行なわれている。身ぶりが跡を残さないことからすると、それは完全なデッサンとはいえないが、体の動きが現にデッサンしつづけ、現に彫刻しつづけ、現に建築しつづけていることは認めねばならない。柱はわたしの歩行に合わせて消耗し、現に建築はわたしの身長に合わせて消耗する。テーブルは使われることによって磨かれる。天井弓には手の跡がくぼみとなって残っている。『ロビンソン・クルーソー』のフライデーの足は砂に跡を残す。そのことから、想像力もまた視覚に対象を、しばしば持続する対象を、提供することが分かるし、その跡に触れることもできる。自分の手で作った道具の柄を、手は覚えている。触《さわ》ってみることがすでに彫刻することだ。彫刻の始まりはおそらく、穴の開いた石や壁のひび割れの作り出す像を前にしたときの、苛立《いらだ》ちにほかなるまい。つかんだと思うといつのまにか消えていく像だが、道具の線はそれを変化させもするし、ときには救うこともある。インクの染みや機械的ななぐり書きから生まれる偶然の素描なら、だれでもやったことがあろう。そうした行動こそが想像力を固定し、つなぎとめ、歌い手が耳に対象をあたえるように想像力に対象をあたえるのだ。そして、歌が音の幻に覆いをかけて消し去るように、刻まれた石は、いつでも消え去り、恐怖と期待さえあればいつでももどってくる視覚の幻を消し去るのだ。ある詩人の言ったことだが、半句が出来たら一行を完成しなければならないし、一行が出来たら次の行を作らねばならない。とすると、想像力のゆたかな人とは、形の定まらぬものに満足できない人、想像していることを知りたく思う人、ということになろう。いいかえれば、人はイメージをもっているふりができなくなって作品を作り出すのだ。彫刻するのは神を見、神に触れるためだ。プロメテウスの寓話にはたくさんの意味があるが、その一つに、プロメテウスに話させようと思ったら、かれを縛りつけねばならない、というのがあることを言っておきたい。先走りすぎたが、以上の論から芸術の誕生のさまが見てとれ、そこに一定の順序があることを分かってもらえると思う。

最初に来る芸術は、体だけを変化させる芸術である。ダンス、歌、詩、音楽がそれだ。そして最後に来る芸術が、それらとは反対の、外的な対象を実際に変化させる芸術――建築、彫刻、絵画、デッサン――である。両者のあいだに、あらゆる種類の見世物をふくめた劇芸術を置きたい。それらは見世物の観念を体現した芸術で、その観念をまったくふくまぬ最初の芸術からは区別される。

歌、朗唱、ダンス、ものまねは自分のためのものだ。ダンスやコーラスにおける合図の交換でさえも、いまだ本当の意味での見世物ではない。見世物の観念は丁寧に考察する必要がある。見世物といえば行列や儀式が身近な例だろうが、この二つは祭りのなかにふくまれる二つの出来事である。そこでは動く人間の体がつねに主たる対象である。が、それは自分にとっての対象であるとともに、他人にとっての対象でもある。祭りにおいては、だれもが自分と他人にたいして、祭りだぞ、という合図を送っている。合図が行ったり来たりするこの合図の交換が、祭りの本質である。けれども、祭りはそこに参加しない人びとにとっては見世物ではないし、行列や儀式が見世物となることを拒否する場合さえある。見世物芸術はまずは自分たちだけで満足するものであって、公衆のために演じられるのではなく演者のために演じられるのだ。

しかしながら、右のような芸術から見世物が生まれるのはまちがいのないところで、おそらくは人が自分に還っていく最初の動きというべき、演じる人間と見る人間との分離によって見世物は生まれるのだ。だから、わたしたちは見世物とは一体なんなのかを丹念に見ていかねばならないし、ギリシャ悲劇のコロス(合唱隊)に見られるような、観客自身が見世物となるありさまをも吟味しなければならない。そこのところを前もって明らかにしておかないと、建築や、彫刻や、デッサンや、とりわけ絵画を理解することはできないと思う。それらの芸術は、ある意味で、見世物を固定し、見世物を観客から、さらには芸術家からも、精力的に切り離し、別の世界を作り出すものなのだから。

しかし、もう終わりにしなければならない。以上、概略的に述べたことは、見られる通り、個々の芸術の枠を超えるような分析へと通じるもので、そこから、芸術なるものを定義し、芸術固有の法則にもとづいて芸術を分類し、たがいに対立させることが可能となろう。わたしたちの目にする芸術は、事実、いくつかに分岐し、たがいに対立してもいるのだ。

2講　芸術と情念

（一九二九年十一月十二日）

前回の講義でわたしはつかまえにくい考えを提出したのだが、今後も事あるごとにそこに還っていくことになろう。それをどう要約したらいいものか。問題となるのは、対象を求める盲目の想像力だ。精神そのもののうちに、あるいは物の上に、なにかを描くように見えて、精神の力としてはまさしくぺてん師であるような、落ち着きのない想像力が問題だ。わたしは亡霊や幻影にはまったく中身がないことを暴《あば》きたかった。わたしのもち出したもっとも際立った例が地平線上の月だったわけで、月は大きく見えているようで、大きく見えてさえいないのだった。現行犯で逮捕されたのは気持ちの昂《たかぶ》った男で、かれは、見ていないのに見ていると思っていたのだった。想像力の論はむずかしく、語るとなると十回分もの講義が必要となろう。ここでは、わたしたちが像と呼ぶものや、怒り、嫉妬、不安のなかでわたしたちが明瞭で、色鮮やかで、印象的だと思うものは、本当は、オルフェウスが振り返って見ないという条件の下に地獄から連れ出した、妻エウリュディケーのごときものだというにとどめる。木のまわりを回っている幻影は、わたしたちの苦しみであり欲望なのだ。わたしたちは内なる情動によってそれらが目の前にあると感じ、心のなかでそれらに触れはするが、そのすがたをまったく見てはいないし、その声をまったく聞いてはいない。要するに、思考が形を浮かび上がらせることはないし、なにかを思い出すときにも形を浮かび上がらせてなどいないのだ。

では、わたしたちはどのようにして一つの歌や一つの横顔や曲線や立体を作り出すのか。頭を使う思索や瞑想によってではない。なにかがちょっと触れただけで全体が動き出す、体の動揺によって作り出すのだ。叫びはそうした効果の一つで、すぐにも耳に聞きとられる。歩行や身ぶりも別の形で動揺を引き起こすもので、そこからすぐにも触覚の対象があたえられる。体を叩いたり物にぶつかったりするのがそうだ。また、そこから視覚にも対象があたえられる。わたしは自分の身ぶりを、あるいは身ぶりの跡を、あるいは行動の名残《なごり》を、目で知覚する。わたしの動きが物を動かし、物を逃走や追跡へと向かわせるのだ。ということは、盲目の想像力は、誠実で純正の証人である物をその最初の状態に長く放置しておくことはない、ということだ。情念にかられた人は、世界に叫びや自分の体や両手の力を投げこむことによって、世界を変えるのだ。そして、狂乱から目覚めたアイアスが敵の軍勢と思って殺戮《さつりく》したのが羊の群れであるのを見るように、わたしたちが事のなりゆきを冷静にながめると、頭のなかだけで追ったのではつかまらなかった像が、いまや現実の物として目の前にあらわれる。像は叫びとなってもどってきて、そのままわたしたちのもとにとどまることもあるが、そのすがたはわたしたちが見たつもりでいたものとは異なることが多い。好ましい幻影や恐《こわ》い幻影は叫びによって間接的に出現するにすぎない。通路のふさがれていないこの世界では、わたしたちの動きは情念のくぼみのうちにその痕跡が残るわけで、それは征服者が、砂漠や廃墟をあとに残すのと似ている。砂漠や廃墟は征服者を想像するよすがとはなっても、かれの肖像ではない。

けれども、想像力の実体をなす体の動きにこそ創造の力が備わっているということができる。しかも、創造は二つの条件に従うもので、条件の一つが体の形と構造である。どんなふうにも叫べるというものではなく、わたしたちの叫びや運動や身ぶりは力の入れぐあいや疲れのぐあいに左右される。もう一つの条件が周囲の物体の形と抵抗で、叫びは多少とも反響するし、前方に障害物があれば動きを変えなければならない。変形しやすく脆《もろ》い物体なら素材の肌理《きめ》に合わせてこちらの動きの跡をとどめてくれる。こうして、人手のかかったなんらかの対象が、くぼんだ鋳型のごとくに、人間の行動を表示する。森の小径《こみち》、岩に刻まれた階段、凱旋門、井戸、家、寝台、椅子、指輪、首飾り、甲冑《かっちゅう》、弓、シャベル、等々がその例だ。また、なにかを描写する身ぶりの跡をとどめることによって、わたしたちの考えようとした物を再現する対象もある。デッサンや彫像がその例だ。どんな場合でも思考は対象を見出す。そこにあるしるしに導かれて、思考はもはや存在しない別のものを思考する。そのとき、思考は発明の証人になっているという意味で想像しているといえるが、しかし、発明なるものはつねに、物の世界に起こる現実の変化だ。かくて、芸術の原理とは、思考がなにかを発明するのではなく、体こそが、すなわち行動こそが発明する、と定式化できる。わたしはこの原理を明々白々なものとして掲げるつもりはない。それは、いうならば、作品を読む読みかたの一つにすぎないし、別のことばでいえば、霊感とはつねに動きであり、行動とはつねに作品を作るものであることを説明する、一方途にすぎない。分かってほしいのは、歌についてもことばについても、もうむずかしい点はまったくないということだ。歌ったり話したりしないで想像することは不可能なのだ。ダンスをしないでダンスを想像することなどできはしない。そう考えるところに道が開ける。わたしはこの考えが読者の心のなかに熟すのを待つとしよう。後にも出てくる考えなのだから。

さて、わたしは痙攣《けいれん》的な動きをもってすべての芸術の始まりとしたのだった。が、それは行きすぎというもので、わたしたちはそこにまで話をもっていく気はない。求めているのは芸術だが、それをまだ手にしてはいない。けれども、体の側からのなにやら騒々しい動きはつかまえているので、それは、みずから激昂《げっこう》し、みずから変色し、ついにはみずから疲労困憊《こんぱい》する一種の狂気なのだが、そんなものがたしかに芸術のうちには存在し、芸術を下から刺激する。例としてミケランジェロ（一四七五―一五六四）とベートーヴェン（一七七〇―一八二七）を挙げるにとどめるが、二人とも激情に駆られて必死にもがいている。その点については、ロマン・ロラン（一八六六―一九四四）の二著とミケランジェロの手紙を読むだけで十分だ。言いたいのは、激しく心を揺さぶる芸術作品には、ある種の余剰が――渋面の始まりが――あって、ときには付随的それが全体にあふれ（インドの怪物やたくさんの手をもつ人物の場合）、ときにはな装飾のうちに見てとれる（大聖堂や吐水口《ガーゴイル》や地獄に落ちた者）。が、そうした悪魔的要素は、それが克服され、打ち負かされ、鎖につながれているときほど、こちらに強くせまることはない。甘く優美な作品であっても、そこにうなりをあげる力がない場合には、見る側は魅力的で、かわいらしいと見るほうへと誘いこまれ、美しさを見失ってしまう。ある種の醜さをかかえこむ危険を覚悟の上で、人がしばしば力を選びとる理由はそこにある。ただし、ここでの醜さは完結した醜さというより、威嚇《いかく》的な醜さなのだが。ともあれ、以上の論述から、これまたわたしが十分に展開したいと思い、芸術の定義がいっそう明確にもなるはずの、もう一つの考えへと道が開けてくる。ともあれ、力と激情の存在は忘れないでおこう。『縛られたプロメテウス』の話は遠い昔の出来事といって済まされないのだ。

わたしがいまやってみたいのは、善と誠実さを美の要素として取りもどすことだ。古い考えではあるし、美しい行動という比喩表現のうちに見てとれる考えでもある。が、この考えは軽視されているし、それが外からとらえられるかぎり、軽視されて当然でもある。通俗的な意味での道徳はここでは無視してかまわない。美があれば十分だし、美を説教のことばに翻訳しなくても、美それ自体に表現力が具わっているのだから。戦死者の記念碑や教訓画のような、説教のことばに翻訳できるものは、どれもこれも醜く、少なくとも美をまったく欠いている。しかしながら、美しいものは宗教的であって、美と宗教の関係は、ぱっと目に飛びこんでくる。が、この考えを解きほぐすのは容易ではない。けれども、誠実さ、適切さ、節度といったなにかしら生理学的な観念から出発して、痙攣《けいれん》的な激しい動きから離脱せんとする美に触れ、同時に、おそらくは美の根にある宗教をもとらえるような、そんな機会が得られないものでもない。が、この話はいまはこれで十分だ。

人が情念や情動や痙攣や現実的な想像力によってなすことは、当然ながら美しくない。叫びは歌ではないし、熱狂はダンスではないし、興奮は祭りではないし、爪の引っかきは美しいデッサンではない。こうした動きや、動きの残したものをわたしたちが美しいと判断するとき、そこにどんな美しさがあるのか。ここでは、たぶんもっとも純粋な芸術であるデッサンと、軽快に動く手のことを思い浮かべればよい。美しいデッサンほど思慮深いものはないのだ。が、なぐり描きが爪痕《つめあと》であることに変わりはない。

ここでわたしの導き手となるのは、悲劇についてのアリストテレス（前三八四―前三二二）の有名なことばだ。悲劇は恐怖と哀れみによってわたしたちのうちにある恐怖と哀れみを浄化する、とアリストテレスは言う。観念はまだ物から遠く離れている。しかし、体の動きと密接に結びついた芸術を考えることによって観念を再発見したとなると、それは否定できないものとなる。最上の例は音楽のうちに、歌のうちに見出される。想像力の――すなわち、情動と情念の――とりこになった人は、場合に応じて、うめき、叫び、うなり、あえぐ。ことばにはそうした雑音が数多く保存されてはいるが、それらはことばとは言いにくいし、歌ではない。音楽の音は叫びが統御《とうぎょ》されたものだ。統御された叫びとはどんなものか。自分をなぞる叫び、自分に耳を傾ける叫び、持続していく叫びである。全身の統御なくしてはそんな叫びは生まれない。痙攣や、感情の爆発や、喉《のど》のつかえのすべては、音を雑音につれもどす。だから、音楽の源には体の訓練があり、まさしくすべての情念の浄化がある。

人の体はみずから興奮の極致にまで突っ走る傾向がある。そうなったらすぐにも始まるのが、理性をぬきにした力ずくの議論である。叫びや罵《のの》りといった奇怪な手段を使うことになって、感じていることが大きくゆがんで表現される。自分を失い、自分が分からなくなり、ありとあらゆる痙攣が起こって自制心が消滅する。とても難解な考えだから正面から取り組む気はないが、芸術は自己を意識し、自己の意識をもちつづけるのに大いに役立つこと、いいかえれば、芸術は自分の感じていることを知るのに大いに役立つこと、そのことは今後も何度か指摘する機会があろう。オーギュスト・コント（一七九八―一八五七）のいったように、二〇〇〇年前の詩がいまのわたしたちの感情について教えてくれるのは珍しいことではない。お手本を拒否する粗野な動きのために、自分の存在の一部または全部が自分から逃げていく。すると、苛々《いらいら》が募《つの》って自分を追いかけることになるが、この追跡ほど感情の昂進を刺激するものはない。そのとき、芸術は魂の鏡のごときものとなり、おそらくは音楽が、詩にもまして感覚の極限にまであえて踏みこむのを助けてくれる。そして、このぎりぎりの境界線上で音楽は救いの手を差しのべてくれる。が、その一方、音楽はわたしたちを救うからこそ美しい。ゲーテ（一七四九―一八三二）の痛感していたところだが、崇高な音楽がなにか恐ろしいものを内部にかかえているのはそのためだ。飼いならせないのが音楽の本当のすがただ。騒音に脅《おびや》かされない音楽、なにかに打ち勝つことのない音楽、それがどういうものか、わたしたちはよく知っている。すべての芸術には、気に入られることしか知らず、発火装置をもたず、なんの引っかかりもない形式がたくさんある。調和が保たれているだけの音楽は、もはや音楽ではない。だからこそ、大胆きわまる音楽家たちは、技巧を凝《こ》らしてまでも騒音を探し出し、騒音に近づこうとする。もちろんそれは、騒音の征服をめざしてのことなのだが。音楽は優美さと力強さのあいだを動くもので、聞いていると両極のどちらも十分に感じとれる。

ダンスにも同じ性格が具わっている。しかし、そのことをよく理解するにはダンスを自然の間近で、また情念の間近でとらえねばならない。見世物としてのダンスは演劇芸術に属するが、見世物芸術は、すでに述べたように、すべての芸術を自分のもとに取りこみ、その内容を取り除き、別のものに移し替える。とりわけダンスは様変《さまが》わりする。ダンスそれ自体は見世物ではなく、見物人を必要としない。祭りの初日に十字路でダンスをしてみれば納得がいくが、ダンスは観客を相手にはしない。では、ダンスとは一体なんなのか。これまた情念の浄化なのだ。軍隊のダンスは戦闘ではないし、宗教のダンスは群衆のあいだに伝染する興奮ではないし、愛のダンスは愛の熱狂ではない。対象の間近にとどまって、観客にはならないようにしよう。ルソー（一七一二―一七七八）は『新エロイーズ』で村のダンスの理路を見事に説明している。分析が煮つまってくると、ダンスの概念の把握へと近づいていく。

愛の熱狂はまずもって、一種の臆病さに――内面の激しさゆえに人をどきっとさせるような臆病さに――翻訳される。自分のしたいことと、実際にすること、するかもしれないことがぶつかり合うために、その臆病さから狂気の極みともいうべき情念が広がってくる。不幸にも興奮と自己への怖れとにともどもとらえられて、人は踏み出した道に身をゆだねてしまうのだ。が、いまこの分析をさらに進める必要はない。そうなると愛はもはや考えられなくなり、対象を求めても見つからない、と言うにとどめよう。実際、人は自分の経験していることが分からなくなる。見るべきは、むしろ、ダンスによって愛がどう形を取るかということだ。ダンスのペアは音節の数とリズムに合わせて規則正しい動きをする。足音が、次いで手と太鼓の音が、自然にダンスについてくる。こうして、踊り手全員のあいだに合意がなりたったことが、ペアの一組一組に感じられる。規則正しい反復運動によって、愛は考えられるものとなり、愛は自信を得、愛は口ごもらなくなる。ダンスは規則を守りつつ表現する言語、規則を守るからこそ表現する言語だととらえねばならない。それは、結局のところ、規則そのもの、あるいは、表現そのものしか表現しない言語だといってよい。
古い様式によくなじむブルターニュ地方のダンスは、さまざまな動きが規則に従うところから生じる、動きの交流の好例である。この規則に従って一人一人は、強制されることも不意打ちされることもなく、周囲の人びとや輪の全体に自分を合わせていくのだが、その規則が思考の対象となり、そこから生気に満ちた社交の喜びが生まれる。それはまた、無秩序と激情を斥《しりぞ》ける最上の手立てであって、ダンスのしばらくあとまで秩序と平穏が保たれる。そういうわけで、この美しい農民のダンスは人びとの体をも美しくし、表情までも美しくする。わたしはよくそこに、彫刻されたダンスの群像に見られるような均一性と一様性を見てとったものだ。明らかなのは、ダンスの形のすべてが均衡の取れたものとなること、無用な偶然の動きが忘れ去られて、形が形だけを、形の本質だけを表現していることだ。混乱に満ちた動きが形の見えるものに変えられる、という意味での浄化作用がそこに働いている。形を見るということは、先を見るということだ。怪物はもう恐ろしくはない。それは形あるものとなり、自分に似たものとなっている。美しい肖像とモデルとの類似はそこで完了し、似姿がモデルとの比較ぬきに好ましく感じられるといわねばならない。想像上のものを定着することがすべての芸術の目的なのかもしれない。そして、本当のダンスには不動のものがあることは疑いない。ブルターニュ地方のダンスの一連の動きは、古代ギリシャ神殿のフリーズの浮彫りのごときもので、同じ動きの反復が変化のなかで変化を消し去るのだ。

不動のものという観念については、先回りも気にはならない。彫刻も絵画もデッサンも出来上がって不動のものとなるのだから。ただ、それらの芸術が不動のものへと還っていくとはいえず、正確を期すなら、ついに不動のものを獲得したというべきだ。すでにいったように、ある意味では肖像はモデルを消し去るのだ。なぜそういえるのか。たえず別のものとなり、自分から逃げていくモデルが、肖像よりもすぐれた対象だと考える人はいないはずだ。たえず自分の体へともどってきてわたしたちを悩ます想像力について、これまで述べてきたことを思い出しつつ考えを前へと進めるためにいっておきたいが、つねに不安をかかえて動揺する生きた顔は、それに興味をもちすぎると、あらゆる意味の行動を引き出し、自分を恐いと思わせるような一種の騒乱状態をとりわけ引き起こしやすいといえる。そしてそれとは反対に、美しい肖像のうちにこめられているのは、安定した、自信のある感情の可能性だといえる。どこかでいいたかったことをいまいうが、モデルのうちにはまったく認められないものが美しい肖像のうちに認められるのはそのためだ。２講を終わるに当たって、肖像がモデルに似ているのではまったくなく、むしろ、モデルのほうが肖像に似ているという逆説を読者の反省材料として提示しておきたい。めざめた愛がダンスのうちに自分を映す鏡を見つけるのと事情は変わらない。提案という語には強い意味と穏やかな意味とが同時に備わるが、以上の考えはその二重の意味での提案と受けとめてほしい。

3講　芸術と情念（続き）

（一九二九年十一月十九日）

芸術は情念を浄化する、というのは古くからあるが、軽視されることの多い考えだ。この考えをいくつかの例にもとづいて説明する前に、別の角度から、情念そのものに目を向けるというやりかたで、考えの正否を少しく確かめておくのがいいだろう。だれでも知っているように、怒り、愛、野心、吝嗇《りんしょく》といった情念は思考が変調を来《きた》すところに生じるものであり、そのとき、思考はもはや検討もされず方向づけもなされず、進歩のないまま信じられ、従われるし、同時に、そのほとんどが刺《とげ》を備えたものとなっている。しかし、手で触れることのできない思考によってわたしたちのどこが傷つくのかは、どうとも答えようがない。変調も、本当をいえば、わたしたちの思考のうちにあるのではなく、むしろ、わたしたちの体の状態にあるからだ。動揺、痙攣《けいれん》、循環障害、狭窄《きょうさく》、溜息《ためいき》はすべての詩人の指摘する徴候だが、それらは原因と考えられるより、結果と考えられる傾きが強い。けれども、情動をざっと調べてみれば、情動がまず大抵は思考のうちに原因をもたないのは明らかだ。怒り、驚き、憂鬱《ゆううつ》、不機嫌、苛立《いらだ》ち、不安など、そのための証拠は十分にある。そして、そこから考えを進めていけば、情念の障害は、ほとんどつねに思考をともなうとはいえ、人体の機構と作りに沿って生まれ、保たれ、大きくなり、衰えていくことに気づくはずだ。しかし、人体とはなにか。いくつかの単語を並べれば、それなりの説明にはなろう。関節でつながる骨組、筋肉、栄養摂取と排泄の組織、神経組織、中枢部、脳――ざっとそんなところだ。そして、組織における自発的な運動の法則は、すべての刺激と興奮が中枢を通じて拡散し、すばやく全身に伝わるといいあらわされる。

たとえば、わたしが体のどこかを刺したり、焼いたり、足を踏み外したりすれば、すぐに全身がびくっとし、震える。だから、最初の動きは回復の動きではなく、むしろ、都会生活に見られるような、警戒、喧騒《けんそう》、警報、興奮である。すべての筋肉がめざめ、できるかぎり身を縮め、たがいにいがみ合い、その結果、震え、拘縮《こうしゅく》、息切れが生じ、その影響で鼓動が乱れ、軟らかい部位に充血が起こる。そして、この最初の喧騒はつねに幾分かは恐怖に似ている。情念のすべての攻撃はつねにこの気分を――自分を恐怖する気分を――作り出す。そして、この耐えがたい状態をもっともよく表現するのは、つねに無力と隷属の感情であって、情念に特有のこの狂気からわたしたちは思考によって逃れようとする。思考はたしかに逃走を助けてはくれるが、うまく行くには時間がかかる。もっと迅速な別の道があって、プラトン（前四二七―三四七）が体操と呼んだ行動がそれだ。実際、なんらかの行動は人体の均衡を取りもどし、人間を解き放ってくれる。自分への暴力がすぐさま他人への暴力に移行するわけも分かろうというものだ。戦いや犯罪は人を苛立ちから解放してくれる。理性よりもすばやい効力をもつ解放手段には、理性とは別種のやりかたが備わっている。すでに見たところだが、歌の例がもっとも分かりやすい。恐怖を追い出すために歌う人は、自分が思っている以上の策略家だ。が、いまは、目に見えにくい形で筋肉や内臓と関係する、別の例に還っていかねばならない。

詩がなによりもまず歌の一種であることは、はっきりしている。詩は自由度の高い（雄弁はもっと自由度が高い）歌であるが、そこにまず見出されるのはリズムであり、もっと正確にいえば、数というほうがふさわしいリズムの一部である。同じく、発声組織を統制する音の反復――脚韻――も聞きとれる。さらに全体を通して、体の形に似合った、体の形を肯定し再構築しさえする一連の音の響きと連接が聞きとれる。ということは、音楽の場合と同様、詩の場合にも知的な歩みと体の自然なありかたとのあいだに一致が認められるということで、美には外的目的のない合目的性がふくまれる、というカントの言もそこから出たものだった。別のいいかたをすれば、美しいものは、知が求めて容易に得られない高いものと低いものとの一致を内面に感じさせてくれる、ということだ。が、詩の恵みはそれだけにとどまらない。というのも、人間的に制御され、いうならば体の健康に役立つ、この種の叫びに、耳を、喉《のど》を、全身を傾けたとたんに、規制されたことば――ゆるぎない法則の下に置かれたことば――を通じて、わたしたちは意味と理路を見出すからだ。芸術の奇跡といえども、それ以上のことができるわけではない。

体に属する歌と、精神に属する意味とが、どちらにもいささかの暴力も加えられることなく一致する。というより、両者はたがいに助け合っているので、思考は自由な表現となってあらわれるために、あらかじめ調整されたまさしくこの形の音響と反響を待っていたかのごとくだし、この音楽によって思考を作り出す体は、自分の幸福と素朴な欲求しか追求していないかのごとくである。こんなにうまく行くのはめったにないことだが、成功はなににもまして評価される。そして、うまく行かないのには二通りの場合があるのは見やすい道理で、意味がそぐわないか、歌がそぐわないかだ。

こうして、わたしたちの全存在に働きかけ、この上なくめざましい注意力を呼びさますことによって、詩は、情念の底からわたしたちをつかまえるとともに、精神の最高峰においてもわたしたちをつかまえることが分かる。忘れてはならないのは、音楽が、不協和音とそれを解消する音の戯れによって、また、模倣と予告によって、わたしたちの情念を形にあらわすということ、つまり、情熱を保ちつつ静めるということだ。

そこには、人生の流れと思考の組立てを見事に示す予兆ともいうべきものが働いているが、音楽によるそのような情念の描出は、主として体に向けてなされるもので、そこでは思考を表現することはまったくなされない。たいして、詩は、情念そのものを普通のことばで表現しつつ、同時に、情念を制御する。その結果、情念は詩を通じてすでに物となり見世物となる。詩という音の建造物に表現されて不動の意味をあたえられ、変えることが——別の考えかたをすることが——不可能になる。こうしたやりかたでわたしたちは絶望に、激情に、狂熱の愛に近づくのだが、それは上方へと向かう動きであって、そこに落ちこむのではない。かくて、わたしたちの苦悩はやや離れた所に保たれ、自分とは別の、人間共通の対象としてながめられ、そのかわりに、わたしたちはイーダ山上のゼウスのように、ある種の威厳を手にする。このように不幸を凝視し、もって不幸がもどってくることを――痙攣《けいれん》によって再現することを――防ぐのが、まさしく崇高な状態というものだ。

崇高さを美しさのうちに再統合しなければならない、とわたしは言った。ここで問題になっているのがそのことだ。カントによれば、美しさとは、対象のうちにあってわたしたちの二つの本性（体と心）の調和を感じさせ、わたしたちが融和した存在であることを感じさせるものだという。わたしたちが美を感じるとき、わたしたちはしあわせな気分で美に身を任せ、内面に葛藤《かっとう》など経験することのない安らかさを得ている。たいして、見事な、不滅の業績ともいうべき分析のなされた崇高さの場合には、わたしたちは外的な力の大きさを測定して、悪無限に陥ってしまう。測定値になにかを加えるが、つねに極限には達しえず、量をふやしてもいささかの価値も作り出せない。火山、嵐、砂漠、山、深淵、氷河、星間距離を手近な物差しで測るといった場合を考えてみるといいが、そのとき、測定する自分に還ってくると、そこには、考え、測り、ついにはそのことについて瞑想しさえする力が見出される。その力は日常の思考とは別の次元にあり、どんどん前へと進み、もっといえば、あらかじめどんな巨大な力をも包含し軽蔑するだけの容量をもつ。それが真無限である。パスカル（一六二三―一六六二）の「考える葦」のことはだれでも知っていよう。その文言を復唱してみるとよい。葦であることと思考することとを区別するのは大切なことで、というのも、定義は区別から出てくるからだ。しかしおそらくは、最初に造形芸術を考察するよりも、詩から、とりわけ音楽から多くを学べるかもしれない。最初に音楽と詩を芸術のうちに再統合し、詩を第一位の芸術の位置に復帰させることは、おそらくは些末《さまつ》なことではない。そうなれば、美は真剣勝負の相手となり、贅沢品ではなくなるからだ。そのようにして、美しさのうちに崇高さの要素が見出されることになろうが、そこへと導くのはわたしたちが内面に吹き荒れる嵐の観客となるような力による。この観点からすると、音楽と詩がその他の芸術を照らし出す面は大きい。そして、わたしはといえば、その光に導かれて、カントがきちんと思い描きながらおそらくは人間の弱さゆえに評価しなかった奇妙な考えを、発見することができたと思う。奇妙な考えとは、美しいものは心地よいものではない、という考えだ。詩と、とりわけ音楽を通じて、わたしは、数ある作品を評価するに当たって、気に入るものよりもむしろ人間を解放し、人間を人間の位置にもどしてくれるものを高く評価することを学んだように思う。

さて、ここでわたしが言いたいのは、美的感情なるものは虚構の可能性が高いということだ。愛、野心、征服欲といった感情は、行動や推理からではなく、瞑想からやってくる浄化作用によって美的なものとなる。人は、なにもないところで感情に退屈して美に近づくようなことはない。反対に、情念が重くのしかかったときに、死ぬのではなく感じる術《すべ》を学ぼうと美に近づくのだ。そこで芸術が救済手段にならないようなら、あるのは芸術の死だろうし、実際、芸術の死んだ例は少なくない。自分にふりかかるなんらかの差しせまった不幸や、なんらかの想像上の苦痛や、なんらかの重すぎる後悔の念を感じない人は、すでにして観客であって、これから観客になるのではない。その人が美しい対象から期待するのは、宙に浮いた、あるとしてもまちがいなくきわめてかすかな、好奇心と隣り合わせの、なにか純粋な感情である。わたしは、美を求める人がすでに浄化されているとしたら、それは大変に困ったことだと言いたい。私見によれば、美を称賛し創造するには、当人がまずもって不幸の動きにとらえられ、不幸がなんらかの恐るべき極限に至るのではないかと思っているのでなければならない。

要するに、美は感情の――救済された情動の――内容をもたねばならず、それには、まずは険悪な胸さわぎのする情動があり、次いでその情動が静められ解き放たれねばならない。それが感嘆する人の心の歩みというものだ。涙を流すのは崇高さのしるしで、自然な落涙は、血の圧迫と脅威がどんなに大きいかを十分に示している。最後に瞑想についていえば、瞑想が自分に勝利し、自分を取りもどす救いとならないような ら、それは退屈の種にすぎない。なにか別の動機から、たとえば、比較とか、様式や流派の知識とか、収集とか、もろもろの知的注釈とかから瞑想にかかわるというなら、話は別なのだが。わたしの知人に、たぶん音楽を実際に必要とはしないのに、音楽を聴きすぎるほど聴く男がいたが、比較する喜びをもってしてもかれは退屈から逃れることができなかった。救いを求めて丸天井の下に赴くご婦人は、おそらく、神話的人物の持物《じぶつ》を見つけたり、石の書物のなかに聖人の歴史を追ったりするのを楽しみとする考古学者よりも、美の感覚に近づいている。情念が弱まるとともに芸術が弱くなるといえるかもしれない。ミケランジェロやベートーヴェンのことが思い出される。

加えていえば、道徳的感情の名で述べられる、共感、感嘆、敬愛、慈悲などもまた虚構の世界に属するのかもしれない。すべての情念は合理的な意志によって浄化され救済されるとき、道徳性を帯びてくる。共感は救済された憎悪であり、慈悲は救済された恐怖である。しかし、純粋な瞑想の芸術があるように、純粋な瞑想の道徳というものがあって、それらは暇つぶしにはなろう。わたしにいわせれば、善は、抽象的に崇拝される観念ではないし、美もそんな観念ではない。さて、わたしたちの例にもどろう。

雄弁は、たしかに、もっとも恐るべき情念を飼いならすものであり、さもなければなにものでもない。大学での雄弁な講義が思い浮かびやすいが、ここでは、実社会での雄弁の例を二つ取り上げることとする。法廷での雄弁は、正義の見かけを形あるものにすることを目的とするが、ねらいは、訴訟人の眠りを妨げることにある。訴訟人は弁護士の弁論を聞きながら、最終的に、自分の事件が法廷の聴衆に支えられて、いまや一つの対象となったのだと考えるのだが、聴衆のほうは、弁論の美しさに思いを凝らしたとしても、情念の足りなさゆえに、美しさをさほど生き生きとは感じられない。たぶん分かってもらえたと思うが、美を感じようとつねに身構えている人が、美をもっとも生き生きと感じる人ではないのだ。

さて、群衆や会衆を前にしたとき、雄弁とは、各人のつぶやきが人数分加算されて恐るべきものとなったざわめきに、形と秩序をあたえるもの以外のなんであろうか。ジャン・ジョレス（一八五九―一九一四）は、喧騒とつぶやきの波をつかまえ、それを模倣し、飼いならせないその上下動を形にしていたと思う。が、同時に、一種の音楽ないしは自由な詩によって、ざわめきを統御《とうぎょ》していたし、とくに、ことばと議論の進行を通じて群衆の怒りとざわめきに理性の表情をあたえていた。かれの声のうちには、克服された暴動の激越《げきえつ》な騒音がはっきり聞きとれた。騒音の脅迫がまったく聞こえない雄弁とは一体なんなのか。同様に、雑音の入る恐れのない歌とは、音楽とは、なんなのか。いまにも滅びそうだと思えない音楽とは、なんなのか。が、猿まねはすべての芸術につきもので、体操選手よろしく落下のふりをする人もいなくはない。

4講　見世物芸術への応用

（一九二九年十一月二十六日）

体そのものを対象とし道具とする第一群の芸術については、これまでの議論で、読者に呈示したいわたしの考えは十分明らかになったと思う。言いたかったのは、体という下部からわたしたちをとらえる美の直接的な感触は、体をほぐし解放するとともに、そのことによって上部の精神をも解放し、精神に自立自存の自由な判断の意識をあたえるということ、そして、その感触こそが、理性、信仰、友情、愛にもとづく別種の慰めと「芸術」とを区別する、ということだ。そこから分かるのは、詩が強い説得力をもってせまってくる場合でも、世界の無限性とか、時間の取り返しのつかない流れとか、その他の不幸の例とかが、わたしたちを説得する主要な力でも目につく力でもないということだ。詩芸術は、ダンス芸術や歌芸術と同様、まずもって人間の心に人間の形をあたえ、われから引きつったりこわばったりする波乱に富んだ心を、静めてくれるのだ。そして、乳母のやりかたに倣《なら》うこの人体の型作りが、すでに彫刻のお手本となっていることは、察しのつくところだ。が、いまは、右の考えを全力で呼び起こしつつ、それを再発見し、試験し、第二群の芸術である見世物芸術に応用するのが課題だ。

それはむずかしいことではない。以前にいったように、詩人はすでに観客の位置に身を置いている。かれは自分の苦しみに距離を取り、そこから身を退《ひ》き、それを過去に追いやっているが、しかし、そのことについてなにも知らない。自分が観客だと感じてはいるが、自分が観客だと知ってはいない。それが芸術の第一段階だ。第二段階が反省の芸術である。見世物に向き合うとき観客は自分が観客であることを知る。すべてのことが、あなたは観客だと言っている。どんな芸術よりもずる賢い見世物芸術は、その目録が尽きることはない。はっきりしているのは、観客は坐っていて、場面から離れていることだ。そして、すでにいったように、古代のギリシャ悲劇のコロス（合唱隊）も観客のモデルの一種と考えられる。観客よりももう少し行動に近く、行動に参加することもあるのがコロスだが、浄化された観客が舞台に登場するのを可能にするような、規則的な動きと持続的な歌によって観客たりえているのがコロスだ。プロメテウスを鎖につなぐのは行動だ。大洋神オケアノスの娘たちはここでは二重の意味をもつわけで、というのも、娘たちは見世物のなかにいる観客だからだ。さらにいえば、娘たちは大洋神の娘たち《オケアニデス》という名によって大洋に結びつく力を形象化している。ちなみに、本当の詩は、悪意のまったくないこうした必然の光景をつねに呼び起こすものだが、わたしたちの思考をこれ以上にうまく統御《とうぎょ》するものはない。わたしは先回りしたようだが、まあよかろう。

しかし、見世物には素朴ではあるが巧妙な、別の手段がある。わたしのいうのは、風で動く大道具や、木の床や、人の隠れていることがすぐ分かるプロンプター・ボックスのことだ。そのおかげで観客は知らぬまに救われている。そこには、身を投げ出せないように、望むだけ乱闘から身を退くように、そして、燃え上がりやすい共感を抑え、統御するように、との警告が示されている。わたしはかつて人づてに聞いたかわいい娘のすてきな話を思い起こすのだが、恐いお話の好きだったその子は、用心深く耳に指を当て、それを開けたり閉じたりして恐怖心と哀れみの情を自力で調整していたという。アリストテレスのような乙女だ。しかし、見世物の場合には耳をふさぐ必要はない。死にゆくテノール歌手や、火と煙を噴く竜を見つめるだけで十分だ。ここには二通りのだまされかたがある。一つは「飲んじゃだめ」と叫ぶ観客のだまされかたで、もう一つは、照明とメーキャップを観察して「デルヴィルは今日は乗り気じゃないな」と言う観客のだまされかただ。わたしたちはのちに舞台監督の芸術にもう少し接近すべく努めよう。

ともあれ、本当の観客は自分が観客であることを、観客の観客であることを、つまり、自分自身の観客であることを、知っている。かれ自身が見世物であって、だから一般常識として、見世物のなかに入りこんではならないと強く言われる。万人に共通の内省によって舞台から身を遠ざけるように仕向けるのが、客席に広がる同心円状の波動だが、その波動にとらえられた観客は、感嘆すべき理知の動きを内々に模倣する。皇帝も王も及ばぬほどだ。思考が一種のうねりとなってかれを浜辺へとつれもどす。こうして、かれは自分を恐れなくなり、感じることを学ぶ。力強い見世物芸術はほかのどんな芸術にもまして人間を形成してきたのだ。というのも、情動が際限なく伝染していく手に負えない群衆状況（パニックがいい例だ）のなかで、この芸術は、まさしく情念の縁でおのれを統御する人間を作り上げるからだ。ここにあるのは自己意識の修練といったふうなものだ。やや大胆にすぎる考えだし、それに取り組むのはいまは時期尚早である。ここでは、情動が頂点に達するパニックにおいては、意識のすべてが失われるということだけを言っておく。病んだ月を治療しようとしたり、再生する月を祝福しようとする群衆のなかで、感情や思考を正確にとらえるわけにはいかない。とくに、群れなす単純な人びとが自分の感じていることをどこまで知り、自分の知っていることをどこまで知っているかがうまく判断できない。発作に襲われて暗い深淵が見えてくる。そういう状態にある観客は、自分を引きつけるものを強く拒否することによって、たえず自分から救済される。そしておそらく、自分を知ることは自分を拒否することであろう。が、話を元にもどそう。

わたしは見世物を、おそらくはその起源をなす祭りや儀式や行列と結びつけた。最初の見世物である祭りその他もわたしたちを解放する。祭りは呑気《のんき》な気分の伝染によって堅苦しい思考を後回しにする。謝肉祭《カーニバル》は呑気さを誘うものが次々にあらわれ、効果は最高潮に達する。祭りの本領は外へと向かう喜びにあるが、それはやがて内面の喜びになる。そして、対象によって内面が親しく統御されるというのが、おそらくは、すべての芸術の土台だといえよう。明らかなことは、儀式や行列にはことばぬきの雄弁の働きがあって、わたしたちの情動を呼びさますと同時に、情動を制御し、群衆を安定した、形の整った、秩序ある対象に変えるということだ。自分が自分にとって見世物となり、一人一人が全員に礼を尽くすことになる。祭りの参加者には、軍隊の分列行進で一人一人が体験するような規律がおのずと感じられるのだが、その力は観客にまで及ぶ。この巨大な生きた絵は、共通の情動に脅威を感じつつ、秩序に従って共同の場を生きようとする試みにほかならない。それが見世物の最初の段階で、そこでは演者、コロス（合唱隊）、観客の区別がまだ生じてはいない。したがって、儀式と行列は力を及ぼす範囲が大きくはなく、つねに詩や雄弁以下にとどまる。自分を規制するのが主要な目的であって、その芸術の形はダンスにきわめて近い。しかし、儀式や行列の飼いならすべき怪物はどこにいるのか。群衆そのものがここでの怪物だ。自分が強いと感じながら静かにしていること。理性を保ちながら怪物リヴァイアサンでいること。むずかしい試みではある。

儀式と行列からしばし離れることになるが、その前に大切な考えを記しておきたい。造形芸術はまちがいなく儀式と行列から構成の規則を得てきている、という考えだ。位階と人間の序列はありとあらゆる装飾と建築の最初のモデルなのだ。

さて、そこで建築なのだが、これは情念からは遠く離れているように見える。が、忘れてならないのは、円形劇場や凱旋門や大聖堂を見れば分かるように、建築は儀式の凹版鋳型ともいえるということだ。建築が、抗しがたい衣服さながらに、体に力強い威圧的な効果を及ぼすのはそのためである。まずはその塊《かたまり》と、決められた通路や迂回路《うかいろ》が威圧的だし、細かいところでは、足音や話し声を拡大する反響がこちらの動きを制御する。とくに視界の変化はわたしたちのわずかな動きをも見逃さないようで、気がぬけない。さまざまな要素が動きつつ交錯するさまが、自分にのしかかる世界を浮かび上がらせ、秩序を乱してはいけないと感じさせる。建築はそのように人を運動と休止に――規則正しい運動と規則正しい休止に――誘う。凱旋門はまことに力強い。世界と世界をつなぐ門であり、そこを通過しないわけにはいかない。しかし、建築は衣服に由来するものであることも忘れないでおこう。衣服や装飾は他人に見せるものであり、祭りのしるしであるというにとどまらない。衣服と装飾は、それを身につけると自分の動きに敏感になるという点で、まずもって体への忠告者だといえる。例として挙げたいのは、宮廷の礼服、僧帽、長袍祭服《ちょうほうさいふく》、喉当《のどあ》て、ベルト、王笏《おうしゃく》などだ。椅子もある種の衣服といえるかもしれない。時代ものの庭も身の丈を超えた衣服のごときもので、走ったり逃げたりするのではなく、散歩するようにと勧告し、つまるところ、人間の動きを組立てる要素となっている。造園術は建築に属し、建築の重要な部分をなす。一本の道が建築美をもちうるし、小径《こみち》もそうだ。階段となると、もっとはっきりそうだ。しかし、庭園とは、美しい庭園とは、結局なんなのか。それは散歩用に作られた自然である。「自然」そのもののなかを散歩するのは、理知の支持を必要とする一つの芸だといえる。目的を設定し、それに向かって進むわけで、まわりをながめることはない。観客ではいられない。庭園は設《しつら》えられた自然であって、そこでは視界の変化が注意を引く。人はそこで自然を愛することを、まずは自然を恐れないことを学ぶ。美しい階段は強く人を招きよせ、賢者を作り出す。対極をなすものとして、汚ない残骸や瓦礫《がれき》や資材置場を考えるとよい。足の置き場所を見つけるのに神経を使わねばならない。苛立《いらだ》ちや怒りがいつやってくるか分からない。それらが醜いのは、そこを歩く人が不意打ちされ攻撃されるからだ。だまされ、動きをゆがめられることは、それ自体が醜いことで、そこではダンスとは正反対の動きを強《し》いられる。

彫刻、絵画、デッサンはまだ話題にしていないが、そうした芸術のもとにわたしたちの考えを見つけ出すのはいっそうむずかしい。けれども、芸術家自身が自分の芸術によって訓練され、仕事をしながらある種のダンスを踊っていることは明白だ。とくに絵画とデッサンにおいては暴力は完全に克服されている。美しいデッサンの線は、歌と変わらぬほど見事にそのことを証拠立てている。だれでも知っているように、書かれた文字は驚嘆すべき情念の記録だ。美しい文字には十分に自制心のきいた人柄があらわれる。さて、美しいデッサンは、まずもって美しい文字が美しいように美しい。この考えはのちに何度も取り上げることになろう。同様に、画家の身ぶりも激情にかられるところがまったくない。だが、観客についてはどう言えるのか。まとめて言えば、観客は、とくに人間のすがたを前にしたときは、不動のすがたに具わる平和を模倣するといえる。この分析をさらに先へと進めるには、なににもまして謎の多いデッサンと絵画の秘密を発見し、それを深く理解していることが前提となる。そして、私見によれば、芸術の自然な順序に従って、もっとも明瞭で分かりやすい第一群の芸術から出発して、後に続くものを少しずつ確定していき、最後に各芸術に固有の規則と力を発見するのがよい。しかし、芸術における相関関係と対立関係の弁証法はなかなか見えてはこない。つながりをたどって順序よく考える以外にはなさそうだ。いまだあまり知られていず、従う人の少ない論理ではある。デカルト(一五九六―一六五〇)はいつでも新しい。

5講　ダンス

（一九二九年十二月三日）

すべての芸術に共通する事柄はひとまず措《お》いて、一つ一つの芸術をできるだけ子細《しさい》に、しかも、すべての芸術に共通する考えでもって検討していきたい。4講の終わりで、わたしは、規則正しい順序に従うことがどんなに理解を助けてくれるのかを簡潔に説明しておいた。それを実行に移さねばならないが、それがむずかしい。ここでは、数学者がなんとも見事に実践してはいるが、他のすべての分野の研究者は無視しているように見える順序立った思考方法について、ざっと触れるにとどめる。

わたしたちの設定した順序の全体を思い起こし、しばらく注視してみよう。「体」「見世物」「作品」という三つの項目が浮かび上がる。三つの項目のうち、いまは第一項目を細かく吟味し、その項目自身を体に即して区分していかねばならない。

さて、体については不確かな点はない。というのも、わたしたちの体は、眠っているときでも疲れに応じて姿勢を変えるぐらいのことはするからだ。溜息《ためいき》とは、まずもって姿勢の変化であり、叫びとは、なにより不用意に向きを変えた体から出てくるものだ。こうして、ダンスが芸術の最初に位置を占める。音楽は体のすべての動きを音楽的効果に従属させるという点で、ダンスと対立する。最後に詩は、ある意味で右の二つを合わせたものだ。が、それをきちんと説明するには、言語という補助的な項目をもってくる必要がある。体はその構造からして自然な言語の二つの形——身ぶりと声——を提供する。すぐに分かるように、ダンスは身ぶりに対応し、音楽は声に対応する。けれども、どういう意味で芸術が言語であるのかを理解したければ、言語の根元をつかまなければならない。そこで明らかになるのは、最初の、もっとも強力な言語は行動だ、ということである。

行動することとは意味することだ。逃げることとは逃走を勧めることであり、動きそのものによって直接に力強く勧めることだ。戦場の兵士がいい例だが、身を守るために地面に伏せることとは、まわり中の兵士を伏せへと誘うことだ。一羽のカラスが飛び立つと、まわりのカラスが飛び立つ。そこでは、理解することはまねることだ。それが、身ぶり言語の第一段階だ。理解することは、まずもって、まねる以上のことではない。まねることからものごとが始まる。まねることは社交の本質であり、行動と行動とのたえざる交流であり、さらには感情と感情とのたえざる交流である。となると、まねられる行動がなにを意味するのか、それを知るのが次の問題だ。なぜ逃げるのか、どんな危険があるのか、どんな敵がいるのか、それが問題となる。わたしたちが例として挙げたのは、いまいう問題を問うことすら想定しない理解のありかたである。行動の素描ともいうべき身ぶりが、のちにどのように対象を指示するようになるかは、言語の歴史に属する問題だが、わたしがここで考えたいのは、その発端となる第一の言語である。絶対的言語と考えられるダンスを理解するには、そこに目を据える必要があるのだ。

わたしのいう絶対的な言語とはこういうものだ。言語の一部には自分以外の対象をもたないものがある。言語が思考のすべてを占有してしまうような場面だ。そこでは、理解することは意志が通じているのを知るだけのこととなり、まねをするという以上のことは求められない。まねることと、まねられているのを知ること——あるのはそれだけだ。第一の記号たる純粋な記号は、自分以外の意味をもたない。記号が行って帰ってくる。その交換によって、記号であることが確認される。それがおそらくは社会のつながりというものだ。そのことから、だれでも知っている事実——同じことばでも外国人に向かって言う場合には同国人相手の場合とちがうという事実——が理解できる。人とつながることは、表現の内容を知ることが基本となるのではない。まずは、分かってもらえていると知ることだ。

逆説的ないいかたはこのぐらいにしておこう。母親と子どものことを考えてみたい。子どもは微笑を学ぶのだが、最初は微笑がなにを意味するかを知らない（それを知っている人がいるだろうか）。子どもは微笑することを学ぶ。子どもは母親の微笑のうちに自分の微笑を確認する。記号を返したという経験が、記号を理解したという経験と重なっている。生理にかかわるこの出会い、この確認のうちには、表現できないなにかがある。いずれにせよここには、記号が持続的な交換によって彫りこまれ、定着される、という重要な事柄が見てとれる。わたしはわたしの記号の本当の形を、それに応える記号のうちに見出すのだ。まねられたものがモデルであって、わたしは相手がわたしを見るように相手を見る。というより、相手がわたしを見るさまを、相手がわたしを見るように見るのだ。それがおそらくはわたし自身の第一の、もっとも古い像であり、いうならば第一の鏡である。このように間接的な、屈折したわたしの映像は身ぶりにはつきもので、というのも、わたしは自分の身ぶりを他人が見るように見ることはけっしてないからだ。しかし、声の例で考えるほうが、たぶん話は分かりやすい。たとえば、わたしたちおとなは英語を学ぶとき、自分の言いたいことを頭で考え、それを言おうと努力する。が、それは子どものやりかたではない。子どもは微笑するように話す。英語で微笑し、そうやって英語に到達することができるのだ。つまり、子どもは身ぶりを学ぶようにことばを学ぶわけで、音声言語に限っていえば、子どもにとっての唯一の拠《よ》りどころは、自分のことばを人が聞くように聞くというやりかたである。とはいえ、子どもが最初にすることは、なにかを意味することではなく、まずは記号を作り出すことだ。まさしく、最初に来るのは記号という驚嘆すべきものであり、それを獲得できるのは、同じ記号が返されるのを受けとめたときだ。最初の意思の疎通とはそういうものだ。話して理解されることが最初で、そのあとにたぶんなにを言ったかを知ることになろう。そして、なにを言ったかを知ること、それが思考のすべてだ。

さて、言えるのは、記号の最初の交換が似たもののうちに反響を見出すことにあるということだ。ところが、身ぶりについては、わたしの身ぶりが他人の身ぶりと似ていることを比較によって確かめようとしても、明らかにそれはできない。なぜなら、わたしの身ぶりはわたしから遠ざけたり切り離したりはできず、内から感じるしかないのだが、一方、他人の身ぶりは外部の対象としてながめられるもので、二つのあいだには類似がなりたたないからだ。そこで、同じ身ぶりをもう一度やってみて、同じときに同じ間隔で同じ他人の身ぶりがあらわれるよう仕向けなければならない。ナルシスが水の鏡に見えるのが自分のすがただと知ったのも、まさしくそのやりかたによっていた。というのも、鏡のなかに認められるのはまったく新しいわたしの像であって、それが最初の像とつながるのは、まったく別々にあらわれる二つの動きが同じもののくりかえしになっているからなのだ。この分析をさらに先へと進めるつもりはないが、因《ちな》みにいえば、それはとてもむずかしい。ここでは、二人の似た者が顔を突き合わせ、たがいに理解し応答するのを学ぶ場面に、あるいはむしろ、たがいに理解し応答し合っていることを知る場面に帰っていくのでよしとしよう。加えて、目に見える身ぶりに音や接触が入りこめば、動きの出発点と終点がもっとはっきりすることを言っておこう。注意深くくりかえされるこの模倣行為を通じて、共有された身ぶりがモデルとなる。身ぶりが他人のうちに再生産されるさまを学びとるにつれて、身ぶりの示しかたが上達する。実際、行動こそが第一の言語だから、記号の最初の習得は、子どもの初めての遊びを見れば分かるように、反復運動を交互にまねることにあるといわねばならない。そのなかで運動はしだいに規則正しいものとなっていく。あえていうが、このくりかえしこそが社交の最古の喜びである。それはなにを表現するものなのか。わたしたちが記号を、記号以外ではない記号を、発し、送りかえすという、ただそれだけのことを表現するのだ。要するに、人は記号の意味を知る前に記号を学ぶのだ。理解する前に返答するのだ。人との一致を経験し、人が同じ人間だと分かる唯一の道がそこにある。

ダンスについては少し前に述べたばかりで、読者にそのありさまを分かってもらえたと思うが、ダンスこそ最古の会話——自分以外のなにものをも表現しない会話——である。わたしたちは会話をし、会話をしていると言う。それはなんらかのものを表現する以上のことであり、人を人に向かって表現することである。あらゆる集会において、集会の存在を人びとに突きつけるだけの発言を見つけだすのはむずかしくはない。歓呼の声や拍手喝采や野次は、同意以外のなにものをも表現しないが、すべての記号のなかでもっとも強力な記号である。それによって一人一人がその他大勢に類するものに作り変えられるが、それは些細《ささい》なことではない。そこにはことばのもっとも深い意味での相互理解があり、それが言語の土台をなす。礼儀正しさの本体はこの種の記号の交換にある。だれかが微笑する。どんな意味があるのか。こちらも同じく微笑する、という以上の意味はない。だれかが会釈《えしゃく》する。たしかに会釈には、微笑と同様、無数の意味が隠れている。会釈は、わたしが攻撃を諦《あきら》めること、服従すること、相手に身をゆだねることを意味する。が、会釈の交換はなによりもまず、人との同意を、結合を、平和を意味する。記号以外のなにものでもない記号の上に、記号の外的な意味が結びつけられはしよう。そこから出て来そうな無数の帰結を細かく追跡するのは、言語理論の仕事だ。その視点から生理学的に事態をながめたなら、言わんとすることを知る前にどうやって話すことができるのか、といった弁証法的難題を提起することなどなかっただろう。事のついでに、わたしたちの最初の思考が社交の儀式とどう結びついているかを理解するには、事態を社会学的にながめることも必要だと言っておこう。

この問題に深入りするつもりはない。一つだけ言っておきたいのは絶対言語がすべての芸術に見出されることで、その意味で、絶対言語は、明確にできないたくさんの意味を圧《お》しつけてくる謎めいたものといえる。そうした性格は詩のうちによく見てとれるので、その証拠に、一篇の詩の意味のすべてを散文による説明のうちに汲《く》みとることなどできるものではない。詩には別のなにかがあって、そちらのほうがかえって強力だし、一つの意味には別の意味が備わっている。詩によらなければ表現できない意味があり、それはつねに新しく、つねに心に触れてくる。それというのも、詩は、リズムと響きによって、根本的には体の姿勢によって、作者と読者のあいだに、それ自体が称賛と愛の対象となる絶対的な交流を確立するからである。音楽はそれ以外の意味をもたないし、おのれ自身をしか表現しない言語である。全身で歌ったあとに、理解がやってくるのだ。

あまり先回りしたくないし、性急に考えを進めたくもないから、いまは、建築や絵画のうちにも絶対言語が見出され、それが相対言語というべきものを下から支えている、とだけ言っておく。たとえば、シャルトル大聖堂のごときは日常のことばに翻訳できるような雄弁な記号を数多く備えてはいる。福音史家の像があり、切り落とされた自分の首をもつ聖ドニの像があり、天地創造の図があり、罰せられたアダムの像があり、最後の審判の図がある。が、それらだけでは大聖堂を芸術作品とはいえない。もっとほかの表現の形をもたねばならず、むしろそれこそがまず第一にもつべきものだ。大聖堂によってしか表現できないほかのなにかこそ、像や図より雄弁で感動的な形であって、それが絶対の記号というものだ。バベルの塔は絶対の記号だった。同じく、美しい絵画も絶対の記号であって、ある肖像画がなにかと関係する相似的な表現ではないとき、その絵は絶対の記号だと感じられる。それは自分のことしか語らず、しかも、その意味は不可解である。もともと謎に満ちた芸術については、これだけのことを見ておけば十分で、こうなると、順序通りに考えを進めることの大切さが痛感される。だから、ダンスに帰っていこう。身ぶりの絶対的交換であり、身ぶりの確認であり、身ぶりの学校であり、社交の学校であるダンスに。

ダンスの概念をこのように丁寧に検討したとなれば、以下、この芸術の主だった性格が手に取るように浮かび上がってくる。

まずは、リズムだ。ダンスにはリズムがあるが、リズムはダンスの源をなすとさえわたしは思う。その十分な理由は、声だけのうちにも音楽だけのうちにも見つからない。リズムは運動の法則であり、もっと正確には、労働の法則である。すべての行動を律する最初のリズムは、生命のリズムそのもの、つまり、呼吸や循環である。しかし、すべてのリズムは疲労や休息の法則を映し出すにすぎず、その一例が覚醒と睡眠の連続である。行動中の有機体は汚れの速度に洗浄が追いつかず、ために睡眠が筋肉一つ一つの行動のためにも必要となる。斧《おの》を打ちこんだり、櫂《かい》をこいだり、殻竿《からざお》をたきつけたりする際には、次へと移るのに一定の間隔を取ることになる。が、殻竿の例は、共同作業のため、というリズムの別の原因を示してもいる。リズムはあらゆる共同行動の法則であり、共同作業の際に強くおもてに出てくる。リズムは信号となり、信号にふくまれる少なくとも二つの要素——警告と命令——が時間の流れに沿って規則的に配置され、その反復が予期される。レール敷設工のかけ声や、水夫の歌や、船の進水時に水撃を統御《とうぎょ》する太鼓の連打などを考えるとよい。が、リズムの生みだす効果からして、また、努力と休息が交互にあらわれることからして、すべての行動はリズムを刻むといえる。社交ダンスは足音に合わせて踊られる。太鼓はその足音を大きくするだけのことで、手拍子やタップも自然にそこに加わる。そして、予期された通りに音の強弱が連続的に受けとめられると、数が対象としてあらわれる。ダンスは音楽の師であるとともに算術の師でもあるのだ。

ダンスの第二の性格はハーモニーである。わたしのいうのは、恐怖や怒りの無秩序に対立する筋肉組織のハーモニーのことで、行動が最初に来る以上、ハーモニーはそのようにとらえられねばならない。体を麻痺《まひ》させる痙攣《けいれん》は不意打ちによって起こるので、器用でしなやかな態度がそれへの対抗手段となる。それには、揺れのない、ゆったりした滑《すべ》りによって、一つの姿勢から別の姿勢へと移行しなければならないが、ゆったりした滑りとは、適切な動きの連係、形への帰還、運動そのもののなかでの休息以外のなにものでもない。そして、一つの姿勢から別の姿勢への移行は小さな問題ではない。すべての臆病は、おそらく、移行の冒険の際に自分を恐がるところからやってくるので、そこには怒りの予感のようなものがある。すべての労働は情念を制御するが、ダンスは自分に向けての労働であり、もっぱら重力に対抗する体の操作であり、安定と平衡の法則に沿った姿勢の見直しである。ダンスのできない人は歩くことができない。子どもの歩行は転倒と恐怖のくりかえしで、この実習に終わりはない。姿勢が動きを告知するのは、彫刻や絵画だけに見られることではないし、彫刻や絵画に初めて見られることでもない。くつろいだ安定状態が保たれているとき、それはもっと心を打つ動きの告知となる。

ダンスの第三の性格は感情に、いや、ほとんど瞑想にかかわるものだ。言おうとしているのは社交の喜びのことで、予見が証明され、信頼感が生まれ、わたしが絶対的言語と名づけたもののなかで同類であることが経験されるのが、喜びの中身だ。この喜びが汲《く》めども尽きぬものであるのは、情念の可能性が汲めども尽きぬものだからだ。人間は繊細な伝達力をもつ筋肉の群れである以上、つねに他人にとっても自分にとっても恐るべき動物であり、いつなにが起こるか分からない波乱の場所である。脳が指揮すると考えるのが誤っているのは、なにかをするには行なう意欲さえあれば十分だと考えるのが誤っているのと同じだ。先行する動きがあるからこそ、それに規制されて後続の動きが出てくるのだ。そして脳は、おそらく、相次ぐ姿勢が短縮波動によって集められ、結び合わされ、解《ほど》かれる場所以外のものではない。こんなことをいうのも、部分を統御するのは全体であることを、特別の部分が全体を統御するのではないことを、知ってほしいからだ。不意打ちは人間を侮辱するものであり、臆病さはだれにとっても身近な敵であることを記憶にとどめておいてほしい。そこからダンスの重要性が分かってもらえるはずで、思考の教師はダンスの教師を見習うべきなのだ。

以上のことから、軍事訓練が戦争のダンスになるさまが理解できる。訓練というには、それが外界の対象あるいは目的となんらかの関係をもたねばならないが、それがダンスになるのは、その主たる対象が人による人の模倣であり、人の取りもどしであり、自分を統御する力の点検であり、そして最後に、人との一致と社交の喜びであるかぎりでのことだ。軍事パレードや騎馬パレードは行動というよりもダンスである。同様に、恋人同士が近づく動作も、激情が抑えられ、同じ仲間だと実感する喜びが欲望の激発に優位するかぎりで、ダンスだといえる。その意味で、すべてのダンスは根底において、群衆につきものの痙攣《けいれん》的な騒動とは正反対の、宗教的な動きである。ダンスと宗教とのあいだに大きな隔たりがあると考える人は、社会学者たちになじみの以下の考えをわがものとするのがよい。社会学者たちは、社会そのものが神であると考え、人との一致はそれ自体が善であり、心を和らげるものであり、一人一人を気持ちよく全体に帰依《きえ》させるものだと考える。とすれば、記号の交換と承認はそのすべてが宗教であり、儀式が宗教の本体だということになろう。このような宗教の概念は完全なものではない。宗教は反省が深まるにつれて発展し、存在論や道徳に導かれもする。が、記号こそが第一のものであり、宗教哲学はなによりもまず記号の価値を考えるべきだとわたしは思う。たとえば、交差点に立つ十字架像は絶対の記号である。その意味を汲み尽くした人はまだいない。しかし、まず謎をかけてくるものでなければ、人はその意味をさぐったりするだろうか。

以上がダンスの概念である。見世物となったダンスが変質したダンスであることは容易に分かってもらえよう。見世物のダンスはダンスとはちがうものを表現している。それは宇宙のダンスだったり、星や季節の絵だったりする。歴史的なダンスだったりもして、そのときはすでに演劇である。けれども、祭りや祝いのなかでは、ダンスは容易に本来の性格をとりもどし、見世物であることを拒否する。人体の作りが変わることなどないからだ。

最後に、無限の広がりをもつダンス哲学の粗描の仕上げとして、自己意識がまちがいなくダンスの条件の一つになっていることを言っておきたい。行動に熱中すると意識が食い尽くされるのは周知のことだが、反復され学習されるダンスの動きは、他人という鏡に自分を映すところに行きつく。加えていえば、わたしと世界との対立という図式は、明らかに、人を支えるには抽象的にすぎるので、もっと身近で対等な図式としてあるのが、他人とわたしの対立である。同類の人間こそが、わたしを識別する条件であり、わたしはわたしにとって他人の他人なのだ。この微妙な関係はダンスにほとんどそのまま見てとれるもので、ダンスをする人の見取図だとさえいえる。音楽と詩を主題とするのちの論考では、これと似た事態がもっと根拠のあるものとして分析されることになろう。いずれにせよ、芸術は自分へと注意の目が向けられる行動の場であり、本来は思考の思考である思考が、おそらくは現実に初めて登場する機会でもある。

6講　音楽

（一九二九年十二月十日）

今日の主題は音楽だが、わたしたちはわずか一時間でこの大問題を論じなければならない。音楽はもちろんダンスに結びついている。少なくともおもて向きはそうだ。が、同じ瞬間に同じ人間のうちで結びつくのは不可能に思える。だから、歌の形で音楽を考える際には、むしろ二つの芸術の対立に注目し、音楽がいかにダンスを否定するかを追求すべきだ。そして、それが、すべての芸術にたいするわたしたちの変わらぬ方法となるはずだ。

ところで、声については、それが身ぶりに対立するものだとまず言わねばならない。身ぶりはたやすく物に似てくる。物をとらえたり変えたりする動きそれ自体が、物のすがたを浮かび上がらせる。どんな場合でも身ぶりは体に似ていて、体のうちに類似を見てとれる。

声は物に似ていない。せいぜい自然の音のいくつかをまねできる程度で、音が表現するのは第一に、目に見えないもの、親密なもの、感情である。「音は魂の兄弟だ」とヘーゲルは言う。しかし、逃げるのがつねのこうした対象をつかまえるのに、わたしは感情の内容を追求したい。体をぬきにした感情など考えたくないが、ともあれ、感情のこもった体が情動である。そして、わたしがこれまで情動を生理学のことばで記述してきたことからしても、情動と声とがおのずとつながることは分かってもらえよう。情動はわたしたちを変えるし、その変化は仲間に感じとられる。しかし、変化をまず感じとるのは自分自身だ。わたしたちは筋肉組織のわずかな変調をも感じるし、わずかな身構え、わずかな震えをも感じる。また、循環組織の流れや波をも感じるわけで、太古の詩人たちも情動のこの衝撃を書き記す術《すべ》を心得ていた。わたしたちの知るこの動きが、どのようにしてわたしたちにとって感情となるのか。どのようにして心配、期待、不安、恐れ、魂の状態となるのか。体の動きを制御できなくなると、体の動きが恐くなるところに理由は求められる。前にも言ったが、それが臆病さ——自分への怖れ——の土台をなすものだ。わたしのなかでなにが起こったのか。なにが起こりそうなのか。どうしようというのか。そんな思いが情念の素材をなす。それが身ぶりの内面であり、身ぶりの秘密である、といってもよい。しかし、この親密な動きはもっと別の形でも表現される。

すべての筋肉には全体に緊張が走るから、動きがあれば必ず喉《のど》が締めつけられるし、とりわけ胸が圧迫される。死命を制する危険な筋肉がとくにそのあたりに位置しているからだ。喉と胸を圧迫するこの二重の動きによって、呼吸器官内の空気がくりかえし収縮し、溜息《ためいき》や呻《うめ》きや叫びが発せられる。雛鳥《ひなどり》の死骸の胸を手で押してみるといい。雛鳥の叫び声が聞こえてきて、びっくりする。ということは、声は筋肉組織が物にぶつかる動きを示すものだということで、樵《きこり》やパン焼き職人の口から洩《も》れる声がそうだ。声はまた、体がみずから体にぶつかる動きを示すものでもあって、その動きが情動を生み出す材料となる。恐怖、不安、怒り、おびえなどのうちにはそういう動きがふくまれる。

情動は声を変化させるが、もっとも多いのが筋肉の暴動によって声が鋭くなる場合で、実際に自分で自分の首を締めつけた結果がそれだ。反対に、疲労や、短かい睡眠の形を取る弛緩や、呼吸の取りもどしは、声を低くする。情念に駆られた呪文はだれしも聞いたことがあろう。しかし、声と身ぶりを対比した上でまず注意すべきは、声が声の表現するものに似ていないことだ。声においてはすべての動きが入りまじっていて、親密な不安と弛緩しか確認できない。声は身ぶりにも物にも似ていないが、にもかかわらず、すべてを記述する機能を備えている。すべての芸術のうちでたしかにもっとも秘密めいた、もっとも遠回りの文学芸術がそこから生まれてくる。その一番手が詩だ。が、急ぐまい。わたしたちはまだ純粋な音声芸術しか相手にしていないわけで、言えるのは、声が情動総体の浮き沈みしか記述しないということだ。その一方、音の高さや音色や調音による抑揚の変化は、数え切れないほどにある。演説ないし議論をしている人の声を、遠くで聞く場合を考えてみるとよい。ことばの意味は無視するか忘れることにしよう。それでも音声は驚くほどの変化を示す。それによって、話し手がなにを考えているかはまったく分からないが、かれが脅しているか、疑っているか、許しているか、愛しているか、嫌っているか、自信があるかないか、弱気か強気かは、はっきりと分かる。

声は警告の記号であり、それ自体が警告だが、行動を粗描するものではまったくない。声のまねは耳によってなされるので、だから、よく知られているように、生まれつき耳の聞こえない人はそのために口がきけない。そこで、声については、ダンスのように、動きが動きに一致するようなことはない。声の社交は動きの一致が耳で知覚されるという形をとるので、素朴な会話は、声を混ぜ合わせて声のちがいを消すことに帰着する。声によるもう一つのダンスは、動きのない、注意力の高いダンスで、声の摩擦を耳で監視し、摩擦を少なくし、多くの声を一つにまとめ上げようとするものだ。ここには部分の存在しないもう一つの社交がなりたっている。というのも、声のすべてが絶対のまとまりをなし、場所がなくて時間があるだけだからだ。記号のすべてが一つになり、さらにいえば、別々に分かれた記号のすべてが一つになるわけで、そこにこのダンスの完成形がある。しかし、関心のすべてが叫びの構成という問題に注がれるさまをうまく説明するために、声のまさしく悲劇的な性格に言及しておきたい。悲劇的な性格は、声が情動のあらわれであることと並んで、許可なしに入りこんでくる記号であること、いいかえれば、目を覚まさせる夜の記号であることから来る。そのかぎりで声は身ぶりに優位するのが当然で、ダーウィン（一八〇九―一八八二）の言ったように、すべての言語を自分の手中におさめる力がある。身ぶりにたいする古くからの勝利ゆえに、声には、日常会話の声にも、なにかしら人の心を動かすものがある。最後に、もう一度言っておかねばならないが、声は当の話し手にも他人が聞くように聞こえてくる。そこでも声は身ぶりと対立する。話し手は自分と人づきあいをするのだ。こうして声のないダンスと動きのない歌とが明確に対立する。

そこを出発点にすると、音楽にかんする事柄が簡単に整理できる。わたしは話を六つの部分に分け、各部分について必然性にもとづいた厳密な展開を追求するだけにしたい。読者の省察を方向づけるのがわたしの役目で、省察に決着をつける気はないのだから。

まず第一に、音について考える。音は、誓いでも立てたかのようなその恒常性によって、情動とは直接に対立する形で、ただし情動そのもののなかで、感情のために、感情の糧《かて》となるものについて証言する。加えて、音はたえず雑音にもどるもので、雑音にたいする持続的勝利が音の美しさを作り出す。音の美しさは、つねに正確さにわずかな変更を加える生命に特有のこの対立を、音がまねるからこそなりたつ。だから、音には意志が働いているが、ダンスの場合とちがって、他人に訓練された意志が働くのではない。意志はここでは身近な無秩序と格闘していて、無秩序にたいする勝利をみずからに証言する。音はそれ自体で美しい。自然のなかで、自然との対照によって際立つのが音だ。それはしあわせな力強さの記号である。鳥の歌は別のものを、宇宙の力とでもいうべきものを、表現する。それは鳥の体つきから出てくる一種の叫びだから、鳥が歌うというより、むしろ鳥が話すというべきだ。ナイチンゲールの歌にも音楽的なものなどない。ナイチンゲールの歌の前ぶれともいうべきフルートの音のうちには、しらずしらず自然の坂を下っていくようななにかが聞きとれるといいたいほどだ。人間の歌の要素である音は、自然を征服する。音らしくあろうとする音には崇高さのようなものがあるのだ。叫びも心をゆさぶるが、ゆさぶりかたがちがう。

第二に、音の観念そのものをもとに、音の移行ないし変化について述べておきたい。移行と変化は地域ごとに無限のちがいがある。声は音から音へと移る際に、間隔のちがう無数の移りかたを示す。しかし、すぐ前にいったことからすれば、もっとも音楽的な音楽は、持続する似通った二音のあいだに明瞭なちがいが見てとれるような、断固たる変化を示すと考えられる。それ以外の移行はすべて叫びに帰着する。音はつねに叫びだというのは本当だが、歌が叫びとの闘いだというのも本当だ。わたしたちを導く観念の一つは、情念があるから芸術がある、というものだが、ということは、美がつねに脅《おびや》かされているということだ。そこからさまざまな歌が生じ、同一の歌を歌うのにも、場面に応じ、歌手の資質に応じて、さまざまな歌いかたが生じてくる。危険が身近にあることが美の本来なのだ。オペラ座に行けばそのことがよく分かるはずで、実際そこでは、叫びがつねに支配権を奪回しようとして、ヴィブラートをつけたり、ポルタメントで歌ったり、音の不確定が——自己陶酔というべき音の不確定が——生じたりしている。自然による音の奪回といってよい。こうして悲劇は絶え間なく征服され、そこから悲劇とオペラのちがいがだんだん目につくようになる。というのも、音楽が優位に立つかぎり、情念は感情のうちに逃げこむが、韻文で書かれた悲劇ではそうした動きが幾分かは残るものの、散文で書かれた単純な悲劇においては、つねに情動が感情を食い尽くさないでは済まないからである。そこに、両極端をなす悲劇とオペラのちがいがある。悲劇においては、問題が解決して単純に話が終わる。詩が弱体化して以降、終わるに当たって自然が大きな位置を占め、全体を占めるにさえ至る。反対にオペラでは、音があるというだけで問題の解決は至る所に生じる。そこには、いうならばつねに情念を脅《おびや》かすしあわせがあり、取りもどされて持続する人間生活があり、最後に、日常的な崇高さがある。この崇高さは、イタリア・オペラ（それについてはスタンダールを参照してほしいが）の場合のように、生きるしあわせを確定する場合もあれば、不幸を俯瞰《ふかん》するしあわせといった宗教的な境遇を確定する場合もある。ミサは、このように理解された音楽劇のモデルだといえるし、ワーグナー

(一八一三—一八八三)の楽劇にはそのような響きがこめられている。ハーモニーの戯れと解決からも同じ観念が出てこようが、音楽を純粋な形でとらえたいのなら、ハーモニーのことは後回しにするほうがよい。

第三に考えたいのはメロディの均衡についてだが、心の冒険のうちにつねに残るメロドラマ的要素によってくりかえし否定されるのがメロディの均衡である。ここにおおよそのすがたが示されるのは人間の形であり、いいかえれば、休息へと帰っていく釣合いの取れた動きの態勢である。ルソーは情念の自然な抑揚と音楽的な朗唱の歩みとのあいだに類似性のあることを指摘している。自分の叫びに心動かされるように、苛立《いらだ》ちと熱狂によってだんだんと気分が高揚し、ついで、疲労によって低い所へと帰っていくというのが、情念のすべての自己主張の動きのあらましである。しかし、メロディ本来の動きは、ベートーヴェンやモーツァルト(一七五六—一七九一)を聴けば分かるように、そのような自然の強制を逃れ、熱狂には従わず、疲労を期待せず、自分の言語を可能なすべての音域のつらなりのなかにうまく按配し、全体がそろって休息へと向かうよう調整することにある。そうした調整は低音から始まった場合でも実現可能で、そこに情感の動きの無限の変化が描き出される。広がりや持続にちがいのある動きが、自制心の表現にほかならぬ、おのずからなる釣合いの法則によって、つねになんらかの制御を受けるさまが見てとれる。ここでもまだ悲劇は音楽と闘いつづけている。

第四に、コーラスとハーモニーをざっと見ておかねばならない。音の一致（ユニゾン）はつねに求められている。一致は模倣の成果であり、単純に音の知覚の成果だといってよい。耳だけのための音楽など存在しないのだ。身ぶりが目に見える像に意味をあたえるのと同様、音を完成し、体の全体を耳に即して整えるのは内なる声であって、それが音を感じるということだ。ここで想定されるのは、感覚を感情という土台の上に据えるというきわめて困難な分析である。わたしの考えが口でいう以上に理にかなっていることを分かってほしい。となると、音の一致はわたしたち一人一人が喉《のど》で聞きとるものだといえる。しかし、性と年齢ゆえのちがいが生じ、別種の一致が五度の和音となってあらわれる。五度という音程には生理的に自然なものがあるということだ。だが、なぜ厳密に五度なのか。それを教えてくれるのは物理学者で、わたしは読者をヘルムホルツ（一八二一―一八九四）の音響学のもとへと送り出したい。音と音とのあいだには対立、摩擦、うなりがあって、正しい音程に近いところではそれらが強くあらわれる。そして、正しい音程とは音を構成する振動数の一致によって音が強化される音程のことだ。

いっしょに歌う人びとはたえず正しい音程を求めているわけで、いくつかの音のどれかに居場所を見つけ、そこへと移っていく試みがそれだ。そして、音の全体は人体という生きた弦にも、楽器の弦にも、注意を喚起する弱い圧力をかけつづける。最初に音のまちがいを感じるのはたぶん耳ではない。むしろ、歌手やヴァイオリニストが、振動する空気の抵抗を感じ、コーラスやオーケストラに音を合わせ、最終的に、もっとも効率のよい最上の響きを見つけ出すのだ。他人に合わせるというのは音を強化することであり、音を消さないことだ。心地よい音が音の正しさの経験であることは、雑音でも陶酔することができるのを考えれば納得できよう。ハーモニーの整ったコーラスでは、一つ一つの声が他の声によって現実に助けられ、支えられる。ただ、ここではまだ悲劇的な魂がかん高い議論を復活させ、どこにも行き場のない囚人の音を出現させることがある。しかし、もう一度言うが、音楽は断固として不協和音を解消し、争いの次元を超えた高みへとわたしたちを引き上げる。注意してほしいのは鐘の音にも争いがあり、音のぶつかり合いがはっきり聞きとれることで、加えて、リズムまでが重力によって制御されている。ついでに言えば、それは祭りと服喪の強力なイメージを――儀式によって克服すべき強力なイメージを――提示するもので、要するに、鐘の音は歌を求めているといえる。そして右の例から、多くの他の例にもまして見えてくるのは、わたしたちの観念が、第一に芸術によって作り出され、次に宗教の形で発展し、そのあとにようやく反省によって観念の観念が形成されるということだ。

第五に、音調と転調について必要なことを言っておきたい。たぶん音程を厳密に制御するには楽器――弦楽器と管楽器――によるしかあるまい。楽器が使われるようになると、伴奏のやりかたでメロディとコーラスの自然な落下が――意志の精一杯の努力にもかかわらず音が少しずつ変化する自然な落下が――防がれる。一定の調和的な音の下方に物理的な実在性をもつ派生音が生まれ、それが自然な低音部を形成する。派生音が楽器によって強化されると、この不変の奥行きが調性を決定し、移調と転調のありかたを左右する。そして、音から音への移行は情念の征服を示すもう一つの記号となる。転調に二つの方向があるからだ。たとえばハ調からヘ調に下降するという転調は自然なハーモニーに従うもので、重ねられた音が、たとえばハ調における変ロ音が、あるいはト調におけるヘ音が、倍音であるために、こちらが転調に誘いこまれ、元の音から離れていく。それとは逆に、たとえばハ調からト調への転調の動きは、わたしたちが自然な動きに打ち勝ち、まさに自分たちのいる位置へと再び降りていこうとしていることを意味する。それがフラット記号にたいするシャープ記号の意味だ。こうした驚くべき発明のすべてをここで十分に展開できないのは残念だ。

歌がオーケストラに打ち勝っているかぎり、さまざまな転調のちがいはあまり注目されないのがつねだ。古い音楽や民謡は調性が不確定であるのが特徴だ。反対に、交響曲の作曲家は、転調から新しい冒険とこれまでにない解決法を引き出している。大胆さに限界はない。聴衆が形成され、ある意味で雑音に惑わされることはないからだ。聴衆は雑音のなかに音楽を認めるに至る。それは感情の新しいモデルを創造することだ。新しい情動を救うことであり、情動を思考へと高めることだ。けれども、この最後の公式に示されるように、つねに悲劇と緊張関係にある音楽の法則は、悲劇に譲歩するようなことはない。解決はあらゆる瞬間に求められ、雑音の恐れが強い場合のほうがかえってうまく行く。解決の希望が消えてなくなることはない。とはいえ、オーケストラはみずから、反抗的な音色や随意・不随意の雑音によって、自然の雑音に近い別の遊びをも自分の楽しみとするから、歌とコーラスは休むことなくオーケストラに打ち勝たねばならない。

第六に、目下の主題の広がりを少しく読者に示すというそれだけのために、模倣と変奏に触れておく。そこに歌の自然法則を見るべきか否かはさだかでないが。まちがいなく楽器の構造からして、その楽器に気に入りのパッセージが作成され、そのパッセージがくりかえされる。また、楽句のくりかえしのうちには、まちがいなくダンスや行列の模倣がある。そして、装飾音の建築的なくりかえしでさえも、わたしには人間的な序列の見世物のように思える。というのも、純粋な音楽法則に従えば、なにかがやり直されることなどなく、それどころか、すべてが補い合って進むからだ。とすれば、反復と模倣によって音楽はすでに見世物となっているといえるし、建築だとさえいえる。けれども、音楽自体のうちにもやり直しの理由が認められなくはない。まずは、歌い手一人一人が学んで試みることを前提条件とする、コーラスの力学がある。が、それに加えて、音楽を作り出す音の持続が、同じ変奏の再来によって確認され強化されるということがある。同じ楽節をくりかえすという試みは、音楽同様に取り返しのつかない悲劇に対抗する、意志の努力を示してもいる。となると、リトルネッロ（反復される楽節）は、生活の日常性と共同労働の回帰を示すことにもなろう。が、この講義は話の展開が一つ一つ場所を得なければならないのだから、こうした無鉄砲な考えの披瀝《ひれき》はここで終わりとしなければならない。

これまで述べてきたことから、少なくとも音楽固有の力がどんなものかを理解することができる。音楽は、音の組合わせ、調和、摩擦によってであれ、楽節、リズム、動きによってであれ、それらがつねに釣合いを取って続くことによって、わたしたちの日常生活の変転を直接に表現する。それも、悲劇的な危機を表現するというより（音楽では危機は始まったとたんに崩壊するから）、わたしたちの時間を満たしもし、思い出の地平にあらわれ出てもくる、仕事、疲労、怒り、許しの平凡なつらなりを表現する。が、どんな仕事なのか？　どんな情動、どんな情念、どんな感情なのか？　どんな対象についての、どんな目的をもつ表現なのか？　愛なのか？　野心、欲望、嫉妬、羨望、絶望なのか？　希望、信頼、歓喜、信仰なのか？　なにへの信仰か？　なにゆえの信仰か？　こうしたことは音楽の表現するものではない。声はそこに到達するだろうが、それにはまず詩が必要となる。が、音楽の本性は、声が声以外のものではないことに、ことばなしにわたしたちの内面の変化や情感を証言することにある。だからこそ、音楽はある意味で記述力ゼロであり、ある意味で驚異的な喚起力をもつ。

危機があり解決がある。それが一生の歴史であり、一日の歴史だ。一日とはジャン・クリストフの歌いたかったものだ。ここには時間が――ダンスのなかにはない時間が――あらわれている。ダンスはやり直されるのだから記憶をもたない。音楽はどこまでも記憶であって、対象がないとしても記憶ではあろう。現実の充実した時間の感情が音楽なのだ。過去の時間の喚起がそれだけで美学をなすのかもしれない。わたしたちをなにもかもまとめて運んでいく、つまり、わたしたちとすべてのものをゆるぎない同一の運動によって運んでいく時間なるものは、偉大な対象である。「それは過去のことだ、もう過ぎ去ったことだ」といったことばにこめられた意味で、過去のことを、過去となる未来のことを思い浮かべてみてほしい。過去とはおそらく絶対の慰めである。時間のおかげでわたしたちは身を退《ひ》いてものごとをながめやることができるのであって、そのとき、自分の心配事や苦悩が対象に、たんなる対象になる。この大航海はやむことがなく、すべてを回復し、わたしたちを運んでいってくれるが、そこには解放の約束が、いや、約束以上のものがある。この持続的な運動が思い出の当たりを軽くしてくれる。絶望は過去に居坐《いすわ》ろうとするが、そうはいかない。過去を再考することと過去に別れを告げることとは、人生の平衡そのものだ。それは、身を退きつつ自分を再発見することだ。思い出の歩みに密《ひそ》やかな崇高の感情がふくまれるのは、そのためだ。そこにはすでに叙事詩の動きが見てとれる。わたしたちはのちにそこに帰っていくことになろう。いずれにせよ、容易に信じられないことだが、音楽によってわたしたちが経験するのは、時間の流れがわたしたちをなだめてくれるということだ。そして、唯一の普遍的なこの時間によって、すべてのものが必然性をもってあらわれる。部分に分かれることなく緊密な統一を保つ必然性が、瞬間のつらなりを形成しつつあらわれる。こうして、音楽のうちには物の本性が、明確な形を取って表現されはしないまでも、それとして提示され感じとられる。すべてがそんなふうにあらわれるわけで、それを記述しようとする試みは効果を弱めるだけのことだ。夜は音楽的な場である。沈黙が支配するからそうだといいたいところだが、なにもかもが総体として、距離なく、対象の形を取ることなくあらわれているから音楽的だ、というのがよかろう。要するに、音楽は宇宙的なのだ。そして、記述することなく喚起する、というこの力は詩のうちになにほどかは保存されている。

7講　詩

（一九二九年十二月十七日）

さて、次は詩だ。ことばを話さないダンスや音楽といった芸術のあとに来る詩の際立った特徴は、それが普通の言語だということだ。わたしはそれを相対的言語と呼んだが、わたしたちはその言語によってものを記述したり、観念を表現したりする。ダンスが語るかぎりで、ダンスのうちにもこの言語が見出されるが、付けたりであることに変わりはない。音楽にはそれが欠けている。ところが、詩はことばで作られる。叫びではなく、分節され、組合わされて形やものに、たとえば、家、馬、湖、海、岬などに対応することばで作られる。それはどういうことか。音楽の要素である音がここまで下りてくるのだ。身ぶりや行動がおのずと表示していたものを、声は間接的に表示する義務を負わされる。ダーウィンについては以前に触れたが、他の論者はさておき、ダーウィンの論だけからしても、人は自分の身ぶりをことばにしたのだった。そして、新たに身ぶりをお役御免《やくごめん》とし、身ぶりを文字に変えることによって、ことばを書き記したのだった。すべての言語の歴史がここに集約されている。その結果、わたしたちは『イーリアス』や『湖』といった詩を読み、語られ書かれていることを理解する。つまるところ、詩人はわたしたちがたがいに話すように、わたしたちに話しかける。

が、そんなことではまったくない。それは見かけにすぎない。こうした見かけがよく人をだますのは本当だ。ヴォルテール（一六九四―一七七八）とシャトーブリアン（一七六八―一八四八）は韻文を作ったが、詩人ではなかった。なぜか。二人はまず散文で考えたことを韻文に移したからだ。創意に富んだ文章で、記憶には残るし、ためにもなるのだが、詩ではない。詩はすべての芸術に――ダンスや音楽や絵画に――似たもので、第一に、わたしが絶対的言語と呼んだものにかかわる。しかし、順序を守って話を進めよう。詩はダンスと音楽を集約したものといえる。身ぶりと行動を取りもどす点ではダンスだが、まずもって音楽である。詩の音はきわめて明瞭な訴えを、人間の歌を、作り出す。この歌はわたしたちを詩人と同じ気分にし、同じ動きへと導くのだが、音楽と同様、一定の物を表現するのではなく、人の形だけを――活発な、しっかりした、ある意味でしあわせな人の形だけを――表現する。この歌はわたしたちの体を、歩行、歩調、征服、出発、航海、帰還に合わせて調整する。そこには音楽的な浄化作用がすぐにも見てとれるが、浄化は音楽ほど強力でも動きが躍動的でもない。詩の朗唱者は歌手ほどには正確さに気を使わない。まずはリズムが数の大小に限定され、リズムと数とのあいだにちがいがあっても、詩句のあいだにはさまる沈黙は、厳密には計算されないものだからだ。音楽では二次的なものにすぎないトリルやカデンツァが、詩では普通に使われる。メロディの法則についていえば、詩においては同じ法則が、日常語を活用し、日常語の要素たる雑音を活用した釣合いの法則に変わっているが、情念に左右されることの少ない、形の整った音声を再建する点では、音楽性が残っているといえる。例としては、朗唱者に依存するところが大きいとはいえ、雑音のうちにつねに歌を求めた古代ギリシャ劇の叙唱部や、取りもどされて音楽の休止部分に匹敵する表現力をもつ、無声の音節などが挙げられる。最後に、詩節の増加や変化にもとづく数の法則と、とりわけ、しばしば指摘されることだが、知性とは驚くほど無縁の手段たる脚韻によって、詩は音楽性を保っている。脚韻は音楽の手法だが、詩に固有のものともなっている。音楽が音楽として詩のなかにもっとも見事に復活しているのは、間《ま》を置いて同じ音が力強く反響する脚韻においてだということであろう。人は脚韻を期待するが、想像力の現実の遊びである脚韻は、口と全身が準備し、順応しなければ成立しない。こうして、脚韻と脚韻とのあいだの音節は、おそらくは願望のうちにしか存在しないような共通の音色のごときものを受けとる。同じ母音を待つ心の構えが情動を安定させ、情動を感情たらしめる。わたしたちは脚韻を思い出し、脚韻を期待する。わたしたちは自分自身と脚韻を踏む。こうして、すべてのことばがわたしたちのものとなり、ことばのすべてが韻を求めることになる。

　わたしたちはここで、音にかんしてのみ考察された詩の言語の効果と、情念の動きに左右される普通の言語の効果とを比較してみなければならない。情動は、そのすべてを支配する苛立《いらだ》ちと熱狂の法則ゆえに、どれもこれも不幸なものだ、というのが人間の作られかただ。そして言語は、さまざまな動きのなかで、もっとも明瞭に人の心をゆさぶる動きの一つだ。話すことは気持ちの昂《たかぶ》ることであって、耳の聞こえない人に話すだけで昂りは経験できる。要するに、すべての言語は先を急ぎ、短縮され、ために、鋭く、ごつごつした、辛辣《しんらつ》なものになり、もって、まず話し手を傷つける。そして、おそらくはそれがすべてのおしゃべりを悪意へと向かわせる理由であろう。これに反して、詩的言語は、音楽に具わる徳性をもつというだけで、朗唱者に威厳を、自制を、克己心を、つまりは一種の幸福を、分けあたえる。わたしたちがどう言おうとも、自分たちの話からなにを学ぼうとも、わたしたちはさほど不幸にはならない。だからこそ、詩は不幸を表現するのに適した言語であり、不幸に耐えうる唯一の言語となる。ここで、生理学の手段がわたしたちにどう力を揮《ふる》うかを考えてみるとよい。というのも、感情の激発は、体の平衡や安泰とおよそ正反対の激発でさえも、呼吸や血液や筋肉の組織に依存しているからだ。こうして、雄弁においては、聞かれる必要があるということが情念を変化させる。ところが、詩の規則はもっと効果的な働きをする。威厳を増すように事態を動かすのだ。言語から判断にまで及ぶ受身の拒否には、なにかしら崇高なものがある。けれども、わたしたちがそこに見出すのは、音楽に特有のたえざる解決や回復や解放ではない。詩のうちに認められねばならないのは、わたしたちを壊そうとする、表現された感情と、けっしてゆらぐことのない数の要求とのたえざる対立だけだ。こうして、わたしたちは自身のドラマに引きずりこまれないでいられるが、とはいえ、詩の音調は、人生の変転にほかならぬ危機や狭い通路や短かい勝利を、音楽の音調ほど丁寧に模倣するわけではない。

逆に、詩は、その点では芸術のなかで第一の、もっともゆたかなものだといえるが、釣合いの取れた、補い合う音調の力と、不幸のもっとも厳密な表現とを合致させる。その点では、詩は音楽よりもわたしたちの運命の近くに位置する。詩は語り、嘆き、描写するし、ことばによって恐怖や畏怖《いふ》を提供するし、絶望の損得計算をする。『湖』や『オランピオの悲しみ』や『ナルシス』や『夜』を思い出してもらうだけでよい。『イーリアス』には戦争の本当の表情が示されている。が、解決は保証されている。わたしたちはそこを過ぎていき、立ちどまることはできないからだ。ここには、すでに音楽において感じられていた叙事詩の動きが、もっとしっかりした形であらわれている。詩の動きはわたしたちを前へと押しやる。そこにわたしたちは時間の足取りを聞くが、それはけっしてとまることがなく、注意すべきことだが、急ぐことさえもない。わたしたちはすべての人間と物とを乗せた列車に再び乗せられ、普遍の法則のうちに帰っていき、すべての物のつながりと必然性を実感する。わたしたちは不幸を乗りこえ、不幸を後にし、否応なく新しい時間へと、不幸が過去のものとなった時間へと、送りこまれる。詩のなかにつねに慰めの響きが聞きとれるのはそのためだ。普通わたしたちは悲しみのなかでは危機の瞬間にとどまろうとし、時間を否定する。もっと悪い場合には、過去のしあわせな時間を振り返るのだが、それより賢いのは不幸を待ちうけることだ。すると、詩がわたしたちを運んでくれるので、そこに叙事詩の意味がある。ホメロスの英雄や、すべての戦争、すべての劇の英雄が、不幸に向かって前進することによって恐れから解放され、自分が不幸のすべてを都合よく作り出したと考えることによって不幸から立ち直りさえするように、すべての詩は、この整然たる歩みとこの冒険を模倣するといえる。叙事詩がすべての詩の基調なのだ。おそらくは滑稽《こっけい》な詩など存在せず、あるとしても遊びにすぎない。詩の主題はつねに取り返しのつかぬ時間であり、そうした時間は哀歌や瞑想詩にも感じとれる。ホラティウス（前六五―前八）は、「神々がどんな目的を定めたかを知ろうとするな、それは禁じられている、……来る日も来る日も花を摘むがよい」と歌っている。『湖』のなかでは、詩の響きが表現するものをことばそのものが語っている。「このようにつねに前へと押されて……」と。叙事詩の動きは二重に保証されているのだ。この動きによって、わたしたちが通過し、そこから去っていく感情の未来が告知される。大叙事詩『イーリアス』において、アキレウスは次は自分が死ぬ番であることを知っている。かれの馬が地面に息を吹きかけながらそのことを教えるのだ。すべてが、溝や壁でさえも、過ぎ去り、忘れられ、消されていく、といった考えが何度となくあらわれる。こうした時間の移りゆきを見つめ、その情景を思い浮かべ、イーダ山上のゼウスのように、それに立ち会うこと、それこそがまさしく崇高な状態に身を置くことだ。

時間にはなお別の力があり、いうならば、なお別の次元がある。音楽にかかわってそのことにいささか言及はしたが、音楽はわたしたちの考えを強調するものではない。詩では時間の共鳴によって世界がわたしたちにもどってくる。というのも、唯一の時間の、調子に乗った歩みによって、すべての出来事が同じ歩調で進み、わたしたちについてくるからだ。ここにすべての詩の舞台背景があらわれているので、それはゆるぎなく生成してくる世界以外のなにものでもない。わたしたちの不幸もこの無限の宇宙のなかに位置をあたえられるわけで、そうなると、わたしたちは自分の運命がそうであるほかはないと感じる。『イーリアス』のなかには乱闘があり、死があり、埃《ほこり》があり、熱狂がある。しかし、「それは樵《きこり》が高い山で食事の用意をする時間だった」と詩人は言う。同時性がわたしたちをとらえる。ホメロスに数えきれぬほど出てくるこうしたイメージは、厳密にいえば、時間の果実であり、風にそよぐ麦藁《むぎわら》であり、雪であり、波であって、それ以外ではありえぬもの、それ以外であってほしくないものである。あれこれ対比するのはたしかに装飾に類するが、それらが一つになり、わたしたちの思考と感情を普遍的法則に沿って規制するのだ。わたしたちを苛立《いらだ》たせるのは、悪意――すなわち独立の意志――以外にはない。わたしたちがそうではなかったかもしれぬと想像するもの、それがわたしたちを傷つける。「なんだってまた奴は軍艦なんぞに乗りこんだのだ」。これが情念の叫びというものだ。フィガロは、「ああ、どうしてこうなるしかなかったのか」と自問する。すべての詩において、答えてくれるのは自然だ。そして、詩の父ホメロスのもとでは、自然は一つ一つの物の流れを法則に従わせることによって答える。ホメロスの対比は盲目の力の世界を長く続く瞬間において見ることであり、それによってわたしたちは情念を的確に判断するよう促される。そこには疲労、飢え、夕暮れ、食事、人間と神々の眠りが、結びついている。力強い想起であり、ゆるぎない調整装置だ。この平衡が、以後これだけ内容ゆたかな形で再現されることはなかったと思うが、すべての詩においてそのようなイメージはもどってきている。その場に合わぬ、思いがけないものも少なくないが、それは見かけだけのことだ。つねに自然からやってくるイメージであり、情念が忘却した世界をつねに呼びさますイメージだ。イメージが好ましいのはたがいに似ているからではなく、わたしたちの不幸とものの流れとのあいだを、わたしたちの経験する時間とすべての世界に共通の普遍的時間とのあいだを、イメージが橋渡しするからだ。すべての詩に季節があり、星があり、風、川、海、日々がある。

全能の異邦人たち、避けがたい星々……

この航海は大集団をなして行なわれる。それが叙事詩の力だ。
細部の検討と実例の分析は、詩という主題の全体を忘れさせかねないから、ここまでにしておこう。そして、隠された部分の大きい芸術で主として問題となる霊感について、そのありさまを照らし出してくれる最後のことばに目を向けるとしよう。
芸術作品とは前もって考えられたことを実現するものだ、と多くの人は信じている。大建造物や絵はあらかじめ考えられ構想されるもので、それを実行するのは職人仕事の領分にほかならない、というわけだ。こうした方面に役立つ万能の公式をあちこちで見かけるが、それは、美とは理念が実現されて対象となったものだ、という公式だ。ヘーゲルの理解はちがっていて、生育し花開く植物がその理念を実現する、というものだった。一宇の大建造物や一枚の絵が植物のように生育しないのは明らかだが、しかしながら、実行の過程が、すでになされたことに大きく依存することを理解しなければならない。そして、生身《なまみ》の、行動する建築家、生身の、行動する画家がそこに介在することによって、作品が見事に花開くという言いかたが、たんなる隠喩にとどまらぬ意味をもつこととなる。けれども、作品を分析するとなると、まさしく生理学的な誕生と成長よりもそちらのほうがずっと理解しやすいために、人はつねに計画や主題に重きを置きすぎることになる。ここは一芸術をもう一つ別の芸術から解明するいい機会になりそうだから、一見、読者の不興を買いそうだが、カントの「概念を欠いたもの」と「目的のイメージを欠いた合目的性」について、いささか説明してみたい。

哲学者の言いたいのは、芸術作品の好ましさとは自然の作品のなかにうまく理性が成就されていることだ、という点にある。この考えは見落とされがちで、芸術家自身、制作の手を休めて思索にふけると、その点をよく見誤る。ところで、詩的霊感については、観念を韻文に移した下手《へた》な詩が生きた証人になってくれるから、人が見誤ることはないと思う。いかにも詩人らしい詩人と、散文を韻律や脚韻の規則に合わせて整える人とを区別するなによりの基準は、詩人は観念から表現へと向かうのではなく、まったく逆に、表現から観念に向かうということだ。自分の思考に光を当て、抽象の次元で生まれた思考を具体の場に引き下ろすというねらいのもと、証拠や対比項やイメージをさがすのが詩人の仕事ではない。詩人はむしろ、フルートから音を出すように、自分のなかから音を引き出し、前もって音の詩句に、音の詩節に、予期される音の響きに耳を傾け、それに合わせて、自分のいまだ知らないことばを出現させようとする。詩人の待つことばは、何度かの拒否ののちに奇跡的にすがたをあらわし、音と意味の一致を作り出す。ここでは先頭を行くのは自然であり、意味よりも前に詩句の調和が存在することを理解しなければならない。

しかしだからといって、詩人が計画をもたないというのではない。同じく、建築家や画家が計画をもたないということもできない。たとえば、詩人はなんらかの愛の劇か、アキレウスの怒りか、水に映る自分のすがたを見たナルシスの憂鬱かを語りたく思う。そして詩はつねに全体として計画にかなってはいる。しかし、それで詩が美しくなるのではまったくない。美しさを作るのは、まったく逆に、歌そのもの、音節の数、脚韻から生じる思いがけないなにかだ。それは自然の雑音からあらわれ出るイメージであり、反省が観念を照らし出すのとはちがったやりかたで観念を照らし出すイメージである。本当の詩においては、そういう奇跡はやむことがない。詩人にとっての観念の出所は、自分の体であり、調和を保つ体の動きとの巡り合わせであって、だからこそかれは詩人なのだ。あらゆる芸術において美を生むのは、実行為そのものであって、計画ではない。音楽については明らかにそうだし、ダンスについてはたぶんもっと明らかで、そこでは実行為と計画の一致そのものが最終的に動きの形を浮かび上がらせるさまが見てとれる。ダンスをしないでダンスを考案することはできないし、歌うことなしに歌を考案することはできないのだ。芸術とは理性に合致する自然の事実であり、もっと正確には、理性以上の理性である自然の事実だといってよい。だから、芸術家はなんらかの目的を追求しているように見えるけれども、かれが目的を知るのは、目的を実現したあとでみずからその作品の観客となり、だれよりも先に作品に驚いたそのときのことだ。表現の幸福と呼ばれるものも、意味するところは同じだ。

わたしは詩の奇跡をもっと丁寧に見てみたい。観念をつかんだら放さないようにしよう。ほかの芸術の場合には大変な困難が、たぶん克服不可能な困難が、あとに残ると思う。が、詩にかんしてはまちがえることはありえない。わたしたちを待ちうけるこの脚韻が、一体どうしてこの力強い、思いがけぬイメージへと至ったのか。散文作家なら考えつきもしないこのことばが、どうして期待を超えて、いや、あらゆる期待に反して、韻律と意味とを同時に完成へともたらすのか。そこには自然の恵みが働いている。恩寵《おんちょう》、加護、慈悲、優美といった意味をすべてふくんだ恵みだ。が、だからといって散文を軽蔑してはいけない。書くことは出会いに満ちた仕事であることを忘れないようにしよう。実際、手紙を書くというだけでもそうだ。何千という語が可能性としてある。思考だけに従って選ぶ場合でも、なお練習や忍耐や幸運が必要だ。話す場合も同じだ。話す前に話すことはできない。話すわたしは、危険を冒し、聞き、言いたいことをなんとか理解している。けれども、ことばは計算の結果として見つかるのではない。規則など存在しない。まずは神の巫女《みこ》（ピュティア）にならねばならない。言語を信頼しなければならない。表現の幸福というとてもうまい言いかたがあるが、詩人を導くのがそれだ。こうして、韻律や調和や脚韻に適合することばをさがしつつ、詩人は自分の考えを見つけ出す。考えのすべてではなく、その部分こそが美しい。

さて、下から上へと向かうこの探索において――実際的な人間なら成功は覚束ないというであろうこの探索において――、詩人はなにを当てにするのか。詩人が当てにするのは、古くからある声――人間の境遇を表現し、もって万物を表現する絶対の声——である。この絶対の声は家、兵隊、馬、会議、椅子といった単語のうちにはもはや聞きとれず、うぬぼれ、ギャロップ、つぶやきといった語のうちに多少とも残っている。そして、詩人に特有の感受性とは、たぶん、ことばのうちになおも古い叫びを聞くこと、および、音と意味とのあいだの隠れた関係を見ぬくことにある。その関係にもとづいて現実的な調和に達したことばは、体の形に寄り添いつつ、つねに一つの意味をなすことが期待される。最後に来るのが、話しことばの自然な形を再発見すること、本当の話しかたを、つまり、音、形、観念のあいだの類似性を再発見することだ。平板な話法と呼ばれるのは体と精神の調和をまったく忘れさせてしまうような話法のことで、そこでは、音も、口の形も、もはや思考に協力しなくなっている。これにたいして、詩は自然と精神をたえず和解させる。そして、わたしの考えでは、詩人こそがもっとも古くからの思考の人だ。常軌を逸したものに引き寄せられるのは、真理を上方から、論理によって得ようとする人で、そこで求められる真理は美しくはない。プラトンはホメロスについて省察したのだったが、いつの時代でも、歌そのものから出てくる自然な観念を取りもどすのは詩人なのだ。詩人のもとには生身の人間の言語があり、まずもって絶対の言語がある。とともに、すべての観念をこの感動的な記号の上に押し上げる、という確固たる輝かしい希望も詩人のもとにはある。

講を終わるに当たって、もう一度、詩と音楽を比較しておきたい。音楽は本当の感情を描き出すが、それをほかの言語から切り離す。詩は、本当の感情を通じて、世界や神々や観念までをも描き出す。わたしたちは美しい詩のなかに誤りはありえないと感じるわけで、となると、この世を生きるわたしたちの生きかたの基本として、好みが判断に先行しなければならない。しかし、カントが定式化したこの重大な考えは、正しさを求める代数的方法とはかけ離れている。芸術は最初の思考であり、文芸は科学の秘密を内にふくんでいる。そこで実感されるのは証明なしに正しいと思えるなにかである。それはのちに再び見出される考えであって、というのも、以下でわたしたちは、神話がまさに生まれんとする観念であることを理解しなければならないからだ。正しい歌という言いかたがあるが、この例は、他の無数の例にもまして、言語が観念を提供するさまを示している。人間の内なる調和によって人間の真理があらわれる——それが詩の教えるところであり、賢者たちが大地から発展させてきた教えだ。文化と耕作の意味を合わせもつ「カルチャー」がいまなお驚くべき語であることを認めよう。

8講　見世物

（一九三〇年一月七日）

以下では見世物の芸術を扱うことになるが、わたしの考えによれば、見世物の芸術は芸術の系列のなかで特異な位置を占める。見世物芸術にはある種の策略があらわれる。それはダンスにも歌にも詩にもまったくないもので、喜劇という語があらゆる局面で――悲劇的局面においてまで――表現するのが策略である。すでに論述した三つの芸術は無邪気な芸術と名づけねばならないが、そこでは外部が内面の写しとなっている。親密な感情が規制され和らげられると同時に表現される。ダンスや歌は他人のためというより、自分のためのダンスであり、自分のための歌だ。ダンスも歌も見世物の策略とは遠く離れているわけで、見世物の場合、内面などないほうが都合がよく、役者は自分がアウグストゥスやミトリダートやオセロだと観客に思いこませようと努力するし、同時に、信じすぎないようにと警告する。しかし、演出家の悪巧みの分析に取りかかる前に、順番通りにまずは新しい問題に触れ、祭りと行列と儀式を取り上げねばならない。

祭りの精神をしっかり感じるのはたぶん子どもだけだ。朝からまわりの騒ぎが、声が、いつもとちがう。物腰、衣裳、家事のすべてが祭りの合図だ。そして、祭りは合図となる記号そのもののうちにある。祭りは、第一に、それだけで充足する記号の交換である。そこには絶対の記号がある。記号で記号に応えた瞬間に理解がなりたっている。なにを理解したのか。理解したことを理解したのだ。ダンスよりも自由の度合が大きく、ダンスよりも知覚の広がりと自由度の大きい祭りにおいて大切なことは、ダンスの場合と同様、似た形が存在すること、似せる遊びが気楽に行なわれること、似ていることが容易に知覚され、承認されることだ。こうした類《たぐい》の記号が他のすべての記号を担い、絶対の言語がすべての言語の支えとなっている。そして、おそらく人が人を理解するのは、社会学者たちが垣間《かいま》見たように、興奮状態でしか起こらなかったことかもしれない。が、社会学者たちは考えの根っこをつかまえることがなかった。師と仰ぐオーギュスト・コントのうちに言語の理論をさがし求めようとする姿勢こそが、かれらに欠けていたものだった。

祭りの一体感は、期待が満たされ、持続的な心構えと信頼感とが強められることによって生き生きと感受されるが、この一体感こそ、祭りにおける美学的要素をなすと思える。勝利が祝われるか、平和が祝われるか、なにか華々しい思い出が祝われるかは知性にかかわることで、わたしが相対的言語と名づけたものに属する。美をなすのは、なんの祭りであれ、すべての祭りに共通してあるもの、つまり、群衆が自分と向き合うという事態である。厳密にいえば、ここにはまだ見世物はないが、しかし、ダンスよりも少し見世物のほうに近づいている。見世物を楽しもうという考えがすでにあらわれているからだ。初めて登場するのは散漫な見世物で、そこではだれもが俳優であり観客である。俳優と観客を分かつのは反省の作用だが、この分離はめざましい弁証法の効果によって遅滞なく作り出され、そこから否応なく人間的状況が展開する。行列や儀式において群衆が組織され、まとまった形を取ってあらわれる。と同時に、行列においては、祭りの自然ななりゆきとして俳優と観客の分離が生じる。たしかに、礼拝行進や隊伍を組んだ行列や軍事パレードには、美しさがある。それはひょっとして唯一の大衆芸術かもしれない。ついでながら花火のことも言っておこう。祭りの華々しい信号のすべてを集約し、まったく人間的な天空と、思うがままの流星群を作り出すという意味で人びとの注目を集めるのが花火だ。こんなふうに話を進めると、ピエール・ベール（一六四七―一七〇六）の有名な『彗星の考察』へと結びつくことにもなるが、いずれにせよ、大群衆の共有する記号の輝きこそがつねに美の土台をなすのだ。が、本題にもどることとしよう。

ここでもまた、花火のうちに、記号以外のなにものでもない概念なき記号と、象徴や肖像や紋章によって自分以外のものを表現する記号とを区別しなければならない。そして、もう一度いいたいが、絶対の言語こそが他の言語を担うのだ。人間がそこにいることとしか表現しない、絶対の言語というゆたかな表現の土台ゆえに、わたしたちは理解しようとする気持ちになる。そして、幸便にカントの「概念を欠いたもの」をもう少し説明しておくと、美しいといわれる記号はしばしば力強い記号であり、わたしたちを自然なふるまいへと誘うけれども、しかしそれがどんな意味かははっきりしないことを言わねばならない。「モナ・リザ」の微笑がいい例で、笑顔でこちらを見る子どもに微笑を返すのが記号の交換の基本なのだ。その一方、あえていえば、意味をもつ記号はつねに醜さの近くにある。ばかにしたり、だましたりする人の微笑がそれだ。警告のまばたきや、鋭さやら二重の意味やらをもつまばたきが、それだ。注目すべきは、こうした記号は本当の絵画では排除されること、また、それが顔に残るようなら醜さのもととなることだ。いつまでも眉《まゆ》をひそめている人や、目をパチパチさせる人や、至る所である種の微笑を浮かべる人のことを考えてみればよい。こうした表情は粗野な類似を作り出すのには役立つが、力のある本当の類似を作り出しはしない。いまはまだそうした概念を解明するときではないが、行列や儀式についての省察をもう少し続ければ、画家の芸術やその他の芸術についても、多くのことが明らかになると思う。

儀式には注目すべきどんなものがあるのか。行列をなす群衆が自分へと内向し、自分へと還っていき、自分を見つめることがそれだ。ここに見世物がそれとして形を取る。そして、見世物の本質をここに見出すことが可能で、見世物とは人間がただそこにいるということをもって、第一の、十分な対象とするものだ。ここに威光が生まれる。威光であることしか意味しない威光が生まれる。威光は自分を信じ、人にも信じさせる。が、なにを証明するための信なのか。すでに見たことだが、すべての証明は容易に威光の証明に帰着する。そのことを忘れないでほしい。しかし、すでに儀式において、歴史や伝説、権力や義務、といった、かつて信じられていたものが消えていく傾向にあるのは、ミサに使われるラテン語の例からして十分に明らかである。宗教のこの側面はたしかに美的なものではあるが、その教えるところは、信仰の内容を知ることより信じることのほうが重要だということだ。理屈屋を絶望させる事柄ではある。かれは参事会員ではないのだから。ミサのような大舞台では、一人一人が自分を信じ、すべての他人を信じている。信じる誇らしさは用務員にまで及んでいる。そこにあるのは、自分の意味が自分自身に向かうという絶対的な人の交わりであって、そこであたえられる喜びを承認し感謝することで、交わりの場は崇高なものとなる。さて、確たる理由もないし説明もできないこの満足感が、わたしには、すべての見世物における絵の下地であるように思われる。

しかし、見世物に進む前に、威光を否定するだけの力をもつ祭りの特性の一つに言及しておきたい。そこにはすでに喜劇が、そして喜劇のもたらすすさまじい平等が、示されているが、それだけではない。同時に、そこから出てくる興味深い考えに光が当たることにもなるので、それが人体の形の力強さという考えだ。人間のあいだには威光の大小はあるが、それは概念によるものだ。王だ、将軍だ、教皇だ、司教だ、などという。同じ人間がよく整えられた絵の中心として人目を引き、こうして全体の効果が大きくなり、しばしば強い感動を呼ぶことになる。この問題にかんしては、『赤と黒』のブレ・ル・オーの儀式か、さもなくば、サン＝シモン（一七六〇―一八二五）の描く国王臨席の裁判を読まなければならない。しかし、わたしの言った考えを追っていくと、祭りという人間的な風土のなかでは、だれもが全体にたいして並はずれた力をもっているのが分かる。なぜか。ここでは人体の形が人体の形に話しかけ、似た者が似た者を呼びさまし、同類であることが承認されるからだ。そこから、すべての祭りで示され、すべての行列で肯定される平等が生じる。礼拝行進においては一人の兵士、一人の衛兵、一人の子どもが装飾画家の役目を負っている。儀式の場合は、見世物として提供される部分部分のちがいが大きいから、おそらく平等がいっそう強く感じられる。それはけっして小さなことではない。一人一人が記号を交換する役目を担い、すべての記号が重要である。叫び一つ、泣く子一人が全体の調和を乱すことになる。国王の権威も全体あってのことだ。そして、祭りの秩序からすると反省の場面ないし喜劇の場面ともいうべきカーニバルにおいて、この感情が爆発する。

カーニバルの仮装は、偉大な観念を――それこそが見世物の観念である、見かけと外面という観念を――ふくんでいる。偉大な判断を、同意されたものとしてふくむのがカーニバルだ。人間とともに古く、だれが考え出したのでもないこのふしぎな祭りは、人間の祭りのうちにある本質的なものを、つまり、そこに参加する人間がだれかれなしに、ただ参加しているというそれだけのことで力をもつことを、はっきりと示しているように思われる。そして、参加の試みは記号たらんとする持続的な努力であり、それが大きな効果を挙げている。記号の交換が体の動きから衣裳や役割の交換にまで及ぶということからして、人事にたいする思考の支配が、だれの計画したものでもなく、まさしく自然の哲学にもとづきつつ、普通に考えられる以上に大きな力を発揮していることが納得される。見世物の概念そのものから生じる対立を考えれば、仮面の場は人があらわれる場でもある。神々は仮装するのであって、それは太古以来の神々のあらわれかたなのだ。

映画について評価を下す気はないが、映画には右にいう参加の試みが欠けていると言うことはできる。そこには空虚な仮面以上のものはない。厚みのない俳優はわたしがかれを見ていることを知らない。そのことをこちらは知っているし、かれ自身、わたしを見てはいない。それは、その一部分を欠いた集会のようなものだ。そして、この欠如は目に見えるがゆえにいっそう強く感じられる。人は拍手喝采をしない。いや、拍手喝采をしてもそれが役者の演技を変えはしないことを知っているし、見ている。

スクリーン上には権威というものはない。口笛でやじってもどうにもならないのだから。そのことから、わたしのいう絶対の言語なるものがどういうものか、よく分かってもらえるかもしれない。

スクリーンの前では絶対の言語がなりたたない。俳優は表現するが、見返りに承認の証拠を受けとることがない。絶対の交換がなされることはありえない。とすると、それは表現なのだろうか。つづめていえば、記号には二つのものがふくまれる。一つが相対的な意味で、それは場合によっては明晰で、興味深く、感動的である。陰謀や策略や悪知恵や情念が読みとれもする。しかし、記号には記号の生命ともいうべきもう一つのものがふくまれる。記号がたえず交換され、その交換によって養分をあたえられる、というのがそれだ。送られた記号を理解していることを記号が知らせるのだ。この交換はどこまでも続く。役者にとってある種の沈黙がどんなものであり、どのようにして沈黙以上のものになるのかは人の知る通りだ。こうして、すべての儀式の場合と同様、見世物において明確な対象を欠いた信頼の土台が――わたしたちの情動のすべてを下から支える信頼の土台が――維持される。スクリーンの前では情動はつねに概念から生じるといわねばならないだろう。まず理解しなければならないのだ。劇場において専門家たちが雰囲気と名づけるものを作り出す、生理学のゆたかな土台が、映画の場合には見出せない。儀式においてはそれがすべてだといっていいが、専門家たちが雰囲気と名づけるそれを、わたしはアンドレ・モーロア（一八八五―一九六七）の言いかたにならって人間的な風土と名づけたい。恐怖の風土、不安の、力の、神秘の風土、それとは逆の、無頓着の、若さの、陽気さの風土、あるいはもっと単純に、期待や好奇心の風土と呼びたい。

ところで、風土の効果が生まれるには、同類の人間がその場にいることが重要である。その場に参加者がいないと、見世物の閉じた壺にそこだけ穴が開くことになる。わたしとしては新しい主題の解明に向かうことになるが、なおもいうとすれば、映画に特有のこの不在――記号の交換そのものである神聖な記号の欠如――によって、役者は相対的な記号の数をふやし、外的な意味に執着せざるをえなくなる。そのとき、役者の演技は通俗的な意味での言語に――理解されたいという意志をあらわにして、知性に向かって話しかける言語に――なる。概念によって興味を引こうとするこうした記号の試みは、そのすべてが美とは無縁のものだ。すべての、あるいはほとんどすべての芸術が、ダンスでさえ、音楽でさえ、装飾でさえも、外的な意味をもってはいのである。しかし、いとも簡単に説明できるこの意味は絶対的な意味につねに従属するもので、絶対的な意味こそが美の本体ないし実体をなすのである。

こうした回り道をしてわたしは演劇と役者の論へとやってくる。わたしたちは演劇を定義するのに、演劇の伝える観念や知識をもってする気には、もはやなれない。反対に、わたしたちは素材そのものや技量に注目する。役者は生身《なまみ》の存在であり、生身のままそこにいる。観客はたえずその存在を確かめ、感じとろうとする。それが観客の滋養となるのだ。威光こそが真の役者の基本的な属性であることが、そこから納得される。名優タルマ（一七六三―一八二六）の舞台姿を見て、タルマではないと思いたい。が、そうはできない。役者があらわれ出る。タルマが出てくると、タルマだと分かる。会場の全体がその衝撃を受けとるが、それはまちがいなくアウグストゥスの影があたえる衝撃ではない。こうして役者のほうが演じる役柄の支え手となる。タルマはアウグストゥスではない。現にそこにいるのはタルマだ。

喜劇役者についてはだれもが新しい逆説をひねり出す。わたしの逆説はこうだ。第一に威光を放つのは、生き生きとした体の形とその動きだ。そして、声が動きにつき従う。その声は樵《きこり》の叫びと小麦粉をこねるパン屋の練り桶のぎしぎしいう音に生理的に支えられている。わたしの逆説とは、喜劇役者は、かれが考えることをしなければ、いいかえれば、音と動きを観念によって規制することをしなければ、だれであってもよいということだ。以前から気づいていたことだが、素人《しろうと》の喜劇には、これは役者だと思わせる演技が、本人になんの役者気取りもないのに、思いがけず実にしばしばあらわれる。そして、わたしは思うのだが、ここに役者を作り上げる種がある。無邪気さだ。もっと厳密にいえば、動きの自発性に起因する自然さだ。状況の導きに身をまかせ、自分の欲求には従わず、発声器官を身ぶりに合わせて調整すること、――それが人の思う以上に広がりをもつこの芸術の秘密である。が、野心的な朗読者の手にかかると、ほとんどつねにこの芸術が台無しにされてしまう。この芸術の場合、ほかの芸術でもそうだが、欲求はまったくもって才能のしるしではない。もしわたしの言いかたにどこか曖昧なところがあるようなら、許してほしい。また、わたしが真の喜劇役者の本性をスクリーン上の喜劇役者と対比させて展開している点は、お許し願いたい。わたしがここで間接的な方法を採用せざるをえないのは、詩人や音楽家やダンサーの霊感が、職人芸に沿った変形を受けてあらわれるのを再発見したいからだ。だから、改めて言いたいが、真の喜劇役者はまずは生身のすがたをあらわすことによって——自分の生きた体の形を肯定することによって——演技をするのだ。役者がはっきりと目につく動きをもって登場することが、ことばへの道を切り拓《ひら》く。絶対の言語——自分がそこにあることしか意味しない存在——が、すべての芸術の場合と同様、ここでの表現の土台である。すべてが動きに従属すべきだし、よく聞く言いかたを借りれば、状況に従属すべきだ。なぜそうなのか。表現がわたしたちを下からとらえることが、換言すれば、わたしたちの知覚する動きの大筋をわたしたちのうちに生じさせることが、大切だからだ。
ところで、わたしたちがなにかを知覚するには、触れようとする努力が欠かせない。わたしたちには三次元の証拠が必要で、それはまさしく悲劇の次元である。もし役者が遠近法の十分に明瞭な変化によって演技を始めるのでなければ、かれが身ぶりや顔の表現や声の抑揚を求めても、うまくは行かない。わたしはかつて、自分の芸を熟知していた役者ゴー（一八二二—一九〇二）がつねに身ぶりを前へと投げ出すのに気づいたことがある。が、身ぶりそのものは準備を必要とする。名優は動きを急いでやったりはしない。動きに幾分か儀式的な要素を保とうとする。演劇の動きは儀式とダンスから生まれたもので、その動きは作家にとっても霊感に導く道具となる。シェイクスピア（一五六四―一六一六）が役者であり、モリエール（一六二二―一六七三）が役者であったのは偶然ではない。もう一度いうが、始まりにあるのは体だ。体が観念をさがすのでなければならない。霊感の動きはいつでも下から上へと向かうのだ。

儀式について、それは絶対的でない記号をすべて抹消するということができる。演劇は、役者の体と衣裳を最優先するという形で、儀式の威厳を多少とも保っている。衣裳についてはのちに論じるつもりだが、ここでは、演劇の衣裳は、動きのしるしとつながりが見てとれるよう、形のはっきりしたものでなければならないことを言っておきたい。名優を注意深く観察すれば（観客をだますことを目的とするのが名優の芸だから、観察すること自体むずかしいが）、名優が顔の演技の多くを単純化し、発声を平板にしているのに気づくだろう。単調な詩的旋律が多くの演劇の支えとなっているのは分かってもらえよう。が、勢いこんだ朗唱が詩を壊してしまうこともまたあるのだ。ともあれ、役者が素朴な情念のままに表現することはけっしてない。以上述べたところから、演劇芸術においては主題と表現法の二つを区別しなければならないこと、しかも、ダンス、体操、詩、儀式を拠りどころとする表現法に主題が従属することは、すでに明らかだ。芸術を順序よく並べて論じれば、先行の芸術が後続の芸術の解明に役立つのがよく分かる。が、当面する困難な分析は、以下の章で完全なものに仕上げられねばならない。

9講　見世物（続き）

（一九三〇年一月十四日）

改めていうが、わたしのめざすところは劇作品や劇文学の研究ではなく、芸術全体にたいする見世物芸術の位置をはっきりさせるという、ただそれだけのことだ。さて、要点を浮かび上がらせるために、まず第一に、社交の演技と考えられる演劇——他にぬきんでて社交の演技である演劇——の像を完成させたい。

すでに言ったように、ここでの社交は役者と観衆とのつきあいのことだ。役者が舞台にいることが力強い効果をもち、作り話に生命と現実味をあたえる。別のいいかたをすれば、対象のないままなにかを信じるという心の構えを準備し設《しつら》え、役者と登場人物を溶かし合わせるよう仕向ける効果をもつ。が、それだけではまだ言い足りない。演劇は自分のうちに祭りと儀式の性格を集中的にふくんでいる。サーカスがその典型だが、劇場はその形ゆえにそれ自体が見世物である。ともかく、劇場がどういうところかはおのずと分かる。そして、前にいったが、沈黙がすでにして大きな記号である。見物客と役者は、沈黙の上をときたま走る、あるかなきかのざわめきを敏感に感じとる。最後に、皆が注意を凝らすのが驚くべきことで、それが一人一人に強い作用を及ぼす。劇作家は、開演ベルの鳴る前から、情熱的な注目という資本を活用できるのだが、そのことを考慮に入れないかぎり、明らかに未完成の作品が成功する理由は、容易に納得できるものではない。平凡な作品が成功した場合、注意を働かせれば、演劇のこの手段が使われているのが分かるはずで、役者たちがしばしばとてもうまく活用するこの手段は、つねに期待以上の効果を挙げるのだ。同様にまた、あらかじめ知られた名作が、舞台にかけられると、予想をはるかに超える出来栄えを示すこともある。ラシーヌ（一六三九―一六九九）の『ブリタニキュス』や、とりわけ『ミトリダート』において、わたしはその種の驚きを味わった。舞台監督ならだれでも経験していることだ。

したがって、人びとがあらかじめ一定方向に向かう気持ちをもって集まった演劇には、特有の反響と共鳴が起こる。それは肉の大きなくぼみのようなもので、そのなかで記号が際限なくふくらみ、沈黙の対話を通してだんだん力強いものになっていく。このゆたかな素材は大きくなろうと待ちかまえている。オーギュスト・コントの名言を引けば、古代の経験ゆたかな著者たちは、一人だけで読者に向き合うのではなく、目に見えない称賛者たちの果てしない行列に支えられ守られて読者に向き合ったのだ。わたしはたくさんの仲間とともにそういう著者たちの本を読む。すると本のなかに、いうならば人類が生き返る。栄光とは知られざる読者の群れに迎えられることだ。わたしとともに人類が読む。すべての芸術には、この見えざる行列が現につき従っているのだ。

ところが、演劇では群衆が目に見えるすがたを取ってその場にいる。そして、情動と情念の模倣と、気分の伝染と、基本をなす沈黙と、これまた伝染する礼儀正しさによって、情念が人間的規範に沿う形で和らげられ、統一され、単純化される。オーケストラで起こるように、和音が調子外れの要素をすりへらし、消滅させる。うぶな観客は手を引かれるようにして情動から感情へと導かれる。かれは感じることを学ぶわけで、喜劇の場合なら笑うことを学ぶのが見て分かる。さらにいえば、そうした力が働くことによって、観客はなにかを理解する少し前に、重々しい感動や喜ばしい感動に見舞われるといったことさえよく起こる。わたしが音楽や詩のうちにあるのを指摘した美的性格が、目の前の出来事となってあらわれるのだ。美の法則に従えば、つねに感情が観念を支え、そして、情動が感情を支える。この法則は役者と観客に同時に働くが、まずは作者に働く。芸術作品は教える前に触れてくる。すべてが予感のうちにあるのだ。となれば、演劇においては、社交の効果が作品の効果に加わり、作品の効果と同じ働きをするといえる。こうして、順序よく並べられた芸術の系列が事態の解明に役立つことにもなるので、祭りと儀式のおかげで演劇芸術の理解が部分的に深まりもするのだ。

最後に、社交の喜びについての結論として、演劇はまさしく感情の学校であると言おう。わたしの主題は、情動、情念、感情と美しい系列をなしてしだいに上昇していく情のうねりをたどることにはない。この講義ではいつもそうだが、かねての計画通りに進めるのがわたしのやりかたで、それが一番よい。が、結局のところ、情念と感情との関係はおのずと浮かび上がるし、熱狂の強力な治療薬たる作品によって情念が純化されていくその次第を説明するにつれて、それがいっそうよく浮かび上がるだろうと思う。要するに、パニックの際に文句なく示されるように、すべての情動は動物的な痙攣《けいれん》へと向かうことを忘れないでおこう。激情が極端に進むと自分がどこかへ行ってしまう。自分を抑えたり拒否したりできなくなって、自分が分からなくなる。

苦しみがなりたつには考える余裕らしきものが必要だ。苦しいと感じていられるのは、つねに苦しみを探険する気があるからだ。過去も未来もないものは無に等しい。広がったり、評価されたり、比較されたりするものは、もはや純粋な情動ではない。情念は思考された情動——予見され、待たれ、望まれ、恐れられた情動——である。この中間段階には自分への恐怖がつきまとっていて、上昇か、さもなくば下降へと人を追いこむ。情念が安定を保てるような場所はない。それが情念の運命だ。

さて、感情とは救い以外のなにものでもなく、幸福以外のなにものでもない。この幸福は不幸のなかにもあるので、下部に起こる体と思考の騒ぎのすべてを秩序立てることによって、自分を受けいれ、自分を取りもどした状態がそれだ。一言でいえば、すべての感情は、その対象がなんであれ、機械的な運命の克服を通じて、崇高なものをふくむに至っている。ただ、そこへと移っていく道ゆきが危険で、むずかしい。常連の観客は、ここでは、新兵たちを従えた古参兵団のようなものだ。しかし、そこには一つの雰囲気が加味されるので、その内実は、若者がまずは情念を模倣することによって、つまり、和らげられ規制された情念を追いかけることによって、感情を学ぶということだ。そちらのほうが易しい。若者は自分を救わねばと感じる前に自分を救う術《すべ》を学ぶわけで、学校での学習とはそういうものだ。若者や子どもでさえも、詩や音楽や演劇を通じて、最初はほとんど内容ぬきの崇高ななにかを学ぶ。そこからかれらは、幸福をも恐れるといった臆病さを脱し、不幸をも辞さぬほどの期待を抱くようになる。この意味での愛は、自然の産物ではなく、むしろ社交の発明品である。そのことはこれまでも言われてきたが、それを言うのに皮肉の気持ちをいささかもこめてはならない。なぜなら、思考はもちろん、皮肉でさえも、わたしたちが一生かかっても作り出すことのない、前代から伝えられてきた見事な発明品にほかならないからだ。わたしたちの思考と感情は英雄像をもとに人間の形を取るのだが、その像の大半は目に見えない。そう考えれば、大理石像がもっとも美しいモデルとはいえないにしても、もっともゆるぎない、もっとも形の整ったモデルであることが理解できよう。以上の議論の結論として、わたしは、愛する幸福のうちには自分を超えていく幸福があり、それは些細《ささい》なことではないと言いたい。わたしたちは不幸を通じてそこへと導かれるので、となれば、なんらかの形で愛が克服されねばならない。克服され、救済されねばならない。それがコルネイユ（一六〇六―一六八四）の悲劇の動きだ。絶対の義務が動きの原動力となるので、それなくしてはわたしたちは犬のように吠えることになってしまう。が、この大きな主題はのちに論じよう。

いまは、わたしが演劇の本体と名づけたく思う行動ないし動きに帰っていこう。一幕、二幕というときの幕（acte）がもともと「行動」を意味し、劇（drame）の語源（ギリシャ語のdraō）が「行為」を意味することからして、演劇の本体が行動・行為であることは十分に示されている。しかし、この考えは劇作家が忘れやすいものだから、説明を加えておいたほうがよさそうだ。わたしはすでに役者の登場、舞台上の演技、退場、そして厳密な意味での状況、といったものの重要性を、役者たちの動きと集団に即して述べてきた。わたしの考えによれば、演出家の手法ないし技巧のもとに按配されてすっきりと展開する、舞台上のダンスもしくは集団行動こそが、さらには、それ自体がゆたかな意味をもつ、生き生きした、動きのある、混乱なき集団こそが、さらには、血の通ったこの立体像、この生きたデッサン、この変化する彫刻こそが、演劇のアルファベットともいうべきものを構成する。この舞台は、耳の聞こえない人にとっても、感動的な書きことばとしてあらわれ、劇の最初の意味を示し、劇中の話しことばを支える文字のつらなりとなる。もう一度いいたいが、演劇人たる劇作家ならずっと当てにするはずの役者の秘密とは、軍事パレードのように整然とした動きから、正当な、それ以外ではありえないせりふの抑揚を出現させることにある。この能力はヴィユ・コロンビエ座の演劇で確かな本能にもとづいて大いに開発され、ほかの舞台も新たにそれに学んだのだったが、学ぶ前にすでに分かっていたことではあった。一つだけ例を挙げれば十分だろう。ハムレットが歩きながら本を読んでいる。かれはなんと言うか。「ことばだ、ことばだ」と言う。坐っていたら言うことのできないせりふだ。

あらゆる芸術においてつねにわたしの追求目標となる技法の道をたどってここまで来たが、演劇の、とりわけ悲劇の偉大な理念たる運命の理念をつかまえるには、それが最善の道だといえる。悲劇的なものは、わたしたちの頭をすぐさま真っ白にする、現実の、思いがけぬ不幸のうちにあるのではなく、むしろ、待たれた不幸のうちに——やって来ようとする不幸、すでにやって来た不幸、役者のすがたとなって登場してくる不幸のうちに——ある。劇芸術のすべてはこの予感を描き出し、聞かせ、手に触れさせるところにもどってくる。別のことばでいえば、シェイクスピアの『冬物語』では「時間」がことばを話すのだが、この時間なるものがすべての悲劇の主役だということができる。恐れたからといって遅らすことができず、苛々《いらいら》しても早められない「時」、そして、どんなに恐ろしい未来も過ぎ去り、過去となり、すでに過去となっている、というすばらしい約束の担い手たる「時」が、悲劇の主役なのだ。悲劇に向き合うのは、人びとが救いに来るかどうか分からない海難事故や火事に向き合うのとはまったくちがうことを忘れないでほしい。演劇の呈示するのは、むしろ、目の前を過ぎていく不幸の行列であって、行動に一定の遅れが出れば、待つ気持ちが保てなくなり、運命があらわれる。というのも、悲劇は昔の歴史を題材とするもので、わたしたちには律動に乗った恐怖を生きのびることが厳かに約束されているからだ。悲劇には明らかに叙事的な動きをもつ詩が向いていて、悲劇は叙事詩から生まれたと分かる。暴君や、焼餅焼《やきもちや》きや、英雄や、愛人たちは、十二音節詩句に乗って話したりはしない、などといっても仕方がない。舞台上を歩くのは道を歩くのとはちがう。現実の家は、劇を待ちかまえる集団に向かってその一側面が開かれているというものではない、と、そういってもよい。しかし、わたしの考えを十分に言い尽くすには、現実の行動はだれに見られるものでもなく、したがって、演劇の行動は現実の行動とはまったくちがう、といわねばならない。演劇の行動は行なうことを目的とするのではなく、描くことを、すなわち、情動の整序によってことばを準備することを目的とし、そして、明晰な、構成された展開の結果として出てくることばもまた、まさしく、現実生活では口にされることのないものだといわねばならない。モリエールの『守銭奴』の「持参金なしだぞ」とか、『タルチュフ』の「で、タルチュフは？」といった喜劇のことばを確かな証拠としてもち出すことができる。

自然と演劇芸術とのこの対照は第三の観念へと――すでに触れたが、ここで再び招集すべき観念へと――わたしを導く。人間の登場によって演劇が信用を得ること、信用するのは容易だし、幻想することとさえ容易であること、それは分かる。しかし、同じ理由によって、つまり、軽々しい証人と抜け目のない怠慢によって、信じることをやめるのもまた容易だ。旧知の役者を見、作りものだと分かる舞台装置を見、観客たち自身を見ることが、信の種にも不信の種にもなる。それが観客であること、観客にとどまることだ。幻想がたえず裁かれ、征服され、計量され、戦われ、一掃され、再発見される。観客であることとは観客の観客であることで、そのことを形にあらわしたのが古代のコロス（合唱隊）だ。そして、こうした類《たぐい》の修業はおそらく思考そのものの修業や自己意識の修業に劣るものではない。だれでも知っているように、行動に熱を上げると、自分で自分を照らす光が消えてしまう。

危険に身を置きつつわたしの知性は保たれる
とパルクは言う。ついでに言っておきたいが、ポール・ヴァレリー（一八七一―一九四五）の『若きパルク』を正しく理解するのは、自己意識を記述するのがむずかしいのと同じようにむずかしい。自己意識にかかわるのはわたしの直接の課題ではないから、ここでは、喜劇ということばがまっとうな意味で自己意識の記述のなかに場所を見出しうることを指摘するにとどめる。そして、喜劇ということばの意味がいかに多くのことを教えてくれるかは、日常言語の奇跡の一つに数えられる。群衆の高みから見ると、「悲劇」は「喜劇」の一種にほかならないからだ。そして、情念のうちにさえも喜劇が――克服された悲劇が――あるわけで、「それがわたしにとってなんだっていうの？」という、おそらくはどんな思考をも無効にすることばをその証拠とすることができる。そのことばがなかったなら、情念は犯罪へと進み、自分ではなく他人を相手とするものになってしまう。
こうして、わたしは第四の観念へと運ばれる。この観念はわたしにとってこの9講の境界線上にあり、その外へと踏み出す恐れの感じられるものでもある。冗長さがすべての狂気の法則であるのと対照的に、引き締め、拒否しなければ、というのがすべての思考の法則である。わたしは悲劇について簡略な、しかし、めざす目的には十分かなう観念を提示した。ここでは、すべての悲劇のうちには、生まれつつある喜劇が存在することを示せば足りる。そして、劇作家は、作者と同様、自分と自分とのあいだのいっそう明瞭な分離にほかならず、つまるところ悲劇の拒否にほかならぬ自然な動きによって、容易に喜劇へと移っていく。嫉妬の怒りが、最初は恐るべきものだったのに、そこに思考が流れこむことによってすぐにばかげたものになる。それが喜劇の活力というものだ。ばかげているのは、自分が自由に欲するものをまさしく力で強制しようとするからだ。あらゆる感情のうちにそのような矛盾の解放と軽蔑がある。だから、わずかな光の増加や、率直さのきっかけや、生まれんとする劇の一定の拡大があれば、笑いがわき起こる。こうして、笑いを作り出すものには精神《エスプリ》という高級な名が当てられた。笑いは涙の上にあるというわけだ。そして、もし精神が自然から自発的に生まれたとするなら、それは笑いによって——美的感情の最高位に置かれ、また感情のぎりぎりの極限でもある笑いによって——生まれたのだ。大喜劇がほとんど超人的だと思えるのはそのためで、それは神のごとくに地上に降りてくる。しかし、笑いと涙の血縁関係を言う人がいるだろうか。わたしは、自分を憐《あわ》れむ時間的余裕などほんの一瞬しかない演劇の動きに押し流されながらも、自分たちの気性のこの密かな渦巻を明るみに出す時間を見つけねばならない。ついでながら、気性ということばのおもしろさに気づいてほしい。涙は悲しみのしるしだが、すでに克服された悲しみのしるしである。しかも、悲しみはだれにとってもすでに克服されたものとしてしか存在しない。そこに魂の大きな謎があるが、わたしはそれを体の力学として記述したい。純粋な情動の動きは最初はじわじわと命を縛り、締め上げ、停止させるが、そこからの解放は、情動がもどってくるため、痙攣《けいれん》をともなうものとなる。すすり泣きは胸郭が息を取りもどす際の痙攣である。同時に、筋肉が血を極端に圧迫するために、分泌腺に自然の瀉血《しゃけつ》とでもいうべきことが起こる。そこに涙が生じるが、涙は、治癒のしるしであるがゆえに病気のしるしである、といった曖昧な記号だ。だから、涙のなかにはわずかながら崇高なものがあり、逆に、崇高な動きには必ず甘い涙がともなっている。が、笑いもそれと遠く隔たるものではない。笑いはすすり泣きに大いに似ている。なぜか。笑いのうちには、重大なものがあらわれたがための衝撃があるからだ。思考は強い光でもってそれを上から解きほぐすが、衝撃は還ってくる。マーク・トウェイン（一八三五―一九一〇）は、「わたしたちは瓜二つの双子だった。一人が浴槽で溺れた。それがあいつなのか、わたしなのか、わたしは知らない」と語った。笑いを誘う技術は悲劇に近い見かけを作り出すことにある。「わたしは知らない」という文言はつねにもどってきて、つねに克服される。そして、マーク・トウェインのこの例は、最高度の思考が笑いのなかで仕組まれ、解きほぐされることを理解するのにお誂《あつら》え向きだ。「わたしとはなにか？　わたしがわたしだとわたしはどうやって知るのか？」すすり泣きと笑いのちがいは以下の点にある。すすり泣きにおいては命が解きほぐし、思考が仕組むのだが、他方、笑いにおいては、不意打ちや停止や空気一杯の不動の胸郭などによって自然が仕組み、思考が鳥のようにすばやく解きほぐすのだ。が、これではまるでモリエールのお医者さんだ。笑いなしにまじめさをどこまでも押し通すわけにはいかない。それが身を守るということだ。だから、喜劇は悲劇の反省であり倫理であって、観客を完全に浄化するものだと結論しつつ、わたしもまたその解放感ゆえに笑わないではいられない。

10講　衣裳

（一九三〇年一月二十一日）

わたしたちの行く先を知るために、読者には、わたしたちの論述の順序を思い出してもらわねばならない。ダンス、音楽、詩は体を対象とする素朴な芸術で、その次に見世物の芸術が続き、そこから自然に、生きた体が退いた動きのない見世物――建築、彫刻、絵画、デッサン――へと行き着く。第一に来るのが建築で、円形劇場を見れば分かるが、儀式や見世物のためのくぼんだ鋳型、石の衣服とでもいうべきものだ。そこに至る中間項が、人間にもっと近く、人間から切り離せない、衣服ないし衣裳である。そのあとに大理石が――切り離せる衣服であり、それ自体が見世物といってよい衣服が――来る。

そこで、10講の対象は衣裳、および、それに関連するすべて、ということになる。大変にむずかしい主題だ。というのも、解決の道が多岐に分かれ、不条理なまでに気まぐれの女王たる、流行の帝国でもあるからだ。うまく弁別すれば、混沌《こんとん》とした塊《かたまり》にいささかの空気を送りこめようが、ここでは流行こそが混沌の主たる場をなすから、まずは流行の観念を確定すべく努力すべきだと思う。もう一度いうが、もっとも自然だと思える道をたどっていけば、脆弱きわまる常識を克服した、流行の観念に行き着くはずだ。わたしたちはすでに、祭り、儀式、見世物を通じて、たぶん孤独な芸術をもふくむすべての芸術を支える、社交の喜び、ないしは、同意と人間的共鳴の喜びを、さまざまな形で提示してきた。普通に古典というと、そのもとに精力的に集められるのは、人が孤独のうちに読むけれども、選ばれた人びとの称賛と同意の得られる作品である。

記号の交換、一致、強化は、もっとも生き生きした喜びの一つであり、自己意識のなりたつ条件、自己の確たる人間的発展の条件であるとさえ思えることを忘れないようにしたい。孤立していることは野蛮なことだ。そして、集まりのなかで孤立していること、すなわち、異質の、廃《すた》れた、思いがけない信号を出すことは、スキャンダルであり、恥である。まさしくそこに衣裳の第一の規則があって、衣裳は期待に応えるもの、記号にたいして親和的な記号で応えるものでなければならない。まずもって注意を引き、注意を裏切るのが差異であり、差異の追求である。男たちや女たちは目立ちたく思っているという。的を射たことばだ。事態をよく見つめよう。わたしたちの主題全体にかかわることだ。

なにかを作り出す人は、ものを書くにせよ、彫刻や絵画にたずさわるにせよ、独創性を求めるという。丁寧に見ていきたい考えだ。芸術作品は他に例がなく、目立ち、新鮮で、まねごとではないし、まねのできないものであることを、わたしは知っている。しかし、すでに述べたように、逆説の華やかさには限りがあるし、ここではとくに作家と詩人のことを念頭に置いていうが、偉大さはつねに類型表現のうちにある。類型表現のうちに本当のむずかしさがあり、本当の独創性もある。わたしは、この考え自体が万人の手の内にあり、万人が定式化に努めるものの一つであることを証明したい。そして、話の筋道を照らすために、バルザック（一七九九―一八五〇）の『村の司祭』の一節をくりかえしておく。話し手はヴェロニカだ。「天才たちが見つけるものはとても単純なものだから、だれもがそれを見つけたのは自分だと思う。しかし、だと、かの女はつぶやく。天才がすばらしいのは天才が世のすべてと似ていながら、だれも天才に似ていないことだ」。流行というわたしたちの主題を生き生きと照らすことばだ。そして、すべての分野の独創性がまねのできない形で世のすべてに似ることであるのを、読者はすでに気づかれていると思う。そして、この定式は男と女の品のよさを十分に定義するものだと思われる。人間的であるという画一性は逸脱することのできない主題であって、人が万人を超えた高みに昇るのも、万人共通の手段によるしかないのだ。話は衣裳に限ったことではない。

本当の観念とはなにか。だれもが作り上げるべきだった観念、だれもがほとんど作り上げた観念、だれもが探し、だれもが指先に感じた観念でなくてなんであろうか。けれども、本当の観念ほど稀《まれ》なものはない。また、本当の観念以上に価値あるものを探し求めることができるだろうか。衣裳にあっても基準となるのは人間的なもの、つまり、人間に共通なものであって、例外は基準の上になりたつ。差異が切り離されてまさしく差異となるのは、類似という土台の上でのことであり、類似そのものの力によることだ。しかし、この観念を追いかけて事実にまで行き着かねばならない。古い流行を守り、帽子やチョッキによって人を驚かす男あるいは女とはなんであろうか。いつも笑っている人に似て、社交の輪のなかにあって、目は引くが意味はもたない記号を投げかける存在以外のなんであろうか。それは、ことばを求めるが、みずからは言うべきことをなにもたないということだ。記号の外を探し求める注目によって不安がかき立てられる。注目の的となる人は千本の矢に攻撃されるようなもので、社交の外に置かれ、孤立し、不安になり、悪評を買う。そのことは敏感に感じとられ、そこに、顔立ちをゆがめるような臆病さと厚かましさの混合物が生まれる。人間の顔立ちや体の美しさをなりたたせる条件などさしあたり吟味しなくても、ここまで来たら、美しい顔立ちの第一条件は静けさ——すなわち、偶然の記号の消去——にある、ということができる。それと並んで明らかなのは、みんなの注目が一つの顔だけに集まるとき、その顔が王や演説家や司祭の顔ではなく、また注目の理由が周知で明白でないかぎり、その顔に必ず不安や逡巡《しゅんじゅん》や苦渋の彩《いろど》りが加味されることだ。そうなる恐れは、おそらく、人の意見に敏感で、「恥ずかしくないように」心がける女のほうが男よりも強いかもしれない。

以上に述べたことから、衣裳の美称たる制服からブルターニュ人や土木作業員や肉屋の店員が受けとる安心感が理解できよう。同じ恰好の制服を着ていることが自然なのだ。制服はまず階級を、身分を、職業を表示し、最後に、疑問の余地なく確定した立場を表示する。階級や職業の記号は、位階制度がその名の通り神聖不可侵であるような文明においては、神聖なものとなる。しかし、わたしたちの習慣のうちにも衣裳崇拝の要素がなにほどか、いや大いに残っている。そして、自分の職業の標章を外した人びとがしばしば野暮ったく見えるのは、当人たちが不安にかられ、自分のありかを探し求めるからだ。他人と似ていることによってしか安心は得られない。そして、それこそが流行の原理であって、その原理に従えば、流行は変化すべきではないし、実際、階級の縛りが利《き》いているかぎり、変化することがない。こうして、儀式においては、会衆は衣裳を身にまとってたがいに見つめ合い、各々がそこに自分の居場所と衣裳を見つけてうれしくなる。各人がまずはそこに隠れ、そこで身を守る。それができたそのあとに、各人は用心した上で、欲するがままに自分の個性を示し、個性を浮かび上がらせる。流行とは衣裳の類型表現なのだ。

もう分かってもらえると思うが、人が上昇し、階級を変わろうとする現代社会では、だれもが自分より上にある流行を進んで採用しようとするし、上流階級は絶えざる変化によってこの侵犯を逃れようとする。絶えざる変化こそが上流階級の突出と特権を――つねに共有される画一的な特権を――保証する。そして、そうした動きが流行の逆説のすべてを十分に説明する。スキャンダルの種となるものは醜い。すでに述べたように、本当のダンスに具わる規律は、顔立ちを和らげ、どの顔立ちもたがいに似通ったものにし、穏やかさゆえにいっそう美しいものにする。画一的な衣裳も無遠慮な好奇心に向かって同じように美しさを守ってくれる。

だから、流行は避難所のようなものだ。そこから出て行くのに、さまざまな工夫を凝らすことができるし、好きなだけ、また好きなときに、人目を引くことができる。抑えた控え目な態度も美の重要な一部だ。実際、ちょうど望んだだけ示される美しさほど心に触れるものがあろうか。それが王の美しさというものだ。さきに引用した『村の司祭』のヴェロニカは、愛というもっとも強い情動によってしか美しくない、という特権をあたえられている。反対に、礼節を台無しにし、まちがいなく混乱や屈辱や苛立《いらだ》ちや醜さのもととなるまちがいは、つねに、望むことなくまた知ることさえもなく表現することにある。不作法な態度のうちにはおびえの気持ちがある。だから、礼節に守られ、衣裳の礼節たる流行に守られる必要があり、それによって情念は感情へと浄化される。こう見てくれれば、流行がどんな流行であれ、それ自体が美の一条件であり、それゆえにまた、つねになんらかの美を具えていることが分かる。それは日々の経験の教えるところでもある。衣裳の力を浮かび上がらせるには、以上の分析で十分だ。衣裳は習慣であり、第二の自然であり、もう一つの体なのだ。しかし、この考えをさらに先へと追っていくには、区分けして考えねばならない。さいわい自然にかなった分けかたがある。戦いの衣裳、儀式の衣裳、舞台の衣裳に分けて考えよう。

戦いの衣裳には仕事の衣裳をふくめて考えたい。そして、この類《たぐい》の衣裳は三つの視角から考えることができるように思う。まずは防御の視角だが、防御としての衣裳は、動く家ないし避難所にほかならない。甲冑《かっちゅう》や労働者のオーバーオールがいい例だ。一方は武器を相手とし、他方は道具と機械を相手とする。このような服は安全に役立つもので、身に着けると、動きが的確になり、行動と表現に無駄がなくなる。わたしは指輪、腕輪、耳飾りといった、弱者の欲しがりそうな強者のしるしをも、甲冑の一種と考えるが、理由は分かってもらえると思う。

第二に、戦いの衣裳は他人向けの記号である。その際に、共同行動を照らし出す制服と、反対に、承認と賛同を示す個人的な記号とを区別する必要がある。後者の例としては、家名を図柄で示した紋章——象徴的言語——がある。儀式の秩序を高めるそうした記号は、その意味で美しいといえる。しかし、こうした記号の場合、輪郭の単純化とか、凹凸のない浮彫りといった、装飾における様式の規則にぐっと近づくことができる。頑丈なものが求められるのと並んで、使用頻度《ひんど》の大きい記号ほど高く評価される。そして、度重《たびかさ》なる衝撃によって浮彫りの脆さが削りとられ、建築の装飾をもふくむすべての装飾に見られるような、美の規範を作り上げる。ついでに、もう一つ別の考えを書きとめておくと、形がそれと分かる必要のあるこうした記号の場合、素材の抵抗それ自体が美の条件の一つとなる。薄い、くぼんだ表面を使ってなにかを模倣することは、目が脆さを見ぬいたとたん美に反するものとなるが、その理由は、ほかにも色々あるが、右にいうのがその一つだ。その点について目はとても鋭い。中空の銅の棒に見られるような、装飾のある種の変形は醜い。反対に、抵抗力のある塊《かたまり》の磨滅は、美しさが高まる。

第三に、戦いの衣裳は身に着ける人自身にとっての記号となる。言う意味は、衣裳を身に着けることによって、戦士や狩人や水兵や土木作業員はその力、自信、勇気に応じた活動態勢を取るということだ。頭を下に向けさせないものとしては高い帽子や固いカラーの例が挙げられるし、歩行をしっかりしたものにする例としては靴がある。この種の例でもっとも完全なものは、決心をしっかり堅めさせるベルトだ。なぜそういえるのか。ベルトが、体の無防備で臆病な部分を包み、保護するからだ。ご存じのように、プラトンは人間を三つの部分に分け、腹に欲望や欲求を――要するに、弱さを——割り当てた。だから、そこは恐怖の宿る場となり、だからベルトがそこに来ることにもなる。弱くて、もの欲しげなこの部分に外からどんな攻撃がやってきても、いや、外からなにかが触れただけで、驚くべきことだが、人は考えもなしに身を屈する。腹が人間を動物的条件へ引きもどすからだ。だから、腹を隔離し締めつけるものはすべて、人を安心させ、思考を行動へと、また思考そのものへと押しもどす。そこから人は、戦争美の一つの型を、そして、その美を堅固にする衣裳の一つの型を、思い浮かべることができる。
この主題は広がりが大きい。が、むしろ単純に、衣裳のありのままのすがたが、内容ゆたかな、第一級の重要性を帯びていると言おう。外部がいかにして内部を規制するかを理解するのは、些細《ささい》なことではない。それに、人間が自分の体形に合わせて作ったもの自体によって人間を説明する、これ以上の機会は、もうないのかもしれない。衣裳という身近な、文字通り人間に触れてくる建築を主題とする、目下の議論ほどにふさわしい場は、もうもてないかもしれない。前に突進する人は、自分が武器や道具に触れているのを感じている。オデュッセウスは自分の弓と自分の力とを同時に意識していた。かれに従う武器が、かれを武器に従わせる。同様に、草刈り人が草を刈る気になるのは、草刈り鎌がそこにあるからだ。同じく、戸があるから入りたくなる。ヴァイオリン弾きが、楽器を手に取らないで見つめている図を想像できるだろうか。わたしたちの行動はそのすべてが、まずもってこの第二の人工的な自然に従ってなされる。わたしたちの物差しはわたしたちの外にある。わたしの形は、道具や武器の示すくぼみや把手《とって》によって外から決められる。もちろん、わたしたちが自然を観察するときはそうではなく、そこでは逆に、自分を活動的な力の場としなければならない。二つの中間にあるのが機械で、機械となると、もはや、道具や武器のように愛想よくはない。機械はわたしたちの形を機械の形に従わせようとするものだが、そのことによってわたしたちの心に安心感をもたらしはしない。感情のこうした機微のすべてをふくんでなりたつのが人間の行動であり、機微をきちんと照らし出してくれるのが儀式だ。動物が道具をもたないことはくりかえしいわれてきたが、それに劣らず重要なことは、動物が衣裳をもたず、儀式をもたないということだ。それは、動物が本当の記号——共同の記憶を呼びさます記号——をもたないということだ。かくて、動物はある種のダンスをし、ときには喜劇と関係なくもない遊びをし、巣穴や巣箱のような作品を残しもするが、しかし、芸術はもたないし、本当の言語はもたない。そう考えてくると、人間らしい特徴がわたしたちの目下の課題のうちに——道具と衣裳が出会い、儀式がそのどちらをも反映するものとしてあるこの場に——位置をあたえられていると納得できる。目の前の課題を手短かに切り上げられない理由の一つがそこにある。わたしたちは中間地点に身を置いているのだ。

11講　衣裳（続き）

（一九三〇年一月二十八日）

わたしたちの議論の歩みは、古来の三段論法に従うのではなく、順序よく並べられた項目の前後関係に目を配りつつ、展開に一種の弁証法を探し求めるような、対立を軸とする歩みだといえる。

さて、儀式の衣裳は、唐突な動きを不可能にする麻痺《まひ》と制止の力を具えているという意味で、戦いの衣裳の対極をなす。重要人物は唐突な動きをしてはならない、と言ったのはナポレオン（一七六九―一八二一）だ。カーライル（一七九五―一八八一）の『衣裳哲学』には手応えのある衣裳の哲学が述べられている。儀礼や勲章が充実した体系をなすと考えることによって、カーライルは空虚な衣裳に政治的な動きをあたえようとしていて、その皮肉な態度が一つの観念を照らし出す。わたしたちには既知のことだが、衣裳は威厳を保つのに大きな働きをなすし、おそらくは思考を保つのにも役立つ。威厳のある空間なしに思考を形成することができるだろうか。王であることが分からないほどに変装した王を想像してみるだけでよい。窮屈な記号を身にまとった王には、尊敬のまなざしが向けられないし、人が席を譲ることもない。登場のしかたや群衆を割って進む動きが、まわりの人びととはどこかちがっている。王ともなれば、目つきが変わり、顔立ちも、歩きかたも、考えも変わってくるのだ。皿洗いの男が王のような考えを形成することはできないだろうが、皿洗いの考えを形成はする。皿洗いの威厳というものがあるからだ。衣裳の人間に及ぼす反応の強さを思うべきだ。

が、いま分析すべきは儀式の衣裳についてであって、ここでもまた、三つに分けるというスコラ的方法によるのを許されたい。三という数字は三位一体の教義に帰属するものだが、おそらくは、精神の広がりを示し、精神にふさわしい操作の場を示している。儀礼の記号あるいは勲章として、飾りとして、抑制力として、わたしたちは儀式の衣裳を吟味していきたい。

勲章ないし威厳のしるしとは、静止状態にある権力を示すものだ。だから、戦いにおける権威と承認の記号についていわれたことを思い出せばよい。記号のすべてと、なにかを語りかける武器のすべては、おのずと儀式のうちに入りこんでくる。そうなる理由を見つけるのはむずかしくはないので、軍事機能の優先されることが理由だ。人がどんな手立てを講じてみても、眠くなったとなれば子どもと変わらない。社会の本質的な機能は夜の守りにある。夜こそが都市の女王だ。夜には命令、監視、交代の必要があり、ために軍事組織が作り出され、それはいつまでも変わることがない。部署、見回り、見張り、合言葉が、眠りのまわりを固める。そして、夜は、夢想はするし、対象のはっきりしないなかで警戒心が求められはするしで、恐怖の時だ。守る、知らせる、育てる、という三大機能を合わせ考えると、仕事と交換の機能は第三位でしかないのが分かる。教えたり説明したりするのは人を安心させる機能にほかならず、想像上の危険を削減するという点で、恐怖との関係を保つ、もっと基本的な機能だからだ。しかし、それとても第二位の機能でしかない。想像上の危険は、現実の危険——人、獣《けもの》、火、水の危険——を前にすると、ただちに消えてなくなるものだからだ。必要の大小にかかわるこうした序列が、政治の仕組みを説明する。

記号のありかたを問題とするわたしたちは、すべての勲章が戦いの要素を多く保ってきたと考えねばならないし、頑丈な塊《かたまり》であり、凹凸をなくされた浮彫りである勲章の独特の様式が、衣裳のすべての装飾に、さらには、家具や建造物のすべての装飾にも及んでいると考えねばならない。例としてユリの花の紋章を考えるとよい。その厳格な規則は、メダルや浮彫りを経て、彫刻にまで及んでいるように思える。厚みのある、寄せ集めの、単純化された紋章の法則は、すべての浮彫り芸術を支配するとともに、様式の条件を多少とも説明するものとなっている。アキレウスの盾や、武器の塊や、剣の柄頭《つかがしら》の法則にそれが生きている。この考えはのちにも出てくるはずだ。

儀式の衣裳を飾りとして考えると、そこにはまた別の規則が見出されるが、どの規則も同じ目的を――年齢の効果を隠すという、さらにいえば、王の病気を隠すという目的を――もっている。ここでは二種類のやりかたを、「かつら」と「ベール」という題目のもとに取り上げる。

若者を老《ふ》けて見せることで年齢のちがいをなくすものすべてが、かつら的なものだ。髪粉、アイラインの赤や黒、クリノリン、ハイネックなどはどれもかつらの類《たぐい》だ。流行の効果だが、もっと正確にいえば老人への礼節だ。儀式の衣裳がしばしばたっぷりとし、ごわごわとしている理由の一つがそこにある。理由はほかにもあるが、ここではかつら類の話のしめくくりとして二つの願望が推進役となっていることをいっておこう。年を取ると若く見せたくなることと、若者は経験を積んだ年配者に見られるよう努力すること、この二つだ。

ベールはかつら類とは別のやりかたで年齢の効果を隠す。目に一種の罠《わな》をかけ、皺《しわ》や肌のざらざらを多少とも見えなくするよう、目を固定し調整するというやりかただ。格子窓を通して風景を見るときの効果はご存じの通りで、目が格子窓に順応し、風景全体が単純化される。ベールの効果、さらにはダイアモンドや真珠の効果も同じで、弱い点をつねに先取りして注意をそらすよう働きかけるが、生理学的にいえば、それらは顔立ちや両手の輪郭をぼかし和らげようとするものだ。つけぼくろも同じねらいをもつし、好ましい影を作り出す帽子も同じだ。けれども、たまたま去年の帽子がそうだったが、無礼な若者たちが年齢にふさわしい奔放さと直射光線を一時的にひけらかすために活用されたりもする。が、それは儀式とはかかわりのないことだ。

最後に、抑制力としての儀式の衣裳は、混乱の記号たる即席の動きを防ぐものだ。この観点からすると、儀式の装身具は武器や戦いの衣裳の対極にある。王冠をかぶり、王杖を手にし、黄金の玉をもち、裾を引くマントを着た王になにができるだろうか。わたしたちが戦争という残酷な経験を通して新たに学んだのは、即興の動きができず、また自分の動きに信を置かない王は、それだけで悪くない王だということだ。こうした装身具は、なにかの小説に出てくる、泥棒の訓練用にマネキン人形の帽子につけた鈴のようなものだ。うんざりするような聖職者用祭服や晩課の外套も、僧帽や司牧の杖も、同じ類《たぐい》だ。複雑な髪形は心を奪うから、巻き毛の子どもはカーラーをつけるだけでおとなしくなる。イアリングやネックレスにつく、下げ飾りの類は、ちょっとした動きにも反応するというその動きによって、それらをつけている人にも、ながめる人にも働きかける。振子の均衡がくずれることによって飾りが揺れるのだ。「あの人の手を見てごらん」とスタンダールの一登場人物は言う。そしてたしかに、ダイアモンドは手の震えを増幅はする。しかし、動きを知らせる点では下げ飾りのほうが上だ。下げ飾りでは重力が衣裳の法則としてあらわれていて、だから、いま扱っている小物芸術のうちには建築的な要素があるといえる。しかし、それをここで問題にするのは話がこまかくなりすぎる。舞台衣裳の項で考究するほうが分かりやすいし、価値も浮かび上がりやすかろう。

悲劇やバレエのような見世物では体が目の前にあるのだが、それに特有のこととして、絶対的な記号として働く人間の動きが、つねに体と模倣とからなる情動の土台を維持しつつ変化させていくのであって、その土台の上に情念や感情が浮かび上がる。

というのも、情念や感情には体が必要だからで、これは比喩としていうのではなく、事実そのままをことばにしたものだ。

分析が負担過重にならないよう、体をなぜ隠すのかという問題は取り上げないことにする。この危険な問題は、彫刻、絵画、デッサンを扱うときに話題とするほうがふさわしいように思う。体が見世物ではないことは広く認められると思う。衣服の効果が顔立ちや背の高さや手に――思考とゆたかな情念の記号に――注意を向けさせる点にあることはいうまでもない。この隠喩についてはプラトンを援用しつつ前もって説明した通りだ。さらにいえば、弱さと欲求の記号は低く抑えるべきだ、というのが人間共通の規則だと考えてよい。とはいえ、儀式の帝国がどうであれ、わたしたちは、生命の源と結びつく肉体的な情動こそが崇高な感情の素材だ、という情念にまつわる条件にまちがいなく縛られている。そして、社会が原則として思考を土台になりたとうとするものであるとしても、共感の第一の前提が、知覚された体の動きの伝染にあることは動かない。下級のものが上級のものを支えることを忘れないことだ。だから、舞台の衣裳は、体を隠すことと、ごくわずかな動きをも目に見えるものとすることとを、ともども目的にする。そのとき、装身具は動きの標識のごときものとなろう。そこで、襞《ひだ》や皺《しわ》を題材にして、わたしが下げ飾りや重力について──衣裳の建築的法則について──語ったことをもっとよく考察できることにもなる。衣服の原理的な部分には重力の均衡、ないし、振子の均衡が容易に見出され、つねに再発見され、目にはっきり見えていなければならない。皺のある垂れ布の秘密はそこにあるので、その秘密ゆえに、古代彫刻は一部だけ残ったものでも垂れ布が人の心を揺さぶるのだ。そして、皺と襞は建築、彫刻、絵画のうちに見出される装飾の主題であることに注意してほしい。それはなににもまして重要な人間のしるしであり、まちがいなく建築的な美の条件の基準となる。ショーウィンドーの飾りつけ係が、あきれるほど光と色を浪費してしばしば美を逃がしながら、他方、その同じ人間が、深く考えもせずにかけた垂れ布によって、重力の作り出す皺の効果ゆえに、見物人の足を釘づけにするといったことがある。そこには人の身ぶりが浮かび上がると同時に、その効果を受けとめ、それをただちに自然法則へと組みこむ不屈の重力があらわれている。あいだに入った皺という記号の背後に、すぐさま人間が、人間のいることが予感される。自然のなかに精神があるといっても、いいすぎではない。冷厳な重力の法則が、下へ下へと向かう布の曲線のうちに、厳密に、明確に、浮かび出ているのだから。

しかし、ここでの規則とはどんなものか。見世物と考えられた動きがわたしたちに伝えてくれるものがそれだ。というのも、布はわたしたちの動きによって変化するが、先行する動きを消し去り、後続の動きを知覚する心構えを作り出すからだ。まず目につくのが皺だが、影と光のこの道筋はわずかな動き、わずかな姿勢の変化、わずかな情動の期待に反応して震えるのだ。次に目につくのが弛《たる》みで、それはただちに自然の位置へと――すべての仕事がそれに沿ってなされると物理学者のいう自然の位置へと――還っていく皺である。こうして、体が許すかぎりで布の形も決まってくるので、変わったものとしてつまんでもち上げられた皺があるが、それとて、つねに落下運動と形とに沿っていることに変わりはない。出来具合の滑《なめ》らかさは生地の柔らかさと曲線のゆるやかさに左右されるが、締めかたの度合によって生地の皺が元にもどらず、ひだべりができるようになるのは明らかだ。皺が一体となって動き、もはや垂れ下がることがない。ひだべり、ないし、バラ結びは仕立物の敵であり、ありとあらゆる布地の敵である。仕立物の天才は、石工に劣らず、つねに下げ振りを使って垂直方向を確認している。トーガ（長衣）やペプロス（古代ギリシャの女性服）に出来る弛《たる》みは、その自然さゆえに彫像に移されて仕立ての模範となっているが、それと対立するものを考えれば、悪い皺のイメージが習慣や労働や磨滅を示す皺として思い浮かぶ。静止状態にあるのに動きが持続しているのが悪い皺だ。服がくたびれているといってもよい。上着とズボンが彫刻家には危険である理由も、そこから説明できる。

分析をさらに遠くへと進めるのはむずかしい。しかし、美の謎を前にして思考がぐずぐずするのを望まないなら、あえて前へと踏み出さねばならない。ぐずぐずするのは、心楽しい称賛の自由を高みに立って侵害することだ。たとえば、いまの男性服は体に即《つ》きすぎていて、その結果、抽象的な闘いや生業《なりわい》しか――切り離された思考しか――表現しない、と言われたりする。反対に、わたしたちの変わらぬ敵手たる重力をつねに表現するゆったりした衣服は、わたしたちがそのなかをつねに動きまわる自然の環境を、また、わたしたちをその法則に従ってつねにとらえ、わたしたちを包みこむ自然の環境を、明晰な形で表示している。航跡――いうならば、わたしたちの行動の垂れ下がる航跡――たるトーガあるいはペプロスの皺は、目に見える形でわたしたちを世界に結びつけ、必然性に結びつけるといえる。そうした微妙な動きからして、ゆったりした服は悲劇にふさわしいのが分かる。外部の力の帝国を形に示しながら、その力に従いつつ、必ず元にもどるのがゆったりした服だ。反対に、喜劇役者は引きしまった、動きやすい服がよい。外部の運命にかかわりなく、わたしたちの愚かしさを表現するのが喜劇役者だからだ。衣裳という十分に新しい主題のなかに煩瑣《はんさ》な議論が多少出てきたのは許されたい。ともあれ、未踏の道に思いをいたすきっかけにはなるのだから。

これでもって衣裳にかかわる話は終わりにしたい。付録的なこの芸術と、建築という本流の芸術とをつなぐものとしては家具がある。そして、家具はまた美の探究のための特別の対象でもある。様式の規則が家具ほどはっきりあらわれる芸術はたぶんない。また、各人の趣味や、とりわけ商売人の趣味が、熟練の技術や金銭欲ゆえに研《と》ぎすまされて、日々、家具に影響を及ぼすこともいっておかねばならない。とはいえ、ここではいくつかのことを指摘するにとどめる。大道をなす芸術が注意を向けるよう手招きしているのだから。

動かぬ垂れ布が家具へと導いてくれるのだが、家具の特色は、その場にいない人間の形を表現していることだ。さらにいえば、建築の力も、同じ期待に応えるものとしてあるが、建築の場合、空白部分が大きいだけに荘厳さが高められる。いずれにせよ、肘掛椅子《ひじかけいす》はそれ自体が社交を促すし、しかも、様式に沿って社交に一定の枠づけをすることさえある。帝政《アンピール》様式は立っているが、ルイ十三世様式は悠然と坐っている。家具は富と権力の記号と考えることができるし、紋章や、高価な彫刻や、貴重な材料が目にとまる。そして、すでに述べた装飾の規則がそこに働いているのが容易に見てとれる。家具は安全と休息のしるしと考えることができ、となると、室内の芸術を、守られた人間の形と定義し、最終的には、冒険好きの男の仕事と対立する女の帝国、と定義することができる。最後にいえば、家具は姿勢を正させるもの、儀式を取りしきるもの（サン＝シモンに出てくる腰掛けや折りたたみ椅子を参照）、もっと身近に、姿勢や身ぶりや思考を規制するもの、一言でいえば、礼儀を思い出させるもの、と見なすことができる。家具はわたしたちの休息を整える衣裳でもある。が、あちこち気軽に手を伸ばすのはやめにしなければならない。

わたしたちの暮らしに近い、室内の家具に対立するものとして、家具ほど従順ではない建築がある。建築は人間の形に従うというより、非人間的な力に――重力、風、雨、太陽に――まずは従う。垂れ下がる衣服がほとんど実体のない記号だったのにたいして、建築の場合は、その物量と仕事の蓄積量によって、わたしたちの持続的な闘いを表現し、世界の存在を表現している。とはいえ、わたしたちは衣服のうちに堅実なものを見出したのだった。その形をしっかりと守り、たくさんの記号によって形そのものを伝えてもいる、建築という堂々たる避難所のうちには、さらにいっそう堅実なものが見出されるはずだ。

12講　建築

（一九三〇年二月四日）

さて、建築という大きな恐るべき主題を扱わねばならない。ミケランジェロは、彫刻家にしろ画家にしろ、建築に携《たずさ》わったことのない芸術家にはどこか欠けるところがあると言った。深遠にして謎めいた思考だ。ここでは、芸術ジャンルのどういう順序が弁証法的に最上なのかは追求しないで、むしろ、直接に建築という困難な問題に挑《いど》んでみたい。なにが困難なのか。

わたしたちはいまや体から切り離されたいくつかの芸術の世界に入りこんでいて、建築は非人間的であるという新しい性格によって、その世界の典型といえそうなのだが、困難はそこにある。以上の考えをわたしは前方に掲げる。けれども、わたしの道筋はしっかり整えられている。右の考えとは逆に、人間が日常の仕事を振り返ると、建築には人間の要素やダンスの要素や儀式の要素がしっかり残っていて、それが議論の土台だ。非人間的なものと人間的なものとの対照を示す例としては、円形競技場を思い浮かべるのがよい。客席に坐り歓声をあげて競技に目をやる群衆がいて、次には、無人の場と、沈黙と、この円形の山を――火の消えた噴火口を――照らす月がある。人間の形がそこに空洞としてあるのは明らかだ。円形競技場が、坐って目を凝らす群衆の跡をとどめているのは、家が、家具はいうまでもなく、内部のドアや階段や磨いた柱のうちに人間の跡をとどめているのに似ている。しかし、円形劇場とはまたなんという家具であることか。山のようにじっと動かず、なによりまず、ヘーゲルが山についていった「そうしたものさ」ということばを発したくなる代物《しろもの》だ。それは、建築が、家をもふくめて、人間の尺度だけに合わせたものでないことによる。屋根や軒《のき》を見れば分かるが、建築は部材の尺度に合わせたものであり、とりわけ、わたしたちの敵でも友でもある、重力に合わせたものだ。建築は自然のうちに、自然に沿って建てられる。それは第二の自然のようなものであり、自然以上に確固とし、忠実であり、形が決まっている。建築は自分の忠実さを標榜《ひょうぼう》していて、人は、自分のために作られたもののなかに入るように、そこに閉じこもり、身を守る。しかし、建築は人より強くなければならない。人はそこに避難し、そこに身をゆだね、そこに閉じこもるとともに、それを恐れ、そこから身を退きもする。記念建造物の場合がそうだ。それは格別に抵抗する対象であり、地上で最高の抵抗力をもつ。さまざまな力に抵抗するだけでなく、人にも抵抗し、形が出来たとなると、その輪郭、その通路、その門、その影を人に押しつけてくる。人間の権力を体現するものだが、その権力自体が縛られている。城塞を見れば分かるが、人のための強さであるとともに、人を斥ける強さでもある。すべての記念建造物は通り道をふさぎ、迂回させる。人間の権力は自分に驚き、注ぎこまれた仕事の蓄積に驚く。人間は自分を小さく感じ、小さくて大きいと感じる。それが最初の感情であり、尽きることのない感情である。

記念建造物は、努力の連係と、単純な機械による緩慢な作業とによって、人間の労働がどれだけのことをできるかを証拠立てるものだ。素材の大量さと重さと頑丈さに由来する建物の性格が、まちがいなくもっとも重要なものだ。宝飾品や家具の場合なら称賛の対象となる、仕上げのよさや光沢や継ぎ目の見えないことは、ここではまったく重視されない。建築はそうした外見を拒否するといえるほどだ。石の粒や石の形や継ぎ目は、すべて装飾の一部になりそうだ。仕事を隠す塗料は手段として軽蔑される。垂直と水平だけを考えて切り出された石が、セメントなしの、継ぎ目がめだつ形で重ね合わされる。全体の重さそのものによって安定が図られ、岩壁や断崖とはまったくようすがちがう。そこに、人間の労働の成果であることを示す、もっとも力強い証拠がある。そして、この考えを追っていくと、廃墟がなぜ美しいのかが容易に理解される。そこでは空虚な装飾がすべて削《そ》ぎ落とされ、無数の傷跡《きずあと》がさまざまな力の襲撃を示してはいるが、にもかかわらず、石の塊《かたまり》はなおもちこたえ、壊されてはいない。塊は今後もそのすがたを保ちつつ、一粒一粒がすりへるだけだと思えるのだ。

古代の遺跡がそのまま尊敬の対象となる理由も、おそらくそこにある。それ自体がおのれの力強さを証明し、自然にたいする、自然自体による長い闘いを証言している。「人間は自然に服従することによってしか自然に勝利することはない」とフランシス・ベーコン（一五六一―一六二六）は言った。すべての記念建造物を飾るにふさわしい碑銘だ。ここまでの議論では自己を統御《とうぎょ》することが中心的な主題だったが、今後は、敵対する力に従って表現される別種の統御が主題となる。自然そのもののように打ち勝ちがたい記号、それが記念建造物だ。長く持続し、それを建立《こんりゅう》した人間を導き、支配し、押しのける建物が記念建造物だ。強い感情がここに初めて登場するが、それは少なくとも宗教の一部分を説明する。人間は自分の作品を称賛し、それを並外れたものだと考え、自分がこめたわけではない神秘的な力をそこに見てとる。そうした感情はパリやリヨンのような大都市を見たときにもあたえられる。都市は全体として建築的な性格をもっている。そこのすべては石や重力を媒介にした自然である。つながりの密な、力強さのはっきりと見える自然である。至る所に人間のしるしのついたもう一つの自然でもある。

立ちどまって事態を丁寧に見ていかねばならない。人間のしるしと自然のしるしが一つになっている。法則は動かしがたいが、同時に、精神が認知した法則でもある。それが建築的な形の意味だ。たしかに単純ではあるが、その形から装飾をすべて取り除かねばならない。建築の形は装飾を必要としないのだ。円柱は支える仕組みとして簡単に読むことができる。交差リブは複雑な曲線ではない。高い樹林の木の枝がその形を示している。が、交差リブのほうが単純だ。丸天井のアーチは、古代人が神聖と考えた円の観念、しかも単純明快にして無限の深みへとつらなる円の観念を図像化したものだ。3.1415……と続く円周率は公式にあらわれた一種の謎である。ところで、単純きわまる円は、やはりもっとも純粋な形であり、もっとも美しい形である。水道橋は称賛される。けれども、そこに生じる美的な喜びを、偉大な思考の一つをそこに認知する幾何学者の瞑想に結びつけるのは、中途半端な理解でしかない。円はそれだけで美しいわけではない。水道橋や凱旋門のデッサンは、記念建造物の荘厳さからはまだまだ遠い。そこには重量が——非人間的自然のもう一つの面が——欠けているからだ。観念と重量という二つの性格が一つになって美しいものが作り出されるのだ。一つになって、といっても、わたしたちのもっとも明快な思考を呼びさます装飾として円《まる》い形が求められねばならない、というのではない。重量を破棄することなく通路を確保したいと思うとき、円い形がおのずとあらわれ出るのでなければならない。実際、アーチほど耐久性のある解決法はなく、自然がこんなにも明瞭に自然みずからによって克服される例はほかにない。丸天井に重みをかければかけるほど、形はしっかりしてくる。自然そのものが天然の洞穴によってその形を教示してはいるが、目にとまるのは、計画に従って切り離され、切りととのえられ、丸天井の形になるようはめこまれた重たい石の列である。石は落ちつづけながら、まさにそれゆえに落ちることができない。直線と角度から生まれた精神の娘たる曲線が、自然の娘でもあり、自然によってなにほどか尊重されてもいることを示す、すばらしい証拠といってよい。さらには、石の粒や、塗料なしの接合や、古い水道橋に備わる時間のしるし自体が、半円は、人間の作り出した観念のかすかな表示や名残《なごり》とは別種の、むしろ、神と人との契約を象徴する形だと思わせる。虹もそうだが、虹の場合、土台となる力はそれほど恐るべきものではないし、感じられかたに持続性がない。契約の象徴たる半円は、大量の石で出来たアーチであり、その耐久性によってなにかを証言するものだ。なにを証言するのか。精神を大いに喜ばせ、人間にふさわしいことがこんなにも明々白々である幾何学の法則が、自然の法則でもあることを証言するのだ。そこには、ことばのもっともゆたかな意味での、一種の啓示があり、ひょっとするとそれこそが唯一の啓示かもしれない。記念建造物は神を証明するものといえる。

美の学からあらわれてきたもの、ないし、第一類の芸術の研究から生じてきたものは、いまさらいう必要もないことだが、情念の浄化ないし純化という観念だった。たしかに、その性格は建築にも欠けてはいない。建築は人間の力と人類の力をわたしたちに思い起こさせるのと並んで、わたしたちに人間らしいふるまいと動きを促す衣裳らしきものでもあるからだ。その点はのちに触れることになろう。ここではまず、ものの塊《かたまり》と、見ていて飽きることがなく、塊と結びつかないかぎり心を引くことのないその形とについて説明しなければならない。そして、この探究は音楽やダンスにもたしかに具わる美の一性質を浮かび上がらせる。自然と精神との一致という性質だが、それが脆弱な観念によって証明されるのではなく、対象の形を取って示されるのだ。

わたしたちの生活は、相手となる自然が、想像力や情念の支えである自分の体という自然であろうと、思い通りにはならない物からなる自然であろうと、自然との持続的な闘いである。そして、音楽や詩のような、体を素材とする直接の芸術作品において美の本質をなすのは、それが精神の、精神に従った創造だという点にあるのではなく、反対に、精神が自然のうちに自分の財産を認知する、自然との出会いにこそ美がある。ヘルムホルツは、モーツァルトの和声のうちに数の法則と同時に物理の法則を見出したのだったが、明らかにその和声はモーツァルトにとって、鳥の歌が鳥にとって自然であるように、自然なものだった。この美しい出会いこそが本当の奇跡なのだが、そこにおいて、友であり救いである自然の啓示を受けて、人間の高い部分と低い部分が和解する。啓示された自然は悪い自然ではなく、人間よりもすぐれた存在、どれほど賢明な人間でも及ばないほどにすぐれた存在である。

さて、この性質こそが建築のうちに最初にあらわれ出るものである。しかも、体という身近な自然ではなく、敵なる自然――重力、塊、硬さといったもっとも敵対的な自然――を通じてあらわれ出るものである。岩山という素材はわたしたちにはなじみのないもので、容赦なくこちらにぶつかってくる。ところが、わたしたちが石を山積みにすると、ピラミッドが出来てくることもある。しかし、半円アーチこそ本当の奇跡であって、その奇跡が橋のアーチのうちに心ゆくまで読みとれる。計画の段階にとどまるなら、よく知られ調べ尽くされた形だが、人間よりも明らかに強く、人間になんの哀れみも感じない自然のうちに、最上の、もっとも確実なものとして示されるなら、驚嘆すべき形といわねばならない。誠実さが建築の第一の特徴だといわねばならない理由もそこにある。見せかけを受けいれる余地はないし、まやかしも許されない。石をまねて布や厚紙や石膏で作った、展示用の飾りのばかばかしさを考えてみればよい。そんなものは醜い残骸でしかない。けれども、示されているのは愛すべき形――円柱、エンタブラチュア、ペディメント、丸天井――である。その通りだ。しかし、形が愛されるのは、自然が形を肯定していることが一点の偽りもなく示され、非人間的な力がぎりぎりまで発揮されている場合に限られる。

さて、芸術探究のこの場面においては、建築の威光にかけていえば、なじみのない反逆的な素材が作品を支えるものとなっている。ダンスや衣裳や儀式や見世物においては、人間がその場にいて動くことによってすべてが生きてくる。それに反して、いまあらわれている芸術においては、動きがないというのがもっとも際立つ属性である。人間が作品のなかでなにかを演じることはもはやなく、まわりを巡る観客となっている。制作行為は、作られた形を取り返しのつかない領域に移しいれる。素材はそれ自体の法則に従って――均衡や抵抗力や硬さの法則に従って――処理される。素材のこの粒、このざらつき、この繊維が、形を制約し、同時に形を肯定する。形は崩されるかに思えるが、それによって形の美しさは小さくなるのではなく、かえって大きくなる。実例としては、それを問題とすることがいまや時代遅れとなった芸術を挙げることができる。レース編みがそれだが、職人は形を布地の必然性に従わせることによって、しばしば形を救っている。服に施されたギリシャ風の刺繡《ししゅう》は、実際に仕上げられるといっそう美しく、襞《ひだ》に隠れるとさらに美しい。タピストリーの編み目は曲線に従うことができず、そのことから装飾は一種の様式を受けいれることになる。ファイアンス陶器のタイルはたくさん並べられることによって一つのデッサンとなるから、その継ぎ目を隠すのはなんの得にもならない。ステンド・グラスやモザイクのような、建築から出てきた芸術についても、似たようなことがいえる。木造であれ石造であれ、彫刻された装飾物はすべてそうだが、ある種の浮彫りは素材がはっきり拒否する。だから、たとえばバラの形には大きな変更が加えられる。様式のそうした法則は、奇妙なことではあるが、芸術家のしるしに劣らず職人のしるしをとどめている。そうした法則は彫刻と絵画にも見出されるので、その法則ゆえに実物との類似よりも他の条件が優先されることに人はしばしば驚くことになる。

いまやわたしたちは、形がそれ自体で美しいのではなく、ある種の闘いによって、また、観念のしるしではまったくない存在のしるしによって美しいのだ、ということを理解するよう心がけねばならない。型にはめて作った複製品は、ちっとも美しくない。形は打ち出され、削り出され、彫り出され、組立てられねばならない。そうやって初めて、作業の対象であり、必然性に従って工作される素材が、精神の認める形を纏《まと》うに至るからだ。俗に、困難の克服の大変さが思われる、などといったいい草があり、それはその通りだが、重要なのは困難について語られるあれこれではない。芸術作品がわたしたちを喜ばせるのは、形が、困難な作業を経て目に見えるものとしてそこに具現されているからだ。わたしたちは変更された形をもよしとするのだが、それは、その形が自然だからだ。制作行為がつねに企《もくろ》みを凌駕《りょうが》していくような、そんな職人の勝利が、建築ほどはっきり示される領域はほかにない。建築では一定の幾何学的な形を組み上げていくのは、石工《いしく》の作業にほかならない。ゴシック大聖堂の控え壁（バットレス）は装飾の意味をもってはいる。しかし、石工の作業を離れて、形がそれだけで追求され、形に体現された素材の持続が作業に敵対する法則に支配されているのが目に見えなくなれば、形が精神を喜ばせることはあっても、精神を喜ばせるだけで、体はそこに興味をもつことがなく、形は美しくなくなるはずだ。そして、円柱や丸天井のような古代建築の形を鉄やセメントでまねると、なんともおもしろ味のないものになる理由もそこにあるのかもしれない。重さのありありと感じられる、もとの石ブロックを積み重ねた形の場合には、その継ぎ目と接合平面とが精神の好みとは別のなにかを見せることで魅力的だったのだ。古代にあっては、幾何学的な形がものとしてある自然そのもののうちに見出されたので、素材に化学的な暴力を加えてその自然を人間に従わせるようなことはなかったということだ。思い通りにならない素材があり、人が思い通りにならないのを心得ている——そういう素材こそが建築の本体をなすように思える。

抽象的な形は見ていて疲れる。そこで精神は新しいものを求める。しかし、その同じ形が、精神の法則を自然の法則として表現しているとなると、何度くりかえされても飽きるということがない。それがカントの『判断力批判』の全体を支配する考えであり、この著作の第二部を第一部とつなぐ絆《きずな》となる考えだ。実際、自然を解読するには、証明のない、しばしば否認されもする仮定にもとづくほかはなく、それはまさしく精神に即して自然を作る建築家の仮定そのものである。観念を提示し支える自然、という奇跡を通じて、美は生き生きした微光のもとに輝き出るのだ。だから、判断力を鍛える学校は美しさであり、それこそが神の唯一の証拠であり、文字通り神の像であり、すべての礼拝の第一の対象である。ヘーゲルは、芸術を反省するのが宗教であり、宗教を反省するのが哲学であるとほのめかしたとき、軽口を叩いていたわけではない。この偉大な思想は文化の定義として申し分がないし、また、機械しか作らない抽象的な科学に比べると、万人に具わる判断力の練成には、長い迂回が必要であることを教えるものでもある。しかし、すぐにも反論を招く偉大な体系を呈示するのは無益だ。体系の価値は、それによって実例が照らし出されるところにしかないのだから。

13講　建築（続き）

（一九三〇年二月十一日）

わたしは建築においてまずもって大きさと塊《かたまり》と均衡を考察したのだが、それは中心となる、おそらくはもっとも困難なものを提示することだった。ここでは、思い出を頼りに、改めて、ローマの壁、ペラスゴイの壁、フィレンツェ宮殿、城塞、水道橋、円形競技場、ピラミッドを眼前に浮かべてほしいが、そういうのも、すでに示した考えをさらに明るく照らし出す機会になろうかと思ってのことだ。すでにいったことだが、わたしは崇高さを美しさのうちに再統合しようと企《もくろ》んでいる。

さて、裸の建築の厳かな例にきちんと向き合えば、美の主たる属性は人を喜ばせることにあるというより、自然の力と精神の力を二つながら示すことによって人の心をつかみ、引きとめることにある、とわたしの言うのがどういう意味なのか十分に分かってもらえると思う。二つの力の対立は利害や恐れや情念を超えた崇高の状態へと人を投げこまずにはいない。この点については、わずかなことばですべてを語る、パスカルの有名な「考える葦」と、その注釈ともいうべきカントの完全な分析とを参照してほしい。そして、裸の建築という荒っぽい手本をながめつつ、わたしは、明らかに最初の美、父なる美であるこの類《たぐい》の美は、それほどに美しい必要はないと言いたい。それは、なによりまず、美しいのではなく偉大である。詩や音楽のなかにも、人を喜ばせるよりも力で圧倒する巨大な構築物の例がなくはない。しかし、これまた美しいと言ってしかるべき他の芸術や他の対象は、人を打つというより喜ばせるものだし、もっと甘い満足感を提供するものだと認めねばならない。絵画やデッサンや時代ものの家具や装飾品のなかには、わたしたちを崇高の境地に投げこむことなどできそうもないものがある。建築と、いまいう芸術のあいだに、人が驚きの目や興奮した体でもって、あるいは、趣味という語の比喩的用法に乗って美食的といいたくなるようなまなざしでもって、見つめることのできる作品がある。ここでは嘘いつわりのまったくない日常語に信を置くとしよう。

　バルザックの『従兄ポンス』に、美しい作品をめぐって生じてくる情念についての行きとどいた考察がある。ここでは、だれでもがどんな場合にも経験できることを述べるにとどめる。素人《しろうと》の趣味は、普通には、穏やかな賛美の情を探索の情熱と蒐集《しゅうしゅう》欲によってかき立てつつ、気に入ったものを集める行動へと向かわせる効果がある。その結果、しばしば、限られた空間にたがいに不似合いな美術品や場ちがいな作品が並ぶことにもなる。たいして、芸術家の場合、趣味に対応するのは気に入られたいという欲求だが、それに突きうごかされると、オペラ座の大広間に見られるような、装飾の増殖と詰めこみに向かうことになり、建築の崇高さとは裏腹の、お追従《ついしょう》と美食趣味の芸術が生じるように思える。その意味では、建築は芸術家を偉大さの側に呼びよせ、装飾の軽蔑へと向かわせることが理解できよう。わたしたちの住まいの内部——わたしたちのいまいる広間そのもの——と、新しい建造物の外部とを比べてみれば、健康な反応がどういうものかを多少とも感じとることができよう。

さて、この同じ運動に従って崇高な芸術に還ってきたところで、わたしは崇高な建築においては塊《かたまり》がすべてではないと言わねばならない。塊は、人間の作品が自然になったすがただ。そしておそらくは、廃墟のほうが作品よりも雄弁に塊のしるし、重さ、存在のざらつきを示している。しかし、結局のところ、塊は、人間のしるし——直線の継ぎ目、平面、単純な曲線、塊の目に見える法則——によってしか美しくはなく、それは廃墟においてはっきりとおもてに出てくる。だから、わたしたちの順序に従って一つの芸術から次の芸術へと導くゆるやかな坂道を見つけたいのなら、二つの条件を順番に考えねばならない。まずは、自然への服従と、さまざまな力と鉄の法則によって見えてくる労働を考えねばならず、次に、記念建造物における人間のしるし、人間の存在と不在、人間が待たれていることを考えねばならない。その考察は装飾を経て、おのずと彫刻へと向かうはずだ。けれども、わたしはこれをもって建築と手が切れるとは思わないし、それを望みもしない。わたしたちの手にしている芸術は厳格な芸術であり、教師となる芸術なのだから。

まずは、建築を自然の力と――重力のみならず、つねに重力と妥協する植物の力と――関係づけて考えたい。いまや庭園が自然な対象としてあらわれるが、そこでの建築は野性の力が自由に動くのを素直に許すものとなっている。とはいえ、庭園と整備された自然と呼ばれるものとのあいだに明確な断絶があるわけではない。重力にたいする、あるいは、残酷な植物と名づけるべきものにたいする人間の労働が、容易に美的な性格を取ることは認めねばならない。盛り土、道路、小径《こみち》、水路はそれぞれに美しい。耕地も、おそらくは植生の自然なゆたかさと、それを区分けする規則的な線との対照によって、美しい。そこにはもはや自然だけがあるのではなく、人間の力が加わっているからだ。人間ぬきの自然を見つけるには自分の国から遠く離れた所まで行かねばならない。若者たちがかつて語ってくれたことだが、森のなかを歩いて人のしるしの刻まれない地域を探しても、見つからなかったという。道路、境界、直線、溝が精神を思い起こさせる。自然は精神を埋もれさせるが、墓が人の形をもつように、精神の形をわずかながら保っている。だから、若者たちは精神を見つけ出したのだったが、その精神は半円アーチの精神がそうであるように、物と結びついている。いいかえれば、自然そのものは、ひとたび人間のしるしを受けいれたとなると、それを要求し保持するといえるのだ。

しかし、農業や園芸の場合はそれだけにとどまらない。人間の技巧ゆえに自然がもっと大きく、もっと自由に開かれる。たとえば、植物は一定の距離を取らないと生育できないから、作物を得ようとするだけで畑は規則的なすがたを取ることになり、それがまちがいなく幾何学や算術の最初の師となる。キャベツ畑を考えてもらうだけでよい。樹木も列をなして等間隔に植えられることになる。その場で体を動かしてみると、建築的な構想がいっそうよく見えてくる。それ以外にも、建築が樹木や麦の茎をまねたことを示す証拠は無数にある。同じようにして、上ったり曲がったりする小径は自然に沿った解決法の表現であり、同時に、もっとも称賛すべき、もっとも実り多き力学の発明である。また、傾いた面からは、ねじ釘、風車、帆、舵《かじ》、プロペラ、飛行機が生まれている。ただ、こうした驚くべき機械はめったに美しいとはいわれない。なぜか。そこでは明らかに考えが外からもって来られ、わたしが化学的暴力と名づけた、素材の自然な形を壊すような変形がなされるからだ。そしてたしかに、溶解し結晶させることとは建築的な積み上げではあるが、なされた建築の仕事は目に見えず、石や継ぎ目が忘れられて、強制と勝利しか見えてこない。その一方、坂道や曲がり角や台地は、自然そのものをもととし、自然の形を利用した作りになっているし、池や土手道の建設においても、もともとあるものをおもてに出して完成するのが人の働きだ。よく計算された変化の乏しい小径のほうが、なんの脈絡もなく上下する、足で踏み固められただけの道よりも、道自体もまわりの山も美しく見える、といったことが起こる。そんな見事な成果を目にすると、職人芸と本来の芸術とはたがいに背を向けるものではないのが分かる。加えて、どちらも「芸《アール》」の名で呼ぶフランス語の語法が、職人芸の精華たる水道橋に劣らぬ力強さで、二つの芸の近しさを示唆している。

ここでは「道」ということばがぴったりだが、こうした道を通ってわたしは庭園へとやって来る。庭園も道と耕地からなるが、わたしたちには満足の行くことに、自然と精神の親密な一体化の証拠をひき続き盛り沢山に示してくれる。対称形と規則正しさが至る所で植物の必然の動きと結びついている。一方が追求されたのか、それとも他方がもっぱら尊重され、自由に伸びるに任されたのか、どちらとも決めがたい。並木道や、バラやキヅタの生垣を、考えてみるとよい。そこには絵画の力が建築的な整備を受けつつ働いているが、陶器の装飾や、ステンド・グラスや、モザイク模様よりもずっと厳密に建築的な配慮が働いている。庭園画家は自然に、季節に、水・空気・光の配分に、従わねばならないからだ。しかも、芸術家の努力にもかかわらず、リュクサンブール公園は季節とともに色を変える。もしすべての画家がそのように太陽や雨や風から色を受けとるとすれば、それは絵にとって貴重な利点となろう。化学の暴力がここにもつけ入るすきがあるのが分かる。しかし、すべての芸術にとって、形が恣意《しい》的でないことこそが無限の利点となる。花束と庭園を比べてみるとよい。花束は作品となるのに十分なほど物となってはいない。そこには自然の法則が見てとれず、まとまりや配置が趣味的に決定される。たぶん、趣味はいかなる芸術の支えともならぬといわねばならない。

これにたいして、大庭園芸術は自然に服従することによって様式を守っている。第一に、サン＝クルーの庭園を見ると分かるように、土地の形を尊重している。いや、見晴らし、坂道、曲がり角、階段、洞穴によって、土地の形がいっそうよく目に見えるようになっているとさえいえる。第二に、庭園は樹木に――ずっとそこにあり、貴重で、気むずかしく、手入れの大変な樹木に――服従する。庭園はまたすべての植物に従い、高さと日当たりを考えて植物を配置し、根がからまぬよう間隔を取る。対称と規則性、直線、曲線、感じのよい間隔、といった人間のしるしが見る者を喜ばせるが、それは自然そのもの、強制されない自然が作り出したものでもある。しあわせな服従という境地は、すべての芸術において容易に到達できるものではないが、庭園芸術ではほかの芸術よりも、しあわせな服従がどういうことか分かりやすい。イチイの木々を鳥や人の形に切ったりしたら、美しさは失われ、恣意的な装飾に堕してしまうのはだれでも感じることだからだ。ところが、音楽や絵画のような芸術においては、イチイの木々を孔雀の形に切らないようにするのはむずかしい。

庭園という美しい建築的絵画について、もう一つの要素を――従順とは正反対の、もっとも反逆的で、もっとも貴重な要素を――取り上げねばならない。水がそれだ。

水の鏡、泉水、滝、噴水は、装飾である。最後に挙げた噴水は、自然と人間がたがいに強制されることなく、正々堂々と、友好的に協力し合った極限の成果を示すものといえる。今日では忘れられた照明噴水は、限度を超えたもの――自然から離れすぎ、自然の形を抹消し、目に見えぬ原子をもとに創作し、力と新しさだけを示すもの――のように思える。趣味は趣味でも、悪趣味の作品である。

分析のこの場においてこそ、自然は師の師である、というよく口にされることばの意味を考えるのがふさわしいとわたしは何度も考えてきた。曖昧なことばではある。自然は模倣不可能なモデルを提供することによって芸術を超える、と、そう理解しなければならないのだろうか。パスカルは「絵とはなんと空しいものか」と言った。現実の対象を、どう見ても不完全な図像に写すのは無駄なことだ、とかれは考えたのだ。そして、パスカル流に考えをぎりぎりの極限にまで押しすすめたこのことばは、一考に値する。とはいえ、規則のなかの規則として、ダンス、音楽、詩、演劇、絵画、装飾、デッサン、彫刻は自然をできるだけ正確に模倣すべきだ、とくりかえし言うことは快く気楽なことではある。しかし、それが同意の得られない言であるのをわたしたちは知っている。肖像画は生身の人の顔とは別次元の価値をもっている。その点については、デッサンを扱うところで述べる予定で、そこでの分析が議論の決め手となろう。が、いずれにせよ、すでに明らかなのは、自然が劇をなすことはないし、自然においてはことばが発せられることがなく、すべてが混沌とし、とりわけ行動が混沌としていることだ。そして、自然が庭園をなすこともこれまたない。こうした議論からはあれやこれやの副次的な観念が生み出されるが、結局のところ、パスカルが絵を否定しなかったことは確かだ。

さて、ごく自然に歩みを進めてきたわたしたちは、ここに来ても考えの道筋を外してはいないように思える。自然はたしかに師の師ではあるが、モデルとして師だというより、実行にかかわり、実現にかかわり、作品の土台となり、作品を宇宙に合体させる師だといえる。自然はここでは形としてではなく、体として、素材として、力として入りこんでくる。わたしたちの生産活動に存在をあたえるのが自然なのだ。わたしたちはわたしたちの庭園を自然が作るのだと考えるだけでよい。広大な考えだ。どんな意味でわたしたちが支配し、どんな意味でわたしたちが服従しているかが見えてくる考えだからだ。わたしたちの思索を確かなものにするために、ひとりわが道を行く思考はつねに多少とも狂ったところがあり、思ったことをすぐさま実現する専横な人間は嘆かわしい、ということをここで思い起こすべきだ。そこからコントは「外部にもとづいて内部を律する」という重要な規律を導き出したのだが、この規律は十分に理解されているとは思えない。が、自然こそがわたしたちの思考を制限し、支え、規制するものだ。それは、しかし、水の鏡が窓や幹や葉の一つ一つを映すように、わたしたちの思考が自然を反映すべきだ、というのではない。わたしたちの主題に帰っていうと、たとえば、詩人がある風景をわたしに語るとき、かれが葉の一枚一枚をなぞっているかどうかを知ることなど問題ではない。実際にそんなことができるはずはない。詩人と自然とのむすびつきは、別のところに、最初はだれもむすびつきなど求めはしないところに、見出される。詩人がかれ自身の声、息、歩みに——それはわたしたちの声、息、歩みでもあるが、それに——服従する場面がそれだ。そこではかれの芸術が自然に従っていることをわたしたちは強く感じるが、それはその通りなのだ。わたしたちがどう言っていいか分からず、かつて見たことのない風景を稲妻に照らされたようにありありと見てとるのは、自然とのそうした和解の感情によるものだ。これに反して、へぼ詩人は熱心に記述を重ねるが、なにかを現出させることがない。空しく物を写し、空しく自身の考えや自身の感情を写しさえする。そうすると形が思考から出てくるからだ。それは詩ではなく、工業だ。以前に説明したように、思考を韻文に仕立てても詩にはならない。自然の音である歌そのものが観念を生じさせねばならない。真実であり誠実であるだけでは十分ではない。というか、詩人に固有の誠実さとは、かれの精神のうちにあるのではなく、かれが自身の闇に包まれた自然に全面的な信頼を置き、ある種の歩行ないしダンスによって大自然と一体化するような信頼感のうちにある。観念もそうした動きのうちに見出されるのだ。

そうした事柄について語ったことばとして、すべての文学批評のなかでもっとも強力だと思えるものを引用したい。シャトーブリアンの『墓のかなたの回想』のなかに見つけたことばだ。十八世紀の文学について、最高級の作品は別として、シャトーブリアンは「自然らしさを欠いてはいないが、自然を欠いている」と言う。詩人の資格にまったく欠ける、愛すべき詩人や優雅な詩人や高貴な詩人を裁断したことばだ。肖像画が、モデルを知らない場合でも、その自然らしさと相似によって見る者を喜ばす、という逆説を解く手がかりがそこにはある。が、それとて逆説への接近の試みにすぎない。大きな秘密は絵画に、そしてすでに彫刻のうちにもふくまれるからだ。わたしがここで庭園芸術に導かれつつ提示する考えは、芸術家にとって自然を追いかけるとはどういうことか、という永遠の問題に光を当ててくれるかもしれない。そして、庭師のふるまいはその点で示唆に富むとあえていいたい。庭師は自然をまねるのではなく、自然に従う。自然が自分の作品と結びつくことを、自然が自分の作品の共犯者であり、自分の作品の源泉そのものであることを示す。工夫を凝らして階段や曲がり角や植え込みを配した庭園において、まさしく自然がすがたをあらわしているのだ。もちろん、人間もまたすがたをあらわしてはいるのだが。

都市は、わたしのいう服従する建築のもう一つの例となろう。人間のどんな作品も土地の形や川の曲線を都市ほど見事に示してはいない。坂道、屋根、壁、窓のどの一つを取っても、気候や季節を告げないものはない。都市は支配的な風向きと逆方向に動くといわれるが、煙にさからうこの動きさえも、気候の指示したものと思える。同じく、交通路や、多くの策を弄した商売や陳列の技術も、そのすべてが自然に服従し、同時に、自然に勝利している。屋台の店が美しい理由はそこにあるし、土地の色をした家が、人目を喜ばせる気などまったくないのに、わたしたちを喜ばせるのも同じことだ。反対に、遠くからそれだけ取り出して運びこまれたわざとらしい山小屋を、好きにはなれない。こうした実例を前にしたとき、判断はゆるがないが、理由づけはなかなかうまくいかない。

対立する二つの極端な例として、ふとした曲がり角で、その場にぴったりのすがたで心をとらえる古い家の一つと、もっとも醜いものの典型たる工場の一つとを比べてみよう。ちがいはどこにあるのか。役に立つか立たないかにあるのではない。どちらの建物も役に立つことがたえず求められている。ちがいはむしろ、形と素材との関係のしかたにあって、そこは庭園芸術の場合と変わらない。工場の場合、素材は奴隷であり、観念に従って――予定の計画と追求目標に従って――焼かれ、型にはめられる。企《もくろ》みは精力的に実現され、自由な自然がすがたをあらわすことはもはやない。それにたいして、しばしば必要次第、資金次第で部分単位に建設され、また、つねに素材の制約を受ける古い家の場合、自由な自然がはっきりとすがたをあらわす。美しい梁《はり》は大いなる避難所となる。突き出た梁はすでにして装飾である。なにかが彫刻されるかもしれないし、その彫刻が木の硬さの証拠となることも十分に考えられる。いずれにせよ、素材が装飾を指示する。そうした古い家ほどに多くの精神を具えたものはほかにない。そこでは自然が精神になっているからだ。それに反して、素材に関係することもなく、また幸運な偶然を迎えいれることもなく観念を実現した工場は、まったく精神をもたない。あるのは衒学者《げんがくしゃ》に特有の裸の知性だ。ところで、いまのわたしたちの家も、工場——食べるための、眠るための工場——である。素材が精神に従って配列される。そして、注意してほしいし、いずれ説明する必要も出てくる一つの結果として、装飾が、勝手気ままな、根のないものとなっている。装飾が塊《かたまり》のなかに取りこまれていないのだ。

述べてきて、うまい具合に機械について論じる段取りとなった。ただ、風車、水車、釣り船といった、古い家にやや似た作られかたをする古い機械は、やはり区別して考えねばならない。それらには木や木の節《ふし》が見てとれ、それが装飾のきっかけとなる。精神がたえず思いがけない発見に遭遇し、抵抗力のある柔軟な素材に人間の活動の跡が刻印される。航海したあとに身近な素材で修理される船は、風をしのぎ、波に乗り、均衡を保つことにかけては右に出るもののない、一個の存在である。タイプライターは明らかにその対極にあるもので、同じ観念が何百回、何千回と実現され、しかも一つ一つにちがいがない。暴力的な科学たる金属工学がハンマーの一打ちで部品の一つ一つを同じ型にはめていったのだ。戸の掛けがねが辛抱強く叩いて作られ、そこに素材と職人との一回限りの出会いが示されているのとは大ちがいだ。工場の機械仕事がときにハンマーの偶然の動きを模倣することがあるが、ひどい結果になるのが落ちで、かえって機械になにができないかが証明されるというものだ。ただし、機関車、自動車、飛行機といった中途半端な機械は、仕上げに職人の手が入るため、道具の跡や手の跡が美しさを示すこともなくはない。とはいえ、ここは、なにを美しいとし、なにを醜いとするかを論じる場ではない。この20講は趣味を論じるものではなく、一般に美とされ醜とされるものについて、反省を加えようとするものだ。わたしはただ、自動車のボンネットは嘘だというにとどめる。この弱々しい覆いは力強い機械を隠し、その上に奇妙な形をかぶせるものだからだ。知られているように、こうしたものはすぐに摩耗《まもう》し、醜い残骸となる。化学はおのれの作ったものをつねならぬ道を通って破棄するのだ。

けれども、わたしは自分がこうした類《たぐい》の機械について、とくに機関車について、それを美しいとする判断を、しかも、確固不動ともいうべき判断をもっていることを認めよう。そうした美的判断そのものについて、すでに一再ならず提示してきた原理だけは忘れずにいたい。形が上から、いうならば精神から降りてきて素材を加工するとき、それは工業であり、概念による創造であって、芸術作品ではない。美しい形は自然から出てきて、いつまでも自然とつながっている。詩や音楽のところで見たように、美は下から上へと展開していく。美は飼いならされた情念であり、ここでは、飼いならされた自然である。飼いならされつつも保存された情念、飼いならされつつも保存された自然である。美のうちに古代的で野性的なものが存在しなくなるよう仕組むことはできない。古代のモデルと古代の形の、至る所で承認される権威は、そこからくる。なにほどかの未開なる自然が形と結びついてあらわれ、形を肯定するのでなければならない。

14講　建築（続き）

（一九三〇年二月十八日）

ここでは建築を記号として扱わねばならない。人間の記号として、文句なく最強の言語として。が、いうことを分かってもらわねばならない。大建造物はことばと同じように、はっきりとした意味をもっている。墓は特定のだれかを記念する意味がある。教会はミサや瞑想や謹厳な生活を意味する。凱旋門は勝利者たちの出発と帰還を意味する。記念柱は勝利を、ある戦いの勝利を、意味する。装飾や、碑文や、彫刻家が刻んだ情景が、意味をいっそう明らかにする。紹介記事や案内書がそれに加わるが、とはいえ、それらが美的感情を高めることはなく、むしろ、そこから目を逸《そ》らせるほうに働く。記号の美しさは明確になった外的な意味に依存してはいないからだ。美術愛好家のなかには装飾を聖人伝説によって説明したり、ステンド・グラスのなかに四人の福音史家を象徴する動物を見つけ出したりして、話を広げ、しばしばあらぬ方向に話をもっていく手合いもいようが、第一類の芸術を研究したわたしたちは、民族がおのれ自身に向かって語る、地面を覆うような大きな記号の意味について、思いちがいをしないだけの十分な心の準備ができている。美術愛好家の解説は、詩を説明するのに、散文に置き換えられるような意味の部分をもって説明するようなものだ。わたしが相対的な言語と絶対的な言語を区別したことは無駄ではなかったということだ。儀式に人間がいることは、それ自体が意味をもつのだ。定位置にある枢機卿《すうききょう》や参事会員は、なんらかの権力や特権とはちがうなにかを意味している。集会の呼吸ともいうべき、そうした記号の交換と確認は、記号そのものをはるかに凌駕していて、そこにしかるべき人がいて承認されるしあわせは、儀式をおのずと好ましいものたらしめ、生き生きした美の色を帯びさせる力となる。注目に値することだが、記念建造物を問題とするこの場面では、人間の不在が、人間の痕跡が語りかけてくる。いや、語るのではなく、むしろ、ことばにできないなんらかの観念を表示する。

普通の言語は分析的言語と名づけられるが、まとまって存在する事柄を単語のつらなりによって表現するという意味で、分析的と名づけるのは当を得ている。それにたいしてわたしたちは、建築という大きな文字に固有の言語を、総合的言語、ないし不可分の言語、ないしすでにいった絶対の言語と名づけよう。全体をまるごと一度に言うし、すべてが言われるからだ。大建造物がそこにあるというだけでわたしたちは強く注意を喚起される。わたしたちは精神と物との不可分の統一を感じる。そして最後に、わたしたちは知覚することしかできず、思考はそこで終わる。わたしたちの思考はことばなしで行使される。わたしたちはその思考をまずは完全なものと感じ、初めから完成されていると感じる。思考が観察や探究や反省によって発展しないというのではない。思考は確実さを増し、いっそう信頼できる、力強い、奥深いものとなるが、しかし、思考が明らかになることはなく、また、明らかになる必要がない。それは論理的思考ではなく、むしろ判断であり、最終判断とでもいいたいものだ。ヘーゲルは芸術作品を考察するのが絶対精神だと定義したが、その考察は宗教へ、さらには哲学へと進みはするものの、最初の感情と源泉を汲《く》みつくしてそれに取って代わるというものではなく、むしろ、つねにそこへと還っていくものだった。読者には謎の多すぎる考えだと見なされそうだが、いまわたしたちはスフィンクスの列に身を置いているのだ。ことばが無力であることをことばで言うむずかしさと、説明できないことを説明するむずかしさは分かってもらえるだろう。建築的な記号はそうしたものだし、そうした注釈を要求するものなのだ。人はことばにし、説明し、身構える。が、作品があらわれると、注釈はぺしゃんこにされてしまう。分析的思考と全体的思考とのあいだのこの闘いはけっして終わることがなく、つねに全体的思考へと還っていかねばならないが、すると、すべてをやり直すよう忠告される。反省に特有のこうした動きは作品に使嗾《しそう》されるもので、あらゆる種類の代数学の歯どめとして大いに役立つ。その意味で、人の祈りを誘い出さない記念建造物はない、といわねばならない。神々に恐れを抱かないことはなんとむずかしいことか。

信仰から知へ、知から信仰へ、という二重の連続する動きをもっと見やすくするためには、いま問題の大きな記号を二種類か三種類に区別しなければならない。さて、第一の記号、もっとも直接に、もっとも強力に普遍的感情を表現する、もっとも自然な記号は、墓である。墓は人間の形にたいする敬愛の念を形にしたものだ。というのも、墓は人間や獣《けもの》たちの侮辱を防ぎとめるものであり、もっといえば、至る所に愛された者や冒瀆《ぼうとく》された者の残骸を求める、想像力の錯乱を防ぎとめるものだからだ。そうしたふるまいにたいするもっともすばやい、もっとも確実な対処法は、重い、均衡の取れた石を積み重ねることだ。石の積み重ねは至る所で制度となっていて、ギリシャ人は墓を記号と名づけている。たぶん、ぬきん出た記号といえる。そして、敬愛の念をもつ人は、正しい動きに誘われて、その上にもう一つ石を載せる。それは外部の力によってしか変化しない塊《かたまり》であり、もはや開くことのない塊である。称賛に値するのは、墓という観念にことばぬきの思考が働いて、ピラミッドを――一方では死者を見事に隠し、他方では形が内にふくむものとの釣合いをまったく無視して拡大したピラミッドを――見出すに至ったことだ。いや、それだけではなく、奇跡的な出会いのもと、最終的には、ヘーゲルが結晶形と名づけたものによって、まさしく幾何学的精神というべき大結晶が――不滅の価値をもち、万物の尺度となる大結晶が――そこに表現されていることだ。周知のように、ピラミッドの建設はこの厳しくも単純な形のなかに、知りうる限りのすべての幾何学的および天文学的秘密を惜し気もなく投入したもので、もって、古代の身ぶりの象徴的意味を倍加し、反映するものとなっている。体の上にこれほどの石の負担をかけながら、精神が救われねばならないのだ。探究に終わりはなく、確信の得られることはないが、いまいうような秘密が知られ考えられていたことは分かってこよう。それはおそらく執拗《しつよう》な敬愛の念、あるいは、時間をものともしない誠実さにほかならない。正しい身ぶりが正しい記号を作り出したのだ。死者が帰ってくることはないだろう。永遠の幾何学によって、死者は、スピノザ（一六二一―一六七七）のいう不死の驚くべき像となっているのだ。

尽きることなき観念の宝庫たるこの石の山をめぐって、わたしはその作られかたについて一つの考えをもっていること、そして、その考えが原始的な墓についての古代人の考えに示唆を得たものであることを、事のついでに言っておきたい。各人が一つずつ石をつけ足して、形を変えることなく塊を大きくしたのと同様、ピラミッドは均衡の取れた石の山の形をつねに同一に保ちながら、外皮を一枚ずつつけ足していくというやりかたで建てられた、とわたしは思う。となると、ピラミッドは完成しているかに見えて、それで終わりということはなかった。わたしたちのもっとも堅固な思考がそこに映し出されてもいよう。その上、この母形を、この絶対の記念建造物を新たな出発点として、わたしは、高く堅固で、すでに崩壊しながら、時に向かって完全かつ不動の廃墟を挑戦的にさらすこの石の山が、例外なくすべての大建造物の秘密のモデルだとしばしば考えてきた。高すぎるもの、細長すぎるものにしたいという野心は、権力が増大するにつれて、至る所で示される。だれ知らぬ者のない有名な記念建造物にも尖塔があって、ルーアンの尖塔がその一例だが、高く伸びすぎ、いくつかに分かれ、古代の尺度を否定し、堅固ではあっても持続の表現としては出来がよくない。ひきかえ、アミアンとブールジュの大聖堂は、高さよりも塊の大きさが目を引き、都市そのものを大きな基盤として石の山が出来上がっているふうだといえる。大建造物の足元の建築物を取り除いたすがたを想像しても、なにほどの効果も得られない理由はおそらくそこにある。寄り添うまわりの建物は大聖堂と正しい線で結ばれている。教会は人びとの仕事や住まいや都市と切り離されてはいないからだ。そして、そのことからも、ことばで追いかけることのできない意味が明るみに出てくる。教会もまた墓ではあるが、生きた墓だ。生活がそこで新たに始まり、そこに結びつき、そこに集まり、そこで更新され高められるのだ。

ギリシャの神殿は墓では全然ない。屋根とペディメントは、ピラミッド風の傾斜によって休息の形をなしてはいる。が、全体が地面に向かうというのではない。もの言う幾何学は、同時に、ものを言い行動する力学となっている。支え、もち上げる行動を円柱ほど見事に表現するものはない。また、自由な通路をこれほど見事に表現するものもほかになく、人がたえずそこを巡ったために支柱が丸くなったかのごとくで、その支柱のあいだを思考が巡り、呼吸する。人は一人の人間としてではなく、群衆としてそこに吸いこまれそこから押し出される。ここではすべてが生きている。この幾何学は通行可能であり、人間的なまなざしをもっている。眠ってはいない。押しとどめはしない。人をめざめさせ、動かす。死者のために作られてはいない。自然であるのは確かだが、開かれた自然、秘密をもたぬ自然だ。まわりを巡っても、中に入っても、同じものの見えかたが新しくなるだけだ。このもう一つのスフィンクスはことばなしにそのように語っている。エジプトの政治学がこちらに投げ出されていたように、ギリシャ人たちの物理学のすべてがこちらに投げ出されている。ギリシャの奇跡は視界のこの戯れによってすべて説明できる。平等なものが不平等に見えるが、不平等に見えるというまさにその点でみなが平等なのだ。見かけが、まちがってもいるし、真実でもあるということだ。ここでは人は勝手にだまされ、自分がだまされているのを知っていて、そこをぬけ出す。誤りを楽しんでいるのだ。不可分の精神が分裂することなく勝利した場面がそこにある。各人の視点と、万人に共通だが万人にちがって見える唯一の世界との調和がなりたつ場面が、そこにある。が、忘れてならないのは、大建造物の場合、そこには観念だけがあるのではなく、自然があることだ。そこにあるすべてが、気候や、家や、きわめて明瞭な建築技術や、戸外の生活を表現している。そして、この美しい言語は、まず思考を通してわたしたちに教えるというのではない。

大建造物はわたしたちを動かすのだ。

観念においてばかりでなく作品においても反対物がたがいに呼び合う。不動の大建造物ほど動くものはない。クロヴィス通りに向かって歩くとき、一歩進むごとに塔と丸天井と屋根の位置が変化し、空の切りとりかたが変わる。サン゠ジェルマン゠ローセロア教会に沿って歩くときは、回廊の円柱もいっしょに歩き、影になり、アーチが交差する。このようにうつろな空間や穴を考え、空を探険し、ロダン（一八四〇—一九一七）の言ったように、空気を彫刻していると、飽きることがない。道路は開いては閉じ、見かけの変化のなかに物の堅固さがあらわれる。そんな大建造物を頼りに、わたしたちは自分の姿勢と動きを確認する。大建造物はもう一つ別の衣服のごときものだが、わたしたちの目に触れ、居場所を指示してくれる衣服だ。そして、ついでにいうが、まさにそれゆえに、記念建造物の版画はなんの記念になるものでもなく、むしろ、たとえばパンテオンの、か弱い、虚偽の思い出をこちらに押しつけてくる。アーチもわたしたちを吸いこむが、内部をもたない記念建造物だから、動きに定まった方向がある。わたしたちを世界へと送りこむが、あるのは同じ世界だ。なにも変わらず、あるのは征服のイメージだ。門はどこにも通じていない。ここには第二の意味、もう一つの意味、隠された、尽きることのない意味が認められる。それは、かくかくの征服者がそれを建立したことを知るのとは別のことだ。もう一度ヘーゲルの思想を目にするという次第だ。芸術は立て直しに始まる反省行為へとわたしたちを誘う。わたしたちは自分の行動の説明をみずから求める。感情とはそうしたものであり、となると宗教がそうしたものだといえる。

いまや、どういう意味で神殿が人間に似ているかを言うべく努めねばならない。優美な神殿が処女の肖像だといえるのは本当だからだ。また、凱旋門はたしかに勝利者の肖像だし、教会は祈る老女に似ている。かつて、美しい井戸が水を汲む女のくぼんだ形だと思えたことがあった。ここでは、芸術の教育的な働きによって一つの類似が見えてくるが、その類似は、鏡に映った像――ナルシスのすでに溺死した生気のない像――とは遠く離れた類似となっている。人は大建造物のなかにあって、正しい、節度のある、穏やかな行動によって自分を感じ、自分を測り、自分を経験するのだ。感情はそこに一人の証人を見出し、思考は宇宙の規則の働きによって堅固で自由なものになる。美しい階段の一段一段はわたしたちの望んだ通りになっていて、それは、数を知る人にとって、階段の一段の数が望んだ通りになっているのと同じだ。そんなふうにして、正義は、面倒な正義でも、わたしたちが望んだ通りになるのだ。人はよりよい自分のすがたを見、自分がいっそう自分に似ているのを見る。画家も同じ遊びに興じるが、画家の用いる手段は誤りやすい。鏡と競うような手段だからで、ナルシスは嘆くことになる。

わたしたちは墓と神殿という二組の記号をかけ足で見てきた。記号の三組目は、本当はそれを最初に考察すべきだったろうが、まっすぐに立つ、垂直の対象――円柱――である。円柱がつねに支えを目的とするわけでないのはいうまでもない。円柱は明らかに、わたしたちの主要な敵である重力に対抗する力を記念するものだ。円柱とは均衡であるが、危険な状態にある均衡だ。それは大胆さであり、もっと古くは生命の力、植物的生命と、さらには動物的生命の力である。証拠はたくさんあるし、註解は容易だ。言わねばならないのは、垂直なものは称賛の対象だということだ。地面に長く横たわるものはなんでもないが、上に向かって立つと驚かされる。円柱やカルナックの巨石群においてわたしたちの注意を引くのは、山や、石の堆積の法則を無視した大胆さだ。円柱は、持続性よりも行為そのものを形にしたものだ。なにかを企てる力が、円柱では、作品を超えるものとなっている。そしてそこには、精神が芸術のうちにあらわれるさまと、精神がヘーゲル的な体系を立ち上げたがる傾向とを見てとることができる。最初に登場したエジプトの精神は、永遠なるもの、不死の死をめざした。次なるギリシャの精神は、追いもとめ、逸脱と帰還をくりかえしつつ、回廊をめぐっていた。最後に、そしてたぶん最初でもあろうが、あえてなにかを企てる精神、まちがいなく精神にいっそう近い精神があらわれた。そこには人間の思考のありかたが見てとれる。まず建築し、装飾し、自分の作品を見つめる。そういう道を経て人は自分の思考を見出すのだ。わたしはこうしたヘーゲルの考えかたの復活を好都合だと考えたのだが、というのも、その考えが、わたしたちの認識はまずは神学的な形を取る、というコントの偉大な思想を説明しているからだ。これ以上の展開は、きりなく続く恐れがあるから、しないことにする。こうした道をたどって、思考するのは「人類」だ、ということが理解されてくる。

さて、記号の論を堂々と締めくくるために、記号のなかでももっとも驚くべき、もっとも知られた、もっとも親しい、もっとも人気のある、もっとも神秘的な記号を取り上げる。この講義ではすでにその名を挙げているが、早すぎたかもしれない。数ある垂直の記号、精神の記号のなかにあって、十字架こそがそれだ。単純きわまる記号だが、二本の木片は十分に雄弁である。が、木片はなにを語るのか。それは、いまだだれも説明したことのない至高の記号の最上の例、人間に密着した、もっとも強くせまる例である。権威に満ちたこの指示する柱はなにを指示するのか。おそらくは、わたしたちの未来のすべてを。が、いかなる未来なのか。言うべきことを言うにとどめるとして、刑罰について、そしてまずは、力を尊重しなかった過ちについて考えねばならない。わたしは、実際にどこに行くのか分からぬ革命の驚くべき歴史をたどり直すつもりはない。クローデル（一八六八―一九五五）のいうように、死刑に処せられた破廉恥な男はとりわけ称賛すべき人だ。死刑に処せられたこの男は神だ。疑いもなく完璧な人間だが、権力はもたない。この神は十字架にかけられた奴隷である。聖書の謎めいた人物たちのつらなりから生み出されてくる最終的な観念は、精神はなにもできない、という観念だ。こうして、力と価値の分離が完成する。力は価値をもたず、精神は力をもたない。それが最後の審判である。すべての価値は精神に属する。二対一は価値ではない。偉大なゼウスは金の秤《はかり》をもち上げたが、おもりが決定するのは勝ち負けだ。この象徴は正しい。わたしたちは一キログラムを称賛はできないし、勇気を称賛するつもりが力の称賛や最後は数の称賛へと滑り行くことがよくあっても、それはどう見てもばかげたことだからだ。ただ、もう一つの観念のほうがもっと強く横《よこ》っ面《つら》を張ってくる。価値は打ち負かされ、完璧さにはいかなる力もない、という観念だ。打ち負かされた者は至る所でもち上げられ、至る所で賛美されるが、力ある者までがそれを賛美するのだから、そこには思考は働かず、ただ並外れた記号として賛美されるだけだ。それにしても、なんという記号か。十字架の四つの等しい直角は自然が作り出すものではない。それをもつことによってこの記号は同時に普遍的な幾何学を目の前に突きつけてくる。ペラスゴイの壁に、すでに、水平線と垂直線によってこの記号を提示しようとする試みがある。精神にとっては終わりのない対象であり、規制と和解の力をもつ対象だ。というのも、この記号そのものによって力が引きとめられるからだ。

しかし、わたしたちの記号においては、思想家が記号に釘付けにされ、この幾何学によって苦しめられ死んでいく。なんという像か。そして、それを発明したのはだれか。ことばなき思考の場でそれを形にしたのは人類である。司祭はそのことをけっして考えはしないことに注意したい。司祭はむしろその象徴物を外面的で非人間的な意味によって説明する。そこでは、宗教は記号について反省はするが、自分を明るみに出しはしない。記号のうちに救いがあることを疑う人はいないし、最初の感情がその思いを後押ししてくれる。が、だからといって、つねに回帰してくる権力をそれが防ぎとめてくれるわけではない。神学者の繊細な思考のみならず、この世のすべての繊細な思考が、権力は結局は価値だと説明することに夢中になる。司祭が記号を手にする。かれはそれを見ないが、万人がそれを見る。この記号はわたしたちに安らぎをあたえない。力を賛美しろというのか。クリスマスの図に見られるように、記号が弱さを賛美するよう命じているとすれば、どうしたらいいのか。美しいおかげで本当の話だと公言されるキリスト誕生の伝説に、まちがったところのまったくないのは見事だと思う。そして、それをどう按配するかはわたしたち次第だ。さて、記号はソクラテス（前四六九—前三九九）の着想を保存していて、すべての権力、すべての大勝、すべての戦勝と対立する平等の思想へと、あらゆる方法でわたしたちを導こうとする。それは精神の思想そのものだ。記号を掲げつつ、わたしたちは価値の単位たる平等思想を要求しようと誓ったのだった。この精神の宗教が、先行する宗教やピラトの秩序とどう折り合うのかをわたしたちは知らない。が、折り合いは交差点でつけられる。そう考えてくると、十字架という記号が交差点の自然な記号でもあること、そうでしかありえないこと、十字架はこれからもずっと二つの道の図像であること、丸天井がそうであるように、生理学に支えられたものであることが、明らかとなる。というわけで、もう一度いうが、観念を支えるのは自然なのだ。それが人間の奥の深さというもので、どんな神もそこには手がとどかない。神は観念にすぎないのだから。このように美を通じてわたしたちは抽象的観念から連れもどされる。だから、神においてすべてが言われるとしても、わたしたちが思考をやめることはなかったのだ。

15講　彫刻

（一九三〇年二月二十五日）

いまや彫刻がわたしたちの対象となるが、とともに、わたしが「だましの」と名づけたい芸術の研究に取りかかることになる。だましの、というのは、それがほかの対象を、とりわけ人間の形と動物の形を、正確に複製しようとしているように見えるからだ。それが目的ではないとしても。

よく知られているように、デッサンで定規を使ったり、デッサンと絵で写真を使ったりすると、半ば機械的な複製に近づくが、それはこの類《たぐい》の作品の完成形となりそうに思えて、実際はおよそ完成形になってはいない。彫刻にとっては、鋳造の場合とは別に、モデルの凹凸をそのままなぞるよう鑿《のみ》の動きを調整する、彫刻機械なるものを構想することができる。その上、下彫り工の仕事はすべてが寸法をもとにしているし、彫刻家の仕事もかれが望むかぎりそうなっている。とはいえ、そうした複製は、この種類の作品の奥深くに隠された様式については、なに一つ教えてはくれない。様式が形の単純化を前提とすることは人の予感するところで、大雑把な模像から出発して様式に至る道は、型作りや彫刻機械の歩む道とはまったく別ものである。彫刻家は細部を手がける前に立ちどまるべきであり、ポーズでさえもモデルの単純化をめざすものだと考えられる。が、なぜそんなことになるのか。類似を否定しながら人間の形を再現するというこの類似は、どこから生じるのか。実在しないこのモデルとは、どんなモデルなのか。

こうした困難な道ゆきにおいてこそ、とりわけ芸術の順序が示唆をあたえてくれるように思える。彫刻は建築のあとに来る、建築の続きで、まずは、記念建造物の付属品として存在する。ということは、彫像術における様式の規則は、おそらくは建築的なものであろうということだ。建築は植物の法則、地面の形、重力、石工《いしく》の技術に服従しているとき、総じて自然に従っているといえるが、それと同じ意味で、彫刻は自然に従うべきだということだ。そして、それは生きたモデルを模倣するのとは別のことだ。彫刻の深く隠されたこの規律こそが、まず明らかにされねばならない。わたしはそれを三つの部分に分けて考えていきたい。まずは彫刻と自然そのものとの関係を問題とし、次いで彫刻と記念建造物との関係を、最後に彫刻と装飾および記号との、とりわけ、メダルや硬貨の芸術との関係を問題としたい。

第一に、彫刻と自然界の対象との関係はどういうものか。最初に注意すべきは、建築が土のなかや岩のなかではしばしば彫刻の一種となることだ。小径《こみち》や階段やテラスが塊《かたまり》のなかに切り刻まれる。そして、前にいったように、こうした類《たぐい》の彫刻は地面の形に沿って人間の作品を構成するから、地面の形を完成し、はっきり見えるようにするのを目的とするかのごとくだ。そうした見かたは最古の彫刻の理解を前へと進めてくれる。というのも、岩や木の節《ふし》や木の根に、動物や人間や顔らしきものが見えることがあるからだ。彫刻家の最古の思考は、かれがまずは驚き、たぶんだまされ、たぶん怯《おび》えたという意味で、想像的な思考だったように思われる。次いで、われに返って、それが人間のめざましい仕事だが、かれは新たな虚像を現出させようとし、場所と間隔を探してまやかしの幻像を再現しようとした。人間だれしもがすることだ。

しかし、観客の役割は両手をもつ存在には似合わない。本当の形を探し求めて、疑い深い人は体を動かしてものに触れ、調べ、陽刻や陰刻を試みる。そうなればもう、彫刻家が作品に向かうのと変わるところがない。が、力によって見かけを征服し、下絵を完成させるという考えは、これまた自然なものだといわねばならない。人を怯えさせ、すぐに苛々《いらいら》させるのは、形の不安定さと曖昧さだからだ。想像力はたえず対象を求めるが、対象が必要なのは、いずれにせよ体が興奮状態にあることが怯えのもとだからだ。幻想があらわれるのも、体の動きがしばしばものの外見を消去するという事実によって見事に説明される。こうして、あらわれた幻想についてなにかを調べることなどありえない。神々がすがたをあらわし、笑い、すがたを消す。後に残るのは物語だけだ。人間はまず神々を征服しなければ、つまり、神々を定着させなければ――目鼻立ちをはっきりさせなければ――ならず、曖昧で意味不明の記号を消去し、最後に、彫像を完成しなければならなかった。偶然に始められたデッサンを完成しない人がいただろうか。木の根もとに人や獣《けもの》のすがたを彫刻しない人がいただろうか。こうした遊びの条件は容易に理解できるもので、おそらくはすべての彫刻の理解を助けてくれる。

さて、こうした古代彫刻の場合、モデルはどこにいるのだろうか。物そのもののうちにちらっと見えるものがモデルだ。恐ろしいすがたのこともあれば微笑していることもあり、最初は人の頭にも、馬の頭にも、猪《いのしし》の頭にも見えるかもしれない。モデルは実際にはまだ石のなかや木のなかに隠されている。それを外に引き出さねばならない。が、どうやって引き出すのか。引き出しかたを指示するのは、モデルの素描が進むにつれ、だんだんすがたのはっきりしてくる当のモデルだ。ステッキを彫《ほ》ったり、木の根もとに人形の頭を彫ったりしたことのある人なら、だれでも分かってくれるだろう。いや、世の人みんなが分かってくれるだろう。だんだんとそれらしくなってくる影像を作らねばならないのだ。となれば、作業は慎重の上にも慎重でなければならない。似るはずが似なくなったり、モデルの幻が消えてしまうこともありうるからだ。だから、工作は持続的な思考に支えられねばならない。鑿《のみ》で一刻《ひときざ》みするたびに作品全体の変化が見てとれ、おのれの歩みが正しいかどうかを作品に問わずにはいられないからだ。もっとも自然な、もっとも古い彫刻作業の指示する、こうした繊細な道ゆきを考えれば、創作なるものが、すべての芸術において、思考と労働と物とに同時に依存することがしかと分かるはずだ。彫刻は、多くのことに服従する自己から、多くのことを引き出すのだ。となると、まずは大雑把に素描し、次に素描の導くところに歩みを進めるという方法は、自然な彫刻の教えるところであるのが分かる。が、それとともに、素材とそこに見てとれる自然な形の尊重、木の節《ふし》や石の粒のような不揃《ふぞろ》いの尊重、切れ目や繊維や亀裂の尊重が、彫刻芸術の重要な部分をなすことが分かる。彫刻することは自分の望むものを彫るというより、物の望むものを彫ることだといえる。

そこから、非人間的な素材と人間的な記号との親密な結合が生じるし、さらには、物が見事に記号を支え、物が記号と化すすばらしい出会いにたいする称賛が生じる。

以上の分析は芸術の歴史と合致している。山や断崖を彫刻する試みは至る所に見られるし、それを始めた人びとは霊感を得る道を知っていた。エジプト人は断崖に彫刻を施した。イースター島には、いまは海底となったが、何百という玄武岩の円柱が密集していて、そこに素朴な彫刻家が、自然のもとで始まった恐ろしい渋面を引き継いでいる。その彫刻家が自分の作品に恐怖したとしても、驚くには当たらない。すべての芸術家のうちにこうした感情が幾分かは残っているので、というのも、芸術家は自分の作品が自分よりも強く、自分が望むものとは別のものを表現しているのを感じているからだ。けれども、こうした自然な試みのなかで、素朴な彫刻家はつねに確信にもとづく平和といったものを求めて、不安定から安定へ、動くものから不動のものへと歩んでいく。神を鎖でつなぐのだ。とすれば、彫刻や、彫刻に続く芸術において、不動のものは引き算で得られたものではなく、むしろ、完成と征服を示すものであることが理解される。

こうした道をたどって、わたしたちは彫刻と記念建造物の関係を扱う第二段階へと導かれる。記念建造物のあれこれの形が、夕方に見たり、ある点から見ると、顔のように見えるのは確かだからだ。道路に突き出た梁《はり》が、見つめる頭部の形をしている。が、わたしがここで考えたいのは、だれもが自分で検討してみることのできるような例だ。ガーゴイルの怪物はだれでも知っているが、ときには、サン゠テティエンヌ゠デュ゠モン教会の場合のように、ガーゴイルをもっぱら実用的な形に作り直し、顔をつけず、単純な刳形《くりかた》の装飾にしたものを見かける。が、人はそこに、突き出した長い首や、渋面の顔や、水を吐き出す怪物を見ないではいられない。古式の石の樋《とい》に彫刻家がヒントを得たことが分かる。素材のごつごつの残る大雑把な加工で、磨きがかけられていないとなると、かえってその形が見る者に強くせまってくる。わたしたちの想像力は、対象を欠いたときには、当然ながらまとまりのない、錯乱的なものになるのだけれども、その一方、さまざまな力の働きによって偶然に出来た形を、筋肉の予感にもとづく作業によってなんとか完成にもっていこうと努めるものでもある。ダ・ヴィンチ(一四五二―一五一九)は、壁の割れ目その他の自然な事故に十分に注意するよう芸術家に助言している。ということは、初めからやり直そうと無駄な努力をするのではなく、先へと続けていく心構えをもつことだ。意志することなく作り出したものを出発点にしようとすること、それこそが意志するということだ。芸術家は、そこにあるもの、自分の作ったものに相談する。その判断が不動の芸術のたえざる導き手だ。ほかのなによりも明瞭に構想が実作に従属する絵画では、その判断が支配的な位置に立つ。

以上に述べたことを踏まえれば、記念建造物の彫刻は、山の彫刻や木の根もとの彫刻とまったく同様に、物の形に――彫刻の刻まれた塊に――支配されていたことが分かる。浅浮彫《あさうきぼ》りの芸術は古代の廃墟の至る所に見出されるが、建築の表面に守られているように見える彫刻作品は、ほかの作品よりもよく保存されていることが分かる。だとすると、そのことからある種の規則が――凹凸をつけすぎると抵抗力が弱まるという規則が――引き出される。そして、彫刻家は仕事をしている最中にも、あまりに危険な、あまりに逸脱した彫刻は、武器の装飾と同じ運命をたどることを――時間と偶然が凹凸を平らにすることを――観察することができる。加えて、記念建造物にかかわるすべてが古さそれ自体によって聖なるものとされるため、崇拝されるモデルは時の経過とともにそれを支える大きな平面へと引きもどされ、鋭利で壊れやすい部分が除かれるということもある。だから、この様式は時間そのものによって指図されたものといえる。思うに、浅浮彫りはすべての彫像術を支配する様式だったということができる。

ということは、まず第一に記念建造物の形式が彫像を統御《とうぎょ》するということだ。建築のさまざまな平面が彫像のなかにまで延び広がり、彫像のなかでたがいに交差するというのが統御の形で、実例としては船首像が、曲線を描く船の両舷側と、船首へとせり上がる竜骨とを集約し統一するさまを思い浮かべるのがよい。カリアティード（女人像柱）は彫刻が建築に依存することを示すもう一つの実例で、それは彫刻された支柱にほかならない。建築と彫刻のそのようなつながりを考えると、美しい彫像は山から転がり落ちてもさほど損傷を受けないはずだ、というミケランジェロのことばも理解できる。第一類の芸術の教訓は忘れられることがなかったということだ。孤立した彫像、切り離されて危険にさらされている彫像においても、本当の彫刻家は建築の法則が守られるべきだと感じている。目に見えない平面が作品のなかで交差し、作品を支配する。つい先頃わたしはまったく目新しい彫像を目にしてびっくりした。そこには、建築が新たに指揮を執るさまが、見えすぎるほどに見えていた。彫刻の再生を告げるものだ。この女性像では、すべてが壁の形を取っていた。大胆不敵というのではなく、表現する前に構築するという古代の慎重さに回帰するものだ。たしかに、彫刻家は石工《いしく》の法則に反する多くのことをあえて試みることはできるが、石工の法則を忘れたら、おもしろくもない人形の小細工に陥ってしまう。なぜか。おそらく、記念建造物に記された自然の力強い法則が、切り離された作品のうちにはもはや読みとれないからだ。そうなると、観念が形を支配することになる。そして、観念が形を支配するとき、それはもはや芸術ではなく工業である。反対に、形が重たい自然に服従するとき、もっと的確に言って、自然がすでに形を素描しているように思えるとき、それこそが美の奇跡であり、おそらくは唯一の啓示である。

ここから出てくる観念がわたしたちを装飾へと導いてくれる。彫刻が重みを支えるいくつかの部分において、彫刻は素材の質を試す働きをしている。円柱の柱頭彫刻や家具の彫刻がそうした例だ。そして、そうした彫刻は持続の証明書となるだけでなく、建築家のいう目印板にもなっている。カリアティード(女人像柱)、刳形《くりかた》、花、葉の彫刻は、ほんのわずかの風化の動きをもさらけ出すからだ。ここに第二の観念が登場するが、今回の講義ではこれで十分だろう。ここで問題となるのは装飾と、装飾の様式と、装飾の配置および反復だ。無限に広がる主題だが、わたしたちはそのいくつかについてはすでに論じてきた。装飾は、紋章や持物《じぶつ》と同様に、象徴的言語ともなる。堅固さの証人ともなりうるし、はかない効果を定着させることもできるし、遊びともなりうるし、署名の意味をももちうる。いずれの場合も、すでに見てきたように、様式は観念から出てくるというより、物や必要から出てくる。いまわたしたちの興味を引くのは、彫刻の師と考えられる装飾である。まずは大雑把に、彫刻は大建造物から離れる前には装飾だったし、建築上の必要から彫刻に装飾の様式が押しつけられた、と言っておこう。職人を縛るこうした規則ゆえに、彫刻は厳しい道へと進むことになり、危険なしにそこから離れることはできなくなった。彫刻を学ぶのは装飾作業のなかでのことであり、装飾を学ぶのは建築作業のなかでのことだった。そうやって、様式化された花は、自然の花を猿まねした場合よりももっと自然に従うものとなった。かくて、建築が装飾を救い、装飾が彫刻と、さらには絵画をも救いつづけることとなる。以下で、そこを見ていく。

十分に隠されたこの考えをうまく説明するために、わたしは貨幣を例としてもち出したい。貨幣芸術は全面的に自然に従う。恣意的なところはまったくないし、人を喜ばせるためになにかがなされることもない。変質しない、摩擦に耐える金属でなければならないし、扱いやすく、積み上げたり巻いたりできる形でなければならない。それと分かる形ではあるが、模倣するのはとてもむずかしく、最後に、断片を削りとろうとすると作業の跡が残るような形でなければならない。かくて、カエサル（前一〇〇頃―前四四）の肖像、文字、紋章のすべてが、商取引の法則に支配される。ここでは建築の法則は忘れられるかに思えるが、しかし、力と重さのかかる型押しや鋳造の作業では、建築の法則が生かされて、贋造《がんぞう》を許さぬ硬さが確保されるとともに、形も狂いなく仕上げられる。こうした条件のもとに作られる平面的な彫刻が、均等な、塊《かたまり》に近い、鋭角のない、平面の法則に従う、どの曲線も同一平面に接するような、そんなものになるのは理解できる。ところで、この押しつけられた様式が、まちがいなく彫刻を、とりわけ人の形の複製を、支配していた。自由とは芸術家にとってつねに好ましいとは限らない、という、大いに誤解されつつ、つねに新たに見出される公理の、もっともめざましい例の一つがこれだ。

とはいえ、この公理はいま取り組んでいる芸術にとってしか意味をもたない。体そのものによって表現する第一類の芸術においては、ダンス、音楽、詩、雄弁、演劇芸術のどれを取っても、解剖学や生理学がさまざまな制限を押しつけてくるのは、あまりにも明らかだ。そして、建築についても、人が望もうと望むまいと、重力が規則を押しつけてくるといえる。こうした芸術すべてにおいて、避けがたい強制を課すという形で自然の統御がなりたち、自然は忘れることのできないものとなっている。反対に、彫刻と絵画では、翼のある馬だの、四本の腕をもつ人だのを彫ったり描いたりするのを妨げるものはない。そんな妄想においては、観念が形を救ってくれるとは限らない。いや、さらにいえば、いま問題にしている自由な芸術においては、モデルの形を基準と見なしても、それは、自然と観念とを作品という種子のなかで親密に結合するのに十分ではないということができる。人間に、動物に、植物に似ていることは、外的な、ほとんど機械的な、芸術よりも工業に近い基準にすぎない。自然は、それとはまったくちがう形で、思うにまかせぬ素材が押しつけてくる条件のもとで、本来の形をなにほどか保持する素材のもつ自然として、作品そのもののうちにあらわれなければならない。いいかえれば、それがあらわれたとなると、つねに形が引き立てられ美化されるような、そんな職人仕事の条件すべてを通してあらわれねばならない。まずは職人たれ、というのが芸術家のスローガンだ。ということは、実作が観念を超え出ることがなければ、芸術家は存在せず、技術者が存在するだけだということだ。

16講　彫刻（続き）

（一九三〇年三月十一日）

いまや、彫刻がなにを意味するのかを述べなければならない。巨大にして危険な主題だ。すべての芸術は、人が自分の知らない自分についてなにかを知り、なにかを確認する鏡のようなものだ。ダンスは、他人に注目し、敬意を払い、気を使う自分が、しかも、もっとも生き生きした、しばしばもっとも鋭い、つねにもっとも気ままな情念のもとに、映し出される鏡である。音楽と詩は、感情が、自分の下部にあってすべての感情を支える、情動の生理学的な波を確保したさまを映し出す。雄弁は、魂の偉大さ、静けさ、荘厳さを照らし出すが、呼吸と聴覚を圧迫されることがなかったら、魂がそうなることなど信じられないような状態のあらわれである。演劇は、みずから策略を用いてこうした教育を完成する。そして、これらすべての芸術は、人にたいして自分よりももっと自分に似た人物を提示するのだが、観念や格言によってそれをするのではなく、外部によって、下部によって、自然の必然性に従うことによって、いうならば一種の内臓マッサージによって、それを行なうのだ。この際、細かいニュアンスは無視して特徴を際立たせたいのだが、というのも、以下では、むずかしい観念を、いやむしろ、対立し相関する二つの観念を準備しなければならないからだ。人間の形にたいして衣服のやりかたで作用を及ぼす建築の世界を通過したあとに、わたしたちは建築から生まれた二人の子に──彫刻と絵画に──到着したのだが、ここで考察すべきは彫刻と絵画の主要な対象たる、人物の二つの不動の像である。二つの像はこの上なく激しい対照をなすが、しかも、二つのいずれもが、その像によってしか人間が知ることのなかった貴重な側面を浮かび上がらせる。そして、二つの像──彫像と肖像画──を対比するそのことが、それぞれについて、その本当の意味をとらえるのに役立つように思われる。

さて、彫刻については、わたしは、建築的な規則や、素材と職人仕事の必然性によって生み出される、人間の形をした記念像が、鋳造による複製や猿まねによって得られる人形とはどれほど異なるかを示そうとしてきた。そして、岩石を相手のこの職人仕事についてだれしも感じるのは、そこには人間よりも威厳のある人間が、より単純な、より偉大な、より風変わりな、より孤独な、明らかに耳が聞こえず目の見えない、自足した人間が、示されているということだ。それはなにを意味するのか。この探究に光を当て、それに続くもっと困難な探究に光を当てるために、短かくまとめて、彫刻された人間像にはなにかしら形而上学的なものがあり、描かれた人間像にはなにかしら心理学的なものがある、ということができる。雲の上に雲を置いているだけだと考える人もいるかもしれない。けれども、ロダンの「考える人」とラファエロ（一四八三―一五二〇）の「考える若者」とを比べてみてほしい。二人とも考えているが、なんというちがいか。ならば、彫刻を彫ってみようではないか。

スピノザの人物像は絵画より彫刻のほうが似合う。ゲーテはスピノザの『エティカ（倫理学）』を読むために六か月間引きこもり、だれもが帰還するとは限らぬこの旅から帰還したとき、「ふさわしい場所を得たすべての人間は永遠である」という驚くべき格言を携《たずさ》えていた。このことばには彫像のすべてがあらわれているように思われる。が、この考えをなお輪郭づける必要がある。奇妙な、強力な考えだが、つねに忘れられる考えだ。彫像となった人びとはその考えを支える助けになってくれるはずだ。わたしたちの二重の憲章たる、本質と存在が問題だ。人間は存在がかれを篩《ふるい》にかけて作り出すものにすぎないかどうかを決めなければならない。抵抗する人間はすべてなんらかの立場を取る。かれは波の縁《へり》や、束の間の渦や、しばらく形を保つ煙の一つであることを拒否する。拒否するのは、その思考が軟弱で無気力だからだ。しかし、形而上学者のいう理由も聞かねばならない。観念を絶対的に証明はしなくとも、少なくとも観念を提示してはいるからだ。スピノザのいうには、ピエール、ジャック、その他すべての人間について、神のうちには必然的にその人間の一つの観念ないし本質がある。それは当人の魂でもあるし、肉体と同じものでもあるような、均衡と、動きと、連結した機能の公式である。そして、わたしがそれを体として考えるとき、わたしがいいたいのは、それがそれだけであるのではなく、至る所から襲撃され打たれるということだ。その本質が最終的に存在から追い出されるとしても、それがその短い期間に示したものは外の力の攻撃とは別ものである。というのも、この本質的な構築物がみずから病み、みずから終わり、衰弱し、死ぬと信じてはならないからだ。もしジャックやピエールのこの本質がなんらかの矛盾や、存在のなんらかの不可能さや、存在の困難さだけでもふくんでいるとすれば、その本質はすぐにも死に、もう始まることはないのだろう。が、そうは考えられないから、人の破壊は外的な原因によるしかない。存在の潮はわたしたちの断崖をたえず打ちつづけてはいる。が、スピノザの力強い言によると、人が自分を殺すことはない。みずから短刀を自分の胸に向ける場合でも、強力な他人の手が自分の手をねじ曲げて胸に向けさせる場合にもまして、自分を殺すに至らない。スピノザの謹厳な哲学においては、そこに希望と勇気の中心があり、自己愛の本当の基礎がある。

では、自分を愛する人はどこにいるのか。自分を信じ、自分の親密な公式を信じ、自分の永遠性を信じる人はどこにいるのか。そんな人はめったにいない。ソクラテス、スピノザ、ゲーテの名が挙がるぐらいのものだ。反対に、馬の完全さは人間にはまったく必要がない、というスピノザの荒っぽい助言とは裏腹に、わたしたちに見えるのは、各人が近くの人をまね、他人の完全さを身に纏《まと》おうとするすがただ。政治家たちはそれが徳だと唱え、社会学者たちも同じことを言う。学校では「あの人のようになりなさい」と言われる。「自分のままでいなさい」と言う人はほとんどいない。一体だれが人に向かって、「きみはきみだ。自分のやりかたで、自分の本質のままに理解し、愛し、望み、最終的に、自分のうちに自分の似姿を見つけるべきだ」と言うだろうか。独創性について語る際に、わたしは、他の人びとを助け、かれらに正しく語りかける唯一の方法は、かれらのことを気にかけず、自分流の挨拶をすることだ、と言ったことがある。デカルトは『方法序説』を書きながら、自分をまねすることは奨《すす》めないし、自分をモデルとして提示することもしない、ただ自分がどう自分の精神を解放したかを語るだけだ、と言った。ここではエゴイズムははるかに乗りこえられている。自己という存在は普遍的存在であり、すべての人間にとって価値があり、すべての人間のうちに平等にあるからだ。が、デカルトのことばを受け容れ、バルザックとともにそれを「聖なるエゴイズム」と呼ぼう。その点で民衆が誤ることはない。民衆は「わたしたちのようになるな。君のままでいい」と言いつづける。それこそが思想というものだ。

さて、人びとが挨拶し、模倣し、たがいを映し出すこの見かけの世界では、すべての人が未知の彫像をもち歩いている。それはときに乞食のうちにもあらわれる。すべての人についてそうだが、それがあらわれるのは人が自分にしか相談せず、内にこもり、自分を閉ざす時間においてのことだ。このひとときの隠遁者《いんとんしゃ》と隠遁地は、彫像作家がその職人技をもって外へと出そうとするものである。職人の手法によって岩石のような人間像を探求するなかで、彫像作家は神を見出す。ときどき、「メダルの横顔だ」という言いかたがなされる。人びとはだれでもそんなすがたを——絶対の輪郭を、あるいはどんな攻撃をも押しかえす頑丈な城の形を――もっている。しかし、人びとはこの力強い存在を――じっとありつづけ、頑《かたく》なに自分を守る存在を――隠す術《すべ》も心得ている。スピノザのいうように、この像は自分を守るという以外の徳をもたない。徳は力を意味するが、この徳には十分な力がある。この徳を人びとは、記号や伝言の下に、全宇宙の波紋やざわめきの下に、押しかえされた攻撃の下に、隠している。実際、人はすぐに攻撃の態勢を取り、横柄な、ぶしつけな、ねたましげな形を取るものだ。そうなると、ねたむ人びとの悪意がまるで栄光のように相手の上に広がる。そして、ねたむ人は借りもののすがたであるほかはない。人は監視人を監視する目の光によって自分の存在を隠し、見かけのすがたを自分の存在とするからだ。次いで、画家がその震える影を監視することになるわけだ。

が、話を彫刻家に限っていうと、いまや、目のない彫像のうちに、盲目の、不動の、安らぎの彫像のうちに、真なるもの、人間的なもののあることが十分に理解できると思う。わたしたちのめったにない存在の場面――永遠なる場面――、それこそが石の人間の表現するものだ。危機にあっては、石の人間はみずからが安全な避難所となり、自分をまるごと守るか、まるごと滅びるか、という決断にまで行き着く。ソクラテスはその輝かしい模範だが、似たような例は人の思うほど少なくない。たぶん、すべての人間が人間となる瞬間をもっている。こうして、彫像のあらわす人間は、

かれ自身において、ついには永遠性がかれを変え……

右の偉大な詩句をわたしはいま一度引用しなければならない。ここまで来れば、彫像の孤独と、彫像がどんな人を写したものであるかが分かるはずだ。そこにあるのは、計画ももたず、なにかを企《もくろ》むこともなく、欲望ももたず、自分をもちこたえ、自分でありつづける人間の肖像だ。この人物の顔の表情は、人付き合いの場にもち出せば、動揺や陰謀や媚態の授受を軽蔑するものでしかない。ここにもまた絶対的言語の例があるというわけだ。人間は、すがたをあらわしたとなると、人間に向かって十分に語りかけている。にもかかわらず彫刻が必要なのは、生きた人間はだれ一人、人であることの責任を負えないからだ。そうなると、さて、だれが彫像にふさわしく、だれが肖像画にふさわしいかが見えてくる。二種類の人間がいるのだ。ソロン（前六四〇頃―前五六〇頃）やタレス（前六世紀）のようなギリシャの賢人たちは、肖像画より彫

像に向いているように思われる。

こう述べてくると、わたしが、ヘーゲルの後を追って、ギリシャの理想像を彫像芸術の中心と見なそうとしている、と推察する人がいるかもしれない。が、ちょっと待ってほしい。中心だの、規則だの、規範、均整、流派だのは工業の世界の話だ。それに、彫像芸術のモデルとなるのはギリシャの彫像ではなく、人間だ。ギリシャの運動選手をもち出せば完璧な解答にはなるが、おそらくは人の数ほどに解答はある。改めてゲーテを引用しなければならないが、「ふさわしい場所を得たすべての人間が永遠」なのだ。すべての人間がモデルなのだ。本質を見つけ出せば、つまり、人間をまっすぐ立ちつづけさせるものを見つけ出せば、醜いものなど存在しないのだ。そこで、ありうる人間の多様性を多少とも具体的に跡づけるために、路上の二人の人間と同じように顔立ちがちがうが、それ以上にちがうわけではない三種の彫刻の顔立ちを――エジプト彫刻とギリシャ彫刻とゴシック彫刻の三つを――ざっと見ておきたい。ヘーゲルを助けとするが、論述の責任を負うのはわたしだ。

まずは、エジプト人の顔立ちだ。まっすぐ正面を向く男の立像について、書記の坐像について、また、つねに厳しく見え、ときに恐ろしいような、力のしっかりこもった、なにか言っていて言いかたの厳しい、たくさんの他の像について、なんといったらいいのか。彫像芸術の最後の秘密はこのハイタカの像のうちに――まさしく自分であり、まさしく自分に閉じこもり、自分しか感じないおかげでついにはすべての感情とすべての思考を失った、このハイタカの像のうちに――あるのではないか。ここには、一種の非人間的な完全さにもとづく動物の墜落がある。しかし、人間の水準にまで引き上げられたこの記号は、わたしたちになにをいおうとしているのか。わたしはそこに断固たる決意、存在の辺境にたいする一種の注目、不満ゆえの静けさ、人間的均衡の一類型、を見る。一言で表現するなら、仕事と言おう。分割され規制された仕事だ。なんと多くの人が仕事によって、一つの仕事によって、生きていることか。なんと多くの人が仕事本位の、仕事に沿った生きかたをしていることか。この諦めはある種の永遠性といえる。持続は棄て去られている。

そしてそこでは、感じやすい小舟に坐した永遠の釣り人が、波の変化に合わせてたゆたうだろう。

仕事の永遠性。仕事そのものが切り離され、階級《カースト》も切り離されている。切り離され、結びつけられている。書記は大司祭に劣るものではない。それで十分だ。この秩序でよろしい。この傾向に従うなら、ハイタカも神である。猫も神だ。仕事によって、職人仕事の確かさによって、季節のめぐりに合わせた作業の歯車によって、自分を頑《かたく》なに守る方途がある。ある種の限定された注意力、自分に満足すること、ほかのすべてのことにたいする軽蔑、といったところに仕事の教条主義ないし形而上学がある。それが古代エジプトというものであり、それがスフィンクスの芸術だった。その秩序は浸透不可能だったのだ。外的な理由などないし、だれにとっても希望も野心もない。坐した神々はまさにそのことを考える。神々は不動の習慣のことを考え、持続するという唯一の決断に思いを致《いた》す。わたしもあなたたちも見た生き生きしたスフィンクスは、タピストリーの小さな台石に足を置き、不満そうでも満足そうでもあり、あらかじめすべての変化、すべての幻想、すべての逃避を咎《とが》めようと決意を固めている。いまにも発火しそうなある種の怒りや、謎めいた悪意が、見てとれなくはない。徒弟は崇《あが》め、親方は咎める。そこには職人仕事の不動の秩序が素描されている。わたしは神秘のアルファベットをこう読むように提案する。「これがいつものやりかただったし、お前の父親もこうやってきたのだ」と。そして、この文言を新たにわたしたちの移り気な精神に刻みこむために、わたしはモンテーニュ（一五三三―一五九二）の著作のうちに見つけた、あえてエジプト的といいたい以下の挿話だけは提示しておきたい。息子に髪の毛をつかんで引きずり回された父親が、なにも言わないまま門の曲がり角までやってくる。そこで父親が言う。「ここで止まれ、息子よ。止まれ。わたしもここまでしか父親を引きずり回さなかったのだから」。

古代ギリシャの運動選手は別の人間である。この形を説明するのは、もはや仕事ではなく、遊戯だ。いまや、人間からありとあらゆる均衡、ありとあらゆる力を引き出すための、自己の鍛錬がなされる。ここに見られるのは、もはや窮屈な習慣ではなく、体を、体のすべてを掌握し、怒りのうちに感じられる敵の力を和解へともたらす、もっとも深い意味での、本当の意味での、習熟である。ここでは、すでに多少とも触れたことのあるプラトンの人間像にもどっていきたい。わたしはヘーゲルに従いつつ、ギリシャの顔立ちを分析するにとどめたいが、理想の形を取ったその顔立ちは、その場その場で崇められもし、否定もされる。が、改めていうが、ここでは趣味を論じているのではない。事柄を理解することが問題だ。とすると、この顔立ちの意味するところは、動物的な部分が切りつめられ統御されているという以外になにがあろうか。鼻は額《ひたい》と目にぶら下がる形で知の組織に結びつけられている。哺乳類の鼻面とちがって、口のほうへと長く伸びて下降し食べる働きを助ける、ということはない。口それ自体は、感覚器官としてよりも表現器官として形を整えられている。ゲーテが最初の手足と名づけた顎《あご》にしても、口を曲げたり、伸ばしたり、獲物《えもの》を探したり、物乞《ものご》いしたりするのを助けるのではなく、拒否し挑戦する運動の役割を担うものとなっている。この総体が、隷属状態にある王の決断とは別種の決断を意味している。こうした彫像のありかたは、自由な自己制御が行きわたった手足の末端まで追跡することができる。体は従順な、統御された流れのようなもので、硬直した習慣とは——自分に怒っているのか、あえて自由になろうとするものに怒っているのか分からないながら、ともかくもつねに怒っている硬直した習慣とは——遠く隔たった存在である。論を切り上げねばならないが、盲目の彫刻と、すべてが目において生きる画家の作品とを比較した、ヘーゲルの美しいことばは引用しないわけにはいかない。目のなかには自分の思いを伝える囚《とら》われの魂が光りかがやいている。切り離された魂だ。反対に、彫像においては思考はどこにもある。目はどこにもある。「そして、目のない彫像は全身でこちらを見つめている」。

残るもう一つ別の解答がキリスト教の使徒だ。アミアン大聖堂のキリストや、いつも大聖堂の塊《かたまり》のなかに半ば取りこまれた、たくさんの福音史家や、たくさんの賢者たちを思い起こしてほしい。ここには別の芸術が、別の決断がある。別の永遠性のモデルがある。なんによって永遠なのか。やはり平和による永遠性なのだが、この平和は、古代ギリシャとは反対に、体を無視し軽蔑するところから来る。目の前の使徒はすでに死んでいる。職人仕事にとっても、生活上の必要という点からしても、死んでいる。権力の遊戯や幸福という点からしても死んでいる。彫像はこの諦《あきら》めそのものによってしか――形の否定、形の放棄によってしか――もはや生きていない。形の放棄は顔立ちの単純さとなってあらわれているが、動物的な均衡を取りもどした単純な顔立ちは、エジプト的な威嚇《いかく》からは遠い、墜落の均衡である。

この大きな革命は『ファイドン』のソクラテスとともに――体から解放されるのを待ちのぞむ魂とともに――始まる。そして、それがキリスト教革命の精神であって、それを担う魂は、この世ではくつろぎを得られず、体とともにあることに満足できず、自分から離れていく魂である。無限の主観性というヘーゲルの定式がそのありかたを見事に表現している。魂は自分のことしか知らず、この世では異邦人にとどまっているが、自分の側から、魂の神ともいうべき普遍的なものを見出している。無限の主観性がそれで、それは唯一の価値であるし、キリスト教の彫刻像が表現しようとするのもそれだ。が、ヘーゲルは同時に、この彫刻芸術はもはや芸術の王ではない、という深い思想を述べている。それは形によって形そのものを否定している以上、その力の限界に触れている。軽蔑された目の前の形は、分離と死ともう一つの生とを意味する建築的な力をいまだ具えてはいるが、この世の生とはあまりにも離れている。とともに、使徒の像は大建造物の塊のなかに逃げこみ、自分の墓を飾っているということだ。無限の主観性の表現はもともと彫刻芸術に属するというものではない。それはまずもって、キリスト教的といえる二つの神秘的芸術に――音楽と絵画に――属するのだ。

17講　絵画

（一九三〇年三月十八日）

これまで追ってきた芸術の順序をわたしは自然なものだと思うが、それに従うと、彫刻には、絵画とデッサンとをひとまとめにしたものが対立する。その対立のあとに、わたしたちは絵画とデッサンとのあいだの、もっと目につきにくい対立を探究することになろう。

純粋な見かけにかかわる二つの芸術は、わたしたちにとってまったく新しいものだが、いまのところ、二つをいっしょにして他と切り離すのがうまいやりかただと思われる。建築と彫刻は見かけを作り出すものではなく、作品は、現実の対象として目の前に置かれる。そして、堅固で、塊《かたまり》としてあり、重さがあるというのが、おそらくはそのもっとも重要な性質だ。塊ではないもの、塊のうちに取りこまれないものは、建築と彫刻に属さない。といって、見かけが排斥されるわけではない。記念建造物にせよ彫像にせよ、対象が目の前に提示されたなら、こちらのほうから作品のさまざまな見かけを探究し、こちらが動くことで見かけを移動させることができるからだ。動きを要求するのは建築にもともと具わった性格だ。記念建造物ほど人を動かすものはない。この巨大な不動体は、たえず群衆を動かし、群集を集合させ、散開させる。彫刻は観客をもう少しうまく立ちどまらせるが、結局のところ、彫像を見る視覚は無限に開かれている。

　これにたいして、絵画のもっとも顕著な性格は、一つの見かけを――建造物や、池や、風景や、顔の見かけを――呈示すること、こちらが動いても変化しない見かけを呈示することにある。描かれた木の幹や円柱は、こちらの歩行につれて動いたり見えなくなったりすることはない。対象が現実のものだと分かるそうした変化がないため、描かれた図像はたんなる図像にすぎないことがすぐに明らかとなる。そこからただちに、絵画は目をだますことを目的とするものではない、少なくとも目の錯覚を利用することは放棄している、というそれなりに重要な考えが得られる。キケロ（前一〇六―前四三）の書物によると、画家のゼウクシスとアペレスは、腕を競い合って、一方が葡萄《ぶどう》の絵によって鳥をだまし、他方がカーテンの絵によって人をだましたという。この逸話は、その当時はまだ絵画がときに、人の喜んでだまされる演劇芸術に似た、幻覚の芸術と見なされていたことを示してはいる。が、わたしは本当の絵がいまなおそんなことに力を入れているとは思わない。額縁《がくぶち》自体がそのことを語っている。額縁は、明らかに、人為的に内と外を分けるものだが、それがあることによって、絵が「わたしはただの絵です」と言っている。額縁が絵を飾り、絵に価値をあたえるのは、だれもが気づいたことだった。だから、画家は見かけそのものを目的とし、それをわたしたちに提示し、押しつけさえする。しかし、回転画《パノラマ》や演劇の舞台装置にいまも見られる安易なだましの手法には、画家は、見る側の同意があったとしても手を出そうとはしない。こうして、観客にも見かけを楽しむのだという完璧な確信が生まれ、人は変化しない見かけがもっともよく見える位置をもっぱら探し求め、とりわけ有名な肖像画を前にしたときは、そこでじっと立って熱烈といえるほどに絵に見入ることになる。そこには――額縁のなかには――一体なにがあるのか。もはや本質的なものの永遠のすがたがあるのではなく、むしろ瞬間の固定されたすがたがある。デッサンはおそらく一瞬だけにかかわるといえるかもしれないが、絵画はそうではない。大切なのは、画家が一つの見かけのうちに一瞬以上の、瞬間以上のものを集め、この瞬間を通じて本質ではなく、一個人の全生涯の歴史を集約するに至るのを理解することだ。

とはいえ、まずわたしが強調したいのは、画家に固有の思考なき見かたというべき、純粋な見かけの性格である。芸術家の仕事は、これまでに十分に述べたように、概念から作品へと進むものではないし、かれの作ったもののなかでもっとも美しいものは、つねに、かれが予見しなかったもの、名づけることのできないものである。しかし、画家についてとくにいわねばならないのが、概念なしに創造するということだ。たとえば、デッサンの場合は、当の芸術家が自分のデッサンしたものに名をつけることがなお可能だが、絵画的な視覚像のうちには持続的な知の拒否がある。クールベ（一八一九―一八七七）は木々の下にたくさんの枯木を描くのに、それがなにかを知らないまま、見かけだけを表現した。概念に従って描くとは、対象がその時刻と反射光から得る色ではなく、そういう色をしていると自分が知っている色、対象がもつべき色を、対象にあたえることだ。概念に従ってデッサンするとは、本当の形を、たとえば、手の五本の指を、あるいは横顔に二つの目を、描こうとすることだ。デッサンをしたことのない子どもが、黒板を表現するのに、四隅の角が不揃《ふぞろ》いの、見たままの形に描くことを拒否した。四隅の角がみな同じであるのをよく知っている、というのがその子の言い分だった。それが絵画やデッサンを知的に――つまり、概念に従って――描くということだ。

しかし、デッサンをする人は観念を拒否するし、画家はもっと精力的に思考なしで見ようと努力する。つまり画家は、いま自分の前に一つの存在があり、それが、別の側面をもつという観念を、最終的には、一つの存在が本当のすがたをもつという観念を、斥《しりぞ》ける。別の真実を求めているからだ。この存在をわたしがこのように見ているのは本当だ。この真実はほかの真実とちがって抽象的なものではない。その真実はそれを知るわたしから切り離せない。それはわたし自身の位置の真実であり、いまという時刻の真実である。だから、全体として、モデルの真実であり、きらめきと反射にもとづく宇宙の真実であり、画家の真実である。というのも、目に見える形と遠近法は対象に属するのではなく、対象とわたしとの関係を表現しているからであり、同様に、色もまた物に固有のものではなく、照らす光や、光の横切る場や、近辺のものが反射する色に依存しているからだ。そこには奇妙な発見があり、知的な素朴さがある。こうして、絵画は、切り離された存在を拒否し、おのずと宇宙的なものとなる。本質を、求心的に集約された形で表現するのとは大きく異なり、くりのべられた存在を再発見し、世界の攻撃と反撃を再発見する。とはいえ、表現の形は不動のもの、不変のもの、別種の永遠性にもとづいている。この観念はなかなかに魅力的だが、とめどなく広がりそうなので、わたしとしては後回しにしたい。わたしは、ほかの芸術の押しつけてくる方法に従って、まずはやはり下部の条件を吟味し、可能ならば職人仕事の動きを追ってみたい。その職人仕事はなににもまして謎めいてはいるのだが。

絵画の獲物《えもの》でもデッサンの獲物でもある見かけにまで来たのだから、絵を描く人とデッサンする人とのあいだの、重要この上なく思える身ぶりの対立について述べておきたい。デッサンは、つかまえ、閉じこめ、再構築する身ぶりによって描かれる。存在を拒否し、見かけだけにかかわるとはいっても、それは思考の身ぶりだ。画布に筆を揮《ふる》う画家の身ぶりはまったく別ものだ。それはもう一つの身ぶりを否定しさえする。画家がデッサンときっぱり手を切ることができるかどうかは、のちの検討課題だが、画家が、手を切ろうとしていることは明らかだ。そして、ここで注意すべきは、筆を下ろす身ぶりが、対象だけでなく、形までも思考するのを拒否するということだ。というのも、画家は、形をデッサンしたあとはそれを消そうとし、しかも、決心や決断のともなう鉈《なた》を振るう身ぶりやなぐり描きの身ぶりとは別の身ぶりで、消そうとするからだ。画家は意味深長なパントマイムで、「自分のやっていることが分からない。

やり終えるまでは分からないだろう」と言いつづけているのだ。

純粋な見かけについて右に述べたことを踏まえれば、無謀とまで言いたくなる画家のいくつかの大胆なふるまいをもっとよく判断できよう。見えるものの翻訳が問題なのだから、「なにが見えないのか、あるいは、最初になにが見えるのか」と問うことができる。最初のまなざしに可能なかぎり身をまかせ、なにも考えないようにしてそこに登りつめれば、さまざまな物は概念と習慣からやってくる落ち着きと配置をもつには至らない。パンテオン広場にいる画家が、ある日、片側に空を描き、何本かの煙突を空に落ちていきそうな形に描いた。すると、そこにそれなりに力のある色と奥行きと深淵の効果が生じた。やがてわたしは、頭を傾けるだけでそんなふうに見えることを確認することになる。なにかまちがったところがあるだろうか。見かけの上ではすべてが正しい。そんなふうに、ある種の壊された絵によって画家の動きそのものを表現することもできそうに思える。わたしは目をあちらこちらへ移し、閉じては開く。わたしはなにを見たのか。まちがいなく力にあふれ、存在のゆたかな、絶対的に充足してさえいる混沌を見たのだ。宇宙全体がそこで踊っている。すぐに消えてなくなるわたしとあなたの一瞬が、魂と物との混じり合いが、そこにはある。こうした奇妙な、しかし信じがたいほど自然な手順を経て、デッサンがもどってきて、決意を固め、無秩序そのもののうちにある種の秩序を取りもどす。だとすれば、いまいう点で演劇に似ている絵画が、あらわれと存在とを和解させるような手順を見つけねばならないのはいうまでもない。が、絵画の中心をなし真髄をなすのは、デッサンの指示する構想をもとに仕事をしているような場合でも、やはり、最初のあらわれ、若いあらわれ、世界の誕生のような、いかなる知識も混じることなく、いかなる概念に導かれることもないあらわれを探究し、再発見することだ。美しい肖像画にあるまなざしと表情がそれだ。ここでもやはり観念がみずから前へと出てくる。いま一度、観念は後回しにしよう。

わたしは、身ぶりにほかならぬ第一類の芸術に導かれて、画家に固有の身ぶりを強調したし、さらに、自分の感情と、最終的には自分の思考とを大きく変えずにはおかない、ある種のダンスに沿って、純粋な見かけの芸術を輪郭づけようとしたのだから、いまや、この道をたどりつつ、画家のまさしく専門的な職人仕事を検討しなければならない。反抗的で扱いにくくはあるが、その代わりに持続的でもある素材を相手に、職人として格闘する画家の、建築の一種ともいうべき仕事を検討しなければならない。

検討は要点に触れるだけで、ひどく不完全なものだが、たぶん、観念を提示する役目は果たせるだろう。

わたしは何回も下手《へた》くそな絵を描いて油絵具のことが分かった。なかなか広がってくれないし、うまく区切りをつけにくいし、画布に均等に乗ってくれない。わたしが上手な画家だったら、絵について語ることなどなかったろう。が、わたしは自分がもう少しで画家になれそうだと感じた日のことを話したい。戦争中の偶然の巡り合わせで、わたしは所々にニスを塗った大時計の文字盤に絵を描く仕事に取りくむことになった。しかも、使った色鉛筆が三回に一回しか色のつかない代物《しろもの》だった。わたしはアダムとイヴ、木、蛇を描きたかった。実際にやった以上のことをやれたかもしれないとは思わないし、後悔しても始まらない。ただ、わたしは少なくとも、困難やつらい修正にどんな価値があるか、とりわけ、いまやったばかりのことで、以前にはまったく予見できなかったことについて考えることにどんな価値があるかが、理解できた。要するに、手段が乏しかったおかげで、あの日、大切なことを理解したと思う。絵画と詩を比べてみるとよい。詩人の仕事と同様、画家の仕事のうちにはたえず機会の到来が待たれていて、それが突然やってくるのが分かる。古代の海綿《スポンジ》の逸話が思い起こされる。古代の画家が狂犬のよだれを絵具で表現するのに精根尽きはて、絶望のあまり絵具のついた海綿《スポンジ》を画面に投げつけたところ、事がうまく行ったという。幸運をうまく生かせなかったわたしは、啓示的な分析の入口に立ったままだ。で、方向転換して、もっとも実行の困難な絵画の部門を列挙するにとどめよう。建築が彫刻家の学校だというのと同じ形で、画家の学校だといわれる絵画の部門だ。

改めて第一に名を挙げたいのは、庭園だが、というのも、庭師は画家でもあるからだ。庭師はいくつかの色の並列と混合によって目を喜ばせようとする。ただ、注意したいのはかれが色を合成はしないことだ。植物の種類と季節によって色は指定されるので、そこは、絵筆の基本的なタッチの形と大きさで色が決まってくるのと似ている。加えて、庭園の色は時間と年月によってたえず変化するし、自然を人の休息にふさわしく按配する庭園芸術においては、対照によって人を休息へと向かわせる色に比べると、影は安らぎの記号としての働きが小さいといわねばならない。庭園の造成のすべてにわたって、画家である庭師は自然を模倣するのではなく、自然に従う。以上の指摘が画家にどこまで役に立つかは知らないが、色の輝かしさと対照によって人の心を動かそうとする、純粋な色の遊戯を観察することは、画家にとって学ぶところが大きいことだけは確かだ。美しい絵画作品の第一の特徴は色が画面に調和と均衡を保って美しく配置されていることだ、というのは画家のしばしば認めるところだ。たしかにそうで、そういう絵は逆《さか》さにしても美しいし、画家がなにを描こうとしたかまったく分からなくても美しい。描かれた図像が、風景であれ肖像であれ、美しいという最初の感情を鍛え上げていくのは明らかだし、その感情を抹殺することがないのも明らかだ。色の登場は、最高の感情が生動するような、健康で明朗な情動をただちに作り出す。そして、精神にとってはまずは混沌だが、生きた感性にとってはすでに秩序立っている色の複合から、なにかが奇跡的に誕生し、見るたびごとに目の前で誕生がくりかえされる。

第二に名を挙げたいのは、火の芸術だ。波乱に富んだ絵画ともいうべきもので、ときには火の気まぐれを当てにもする陶芸やエナメル工芸といった狭い世界で、その技術が守られている。自然に従うのではあるが、自然に従うことが自然の模倣からの逸脱になってしまうような芸術だ。色は土の組成によって決まるから、数が少なく、自由には作れない。昔から変わることのない、装飾本位の色だ。例として、よく知られたカンペール焼の青と黄を挙げておこう。しかし、昔から変わらぬ単純な色しか使えないことで、絵がだめになることはまったくなく、職人はむずかしい技術を駆使して芸術品を作り上げることを言いそえておく。油を混ぜてすりつぶした土はやや使いやすいが、化学的に作られた新しい色は警戒を要すること、乾燥や、吸収や、光のゆるやかな効果にもとづく変色の結果を考えに入れておかねばならないことを、画家はよく知っている。ひびの入る色もあって、瀝青《れきせい》（ビチューム）がそうだ。プルシアン・ブルーやアニリン・レッドのように、広がってにじむ色もある。素材への配慮から作業が延期されることもある。古きよき時代には、画家はみずから顔料をすりつぶして絵具を作っていた。それぞれに作りかたの秘密があったし、絵具を載せる布や板の準備も画家のなすべきことだった。大建造物の場合と同様、土台作りも絵を描く仕事の一部だった。画家に特有の思索は、それほど延期されるものでも、ゆっくり進むものでもないが、土台作りの仕事をすることでゆたかになったし、いまでもそうなることを期待できる。いい伝えによると、ティツィアーノ（一四九〇頃―一五七六）は肖像画を描き始めるとき、まずは画布に、明瞭で、ほとんど画一的な色のしみをつけ、それを引っくり返して壁にもたせかけ、何日か寝かせておいたという。わたしが推測するに、ティツィアーノはそのあとある種の霊感を受け、作品の最初の線をいくつか描きすすめようとしたのだと思う。かれの想像力はそんなふうに働いたのだ。が、そこにあるのはあやふやな夢想とはほど遠いもので、むしろ、木の根を前にした彫刻家にきわめて近いものだと思う。問題なのは、同じ仕事を一筆一筆進めていくのがだれかということだけだ。

火の芸術から出てくるのは、まず、モザイク模様だ。明らかに建築的な工芸で、今日でもなお画家にとっての学校たりうる工芸だ。よくいわれることだが、詩人は簡単な詩句を苦労して作ることを学ばねばならぬという。が、そのこと自体が詩人にはよく分かってはいない。そして、終わるのが早すぎたり、十分に待たなかったがゆえに、詩人はもっと自然な別の仕合わせを逃がしてしまう。シャトーブリアンは十八世紀の味気ない詩人たちを論評して、すべての芸術に光を当てることばを発している。すでに引用したことばだが、くりかえすだけの価値がある。詩人たちは自然らしさを欠いてはいないが、自然を欠いている、というのがかれのことばだ。わたしは信じるが、批評のことばとしてこれ以上に深みのあるものはない。ところで、画家もまた苦労して描くことを学ばねばならない。そして、すべての芸術家についていえることでもあるが、画家は、最初の動きによってではなく、素材によって自然を再発見するのだ。

ミケランジェロが大理石の石切り場の石塊のなかに自然を再発見したように、モザイク画家も色のついた石のたくさんの断片のうちにまさしく自然を再発見する。が、どうやって再発見するのか。デッサンの用意する構想のうちには観念がまるごと入りこんでいる、といいたくなる向きもあろう。が、くりかえしいわねばならないが、実行行為は観念の複製にとどまるかぎり、どんな芸術ともかかわりのないものとなる。たとえ観念がすべての芸術に混じりこんでいるとしてもだ。反対に、モザイクが芸術たりうるのは、職人仕事の規則が形を指図するかぎりでのことだ。ここでも、素材が抵抗しつつ協力してくれる、まさしくそこのところで霊感が働くのだ。道具の先端で、と言いたい。が、正確にいって、モザイクは画家になにを教えることができるというのか。まずは、デッサンの線ではない別種の線を教えることができる。素材が線を乱すまさにその場面で一つの線がまるごと精神のあらわれとなるのは、注目に値することだ。観念は廃墟の上にこそこの上なく見事に座を占めるのだ。いずれにせよ、モザイクの線を追う人は、装飾のことをよりよく理解することになろう。しかし、とりわけモザイクは、画一的で、切り離された配色を押しつけてくる。そうした手順は、今日では何度となく試みられてはいるが、たぶん、絵画のぎりぎりの線ではない。しかし、人がそこに還ってきたということは、少なくとも、色の融合とぼかしというもう一つの手順が、すぐにも絵画をへつらいの道へと引きいれることを証明している。流行語で「構築された」と呼ばれる、モザイクによく似た頑丈な布はだれしも見たことがあるはずだ。

火の芸術から出てくるもう一つが、ステンド・グラスの芸術だ。それは眩《まばゆ》いばかりの絵画であり、ゲーテが見飽きることのなかった宝石の純粋な色をほぼ再現している。それは宇宙の光の輝きをもっとも直接に共有する絵画であり、他の物に自分のすがたを混ぜ合わすことによって、他の物をも色づける唯一の絵画である。プルースト（一八七一―一九二二）に出てくる、コンブレーのステンド・グラスを思い出してほしい。色は一様で、混じり気がない。その上、色の輪郭に沿って走り、デッサンの線さながらにせまってくる鉛の縁取りと、大建造物の法則に従う石の稜線との二重の条件ゆえに、芸術家は職人の技術をきちんとこなすようにたえず強制されることも忘れないでおこう。すべての芸術において芸術家が最終的にはつねに従わねばならない強制だ。芸術は観念の表現を目的とするのではなく、まったく逆に、職人仕事という外から押しつけられる手段を通じて、精神が自前の手段では作り出せないような観念を現出させることに目的があって、そのことを芸術家が理解しているなら、かれは強制に従うところから始めるしかない。精神に即したこの自然は、もともと自然であり、あくまで自然であって、それこそが芸術の奇跡だ。ステンド・グラスの教えは曖昧さがどこまでもつきまとうが、にもかかわらず偉大で美しい、と、それだけは言っておこう。

最後は、フレスコ画だ。そして、わたしはいつもこの大きな主題の入口で立ちどまる。ここでは、素材が建築的で、大建造物と結びついていることは、すぐに見てとれる。また、実行行為のみならず準備作業をも規制する困難な条件が、英雄的な、おそらくは叙事詩的ですらあるような単純さを押しつけてくることも、推測できる。しかし、フレスコ画は真の絵画に至るのか、逆に、デッサンを連れもどしてくるのか、そして、動きを再発見し、もって色を線に従属させるのか、といったことについてはあえて決断を下さないでおこう。のちにデッサンについて述べることが、この大問題に多少とも光を当ててくれるかもしれない。いずれにせよ、ここでもやはり職人仕事が作品を支えていること、そして、フレスコ画のうちに、美しい作品すべてに共通する特徴にほかならぬ、隷属と偉大さの混合、およびごくわずかの意志をも支える、師としての自然が確実に見出されること、それはまちがいない。最後に以下のことを言っておきたい。様式にかんしては本来の絵画は建築的な芸術すべての影響を受けていること、そして、とりわけ、奥深くに隠れた柱となる教えは、本当のモデルは作品そのものだということ、以上である。

18講　絵画（続き）

（一九三〇年三月二十五日）

わたしはここで絵画にふさわしい対象とはなにかを述べたいが、それには、画家自身にならって塗り重ね修正しつつ論を進めていかねばならない。最後に取り組む予定のデッサンが、これまで間接的にわたしたちを助けてくれたが、ここでも前途を照らしてくれそうに思う。おそらくデッサンは、芸術すべてのうちでもっともあからさまなものであり、思考のもっとも血の濃い親族なのだから。

ステンド・グラスのデッサンは、素材ゆえに厚く重くなった建築的デッサンだが、それが色を支えている。フレスコのデッサンは、すばやく描かねばならず、描き直しもきかないデッサンだが、それが色を囲んでいる。そして、たぶん、色が大建造物と一体化しているために、これら色つきのデッサンには比類のない権威が備わっている。建築家の押しつけてくる現実の建物の大きさを、無視するわけにいかないのはもちろんだが。

しかし、色つきのデッサンを大建造物から切り離し、たとえば水彩画やパステル画を考察の対象にしたとすると、これらの芸術は、最高の完成度に達したときでも、油絵のもつ表現力には遠く及ばないことがはっきり分かる。だれもがいっているように、水彩画は、たぶん色が透明で物質の厚みをほとんどもたないために、色がデッサンを征服できないのだ。水彩画では、デッサンの場合と同様、紙が王である。だから、版画もデッサンによって説明されるはずだ。いずれにせよ、水彩画が肖像を支えるのに十分な力をもたないのははっきりしている。顔立ちは好ましく描かれるが、衣裳に簡単に負けてしまう。そこでは流行と、純粋に外的な優美さが、支配力を揮《ふる》うといいたくなる。パステル画については——素材がどんなに脆《もろ》くても、素材からすると絵画ではあるが、画家の身ぶりと道具の形からするとデッサンであるパステル画についてはだ——、なにが欠けているのかを言うのはむずかしいが、欠けるところのあるのはだれしも感じる。まなざしに深みがまったくないこと。存在がすべて外に出ていること。気づかいや、人に気に入られたい気持ちや、上っ調子の軽薄さや、世俗の仮面のともなった社交の態度。そうした特徴のうちにはデッサンの特質が——なんらかの動きのとりことなったデッサンの特質が——あらわれていると思う。ここではパステル画の微妙なニュアンスを列挙しただけだが、その目的とするところは、わたしたちの分析の手段である素材や、身ぶりや、間隔を置いた手直しの方法へと——最終的には、画家の仕事にふくまれる石積み工事へと——わたしたちを連れもどすことにある。わたしたちは、多少なりとも透明な塗料が、乾燥によって画面に沈澱し、硬い木のように頑固な塊《かたまり》となる、そうした塗料の扱いに、もう一度注意を向けなければならない。長い塗り重ねの作業を経て出来上がる絵は、まさにそのことによって、うかがい知れぬ秘密を——複製画家はもちろん、たぶん油絵画家をも絶望させるような秘密を——かかえこんでいる。なんどもやり直される長い塗り重ね作業は、なにかを不意につかまえて画面に定着しようとする忍耐強い観察と対《つい》をなしている。が、なにを不意につかまえ、定着するのか。

絵画の中心をなすのは肖像画だが、肖像画は仕事の性質自体からして、過ぎゆく一つの姿勢、一つの瞬間、一つの思考を定着することはできない。一つの行動はなおさらに定着できない。肖像画は忍耐の力を得て、最終的に一つの存在のすべてを定着する。一つの逸話を定着するのではないし、まして、彫刻のするように、自己完結した、ゆるぎない本質を定着するのではない。むしろ、ヘーゲルの文言を借りて、無限の主観性を定着する、というべきだ。が、それはどういうものなのか。粗野な、むきだしの本性ではなく、経験の蓄積によって作られた本性、画家が永遠に定着する貴重な瞬間に経験のすべてが集約されて作られた本性こそが、無限の主観性だ。いくつもの思い出をかかえこみ、さまざまな出会いによってゆたかになり、仕上げられ、変化もしてきた一つの本性がゆっくり形成されていく道程と、たえず絵具を盛り上げ、塗り重ね、保存しつつ変化させていく画家の作業そのものとのあいだには、相呼応するものがある。画面に封じこめられるのは、一つの魂の記憶であり、歴史である。というのも、スピノザ的なものの見かたに還っていえば、ピエールやジャックのうちには考えるべき二つのものがあるからだ。一つが、存在のうちに持続する不動の本性、永遠なる観念であり、もう一つが、経験の鐙革《あぶみがわ》と名づけることのできるもの——衝突や、摩擦や、譲歩や、増加に転じうる減少や、最後に、政治的感情の緩慢な形成——である。政治的ということばにはゆたかな意味がこめられていて、それは、頑固で不屈の本性が自分にも他人にも適合するような見かけを身に纏《まと》い、開かれたまなざしのもと、「あれこれ経験を重ねてきたが、ここにあるのは、わが生涯のすべての逸話が一体化し、消化され、吸収されたすがただ」とでもいうかのような、社交の感情といいかえられよう。わたしが政治的というのを好むこの社交的感情においては、とりわけ妥協が望まれ、愛されさえするから、家族的感情がなにより優位に置かれる。家族的感情を表現する存在は自分以上のものを表現している。こうして、肖像画は内部に社交性の秘密と、彫像にはまったくない共感の力とを抱えている。彫像は単独の存在であり、こちらを見てはいない。スタンダール（一七八三―一八四二）はとてもきれいな若い女性について、その目が、見つめる対象と対話しているようだと言う。やや言いすぎの感はあるが、スタンダールは承知の上だ。しかし、ことばで活写されたこの女性像は、肖像画に固有のものを理解するのにお誂《あつら》え向きだ。肖像画の核心はまなざしにあり、まなざしを取り巻き補完するすべてにあるのだ。

彫像は目をもたない。目が見えず、耳が聞こえぬ彫像は、ただ自身の法律を提示するだけだ。古代ギリシャのソロンは、その法律を彫像のごとくにただそれだけで後に残した。それは聞く耳をもたなかったし、答える口をもたなかった。だから、協議がなされることも、妥協がなされることもなかった。ソロンはいつも不在だった。かれは誉《ほま》れ高きクロイソス（前六世紀）に、人は死なないかぎり仕合わせだということができない、という格言を残した。のちに、クロイソスは火刑台上で「ソロン！　ソロン！」と叫んだ。征服者は驚き、刑の執行を思いとどまった。けれども、王のなかの王たるソロンはすがたをあらわさなかった。これが彫刻家にぴったりの像だ。それと対照的に、修正を心がけ、対話に乗り出し、妥協を生き甲斐《がい》とし、その場にいつもいて人と顔を合わせ、気持ちを通わせる政治家を想定すれば、それが画家にぴったりの像だ。さきにわたしは、彫刻には形而上学が、絵画には心理学があると言った。心理学は魂の歴史学であって、わたしがなりたかったもの、わたしが肯定し構成したものについての感情ではなく、わたしがなりえたかもしれないものにまつわる感情の総体である。自分と他人から――愛、友情、出会いから――構成される感情であり、それらが一体となり不可分となったものだ。現実の経験や、他人にうかがわれる様子のうちに、この総合的な夢想を稲妻のように手にすることがある。そのとき、人は一つの人生を物語に仕立て上げるが、それは跡が残らない。記号をうかがい、それに居場所を用意し、それを保存し、取りもどし、そうした努力のすべてを一つの記号に盛りこむのは、画家だけにできることだ。そうやって出来上がる肖像画は、比類のないもので、モデルもそれには張り合えない。その意味で画家は自然そのもの以上によく似たものを作り出すに至るのだ。

右の考えをつかみやすくするために、心理学的な対象と、あえて純粋な見かけだけにかかわる絵画の本性そのものとのあいだの、調和の関係に改めて目を向けておきたい。存在とその周辺を、すべての物を、さらにそれをながめる者までをも表現する見かけのすがたが、すべて正しいと理解するのは、精神の最高の勝利である。たとえば、蜃気楼《しんきろう》は過熱した空気と体の仕組みと記憶の仕組みを同時に知らせてくれる。折れた棒が水の表面と屈折率とを同時に示すのは周知のところだ。しかし、そこから探求を進めて証拠を手に入れるまでもなく、わたしが蜃気楼を体験しているとき、現に体験していることにまちがいはない。ところで、人生の値打ち、もっと正確に、人生の物語の値打ちとは、人生においてはそのすべてが――誤りも、策略も、変化も、忘却も、忘却を策した思い出さえも――真実だという点にある。そして、自分が自分にたいして透明ないし半透明であるこの関係を、つまり、人の好むもの、望むもの、拒むものを、要するに、人の内的な画面の色調のすべてを、彫刻家ならどんどん切り捨てていくこれらのすべてを、画家は、まったく思考を働かせず見るものだけで満足するのだ、という決意のもと、きちんと混ぜ合わせて保存する。物語作家は、判断し吟味しなければならないから、単純化された素描以上に出られないが、画家は、その仕事ぶりと忍耐力とによって、魂の表情ゆたかな見かけをとらえ、内面的な秘密の人生が少しずつ作られていくさまをなぞるようにして、その魂を少しずつ組立てていく。画家はひょっとすると世にある唯一の心理学者なのだ。

相手を見つめることはそれ自体が相手に強い警戒心を起こさせる行為で、相手の顔からは、警戒と監視以外のしるしは逃げ出してしまうという場合、顔の上にどうやって魂を観察するのか。生きた目というものは「あなたがわたしを見ぬこうとしているのをわたしは見ぬいている」というしるしをたえず投げかけてくる。ところが、絵画の奇跡とは、生きた顔に浮かぶ社交の熱気とか、意見と判断の照り返しといった、動揺つねなき信頼の置けない代物《しろもの》を、持続的で不動の対象たらしめることにある。こうした魂を――たとえば、モナ・リザや「結婚」の聖処女を――とらえられねばならない。この魂は隠れはしないが、分割されるのでもない。自分を説明するのではなく、自分を呈示する。この世で一番対象になりにくいものが対象になったのだ。その対象が不変の、充実したすがたを取って目の前にある。わたしたちは、像を乱すことのない共感によって――ためらい、だまされ、立ちもどるといったこともある共感によって――目の前のことばなき言語を理解しなければならない。像への信頼には終わりがなく、それがわたしたちのうちに、絵と並行する、同じくことばのない前進を呼びさます。瞬間が連なるのではなく、過去・現在・未来をふくむ人生すべてが集約された場の連なる前進である。そこから、すでに述べた熱烈な凝視が生じてくる。見かけは、その本来の性格からして、すべてを表現し、自足しているものだが、見かけを定着するのは絵画だけだ。そして、わたしたちがそこに立ちどまりたかったと思うような、そんな見かけをきちんと選ぶのは、すぐれた絵画だけだ。こうして、本当の画家は、考えることを、つまり、定義することを拒否し、瞬間を斥けて充実した場だけを選ぶことによって、終わりなき凝視に見合う貴重な対象を用意したのだ。画家と絵を見る者との双方に備わる二重の感情は愛によく似ている。尊敬し、自分にこだわり、見かけを見かけとしてとらえ、そのすべてを受け容れるのだから。愛の待ちうける魂の歴史は、見かけからやってくる。そして、まちがいなく愛は、敬意とはちがって、外界へと結びつき、外界に内的なものを見つけ出すことを誓い、自分の理解できなかったことについては自分がまちがっていると考える。他方、敬意は見かけを拒否し、本当の証拠を求め、いうならばことばや行動を超えて魂へと赴く。あくまで魂が目当てで、顔つきには向かわない。が、愛は顔つきを救うことを誓い、選《え》り好みしないことを誓ったのだ。おそらく、『人間嫌い』のアルセストは絵画を──そこに立てばけっしてだまされることのない高い立場を──理解しなかったのかもしれない。が、となるとセリメーヌの影像もかれには無意味だったはずだ。セリメーヌはさまざまな境遇を身にまとってそこにあり、そこに反映しているものすべてが真実である。が、しかし、この高度な真実を、一挙に、そしてまずは愛するためにつかみとるには、画家の目が必要なのだ。

右に述べたことから、スピノザ的にいえば、神のうちには実在の真理も存在する、という命題が導かれる。が、この考えはおそらく知性にとって乗りこえ不可能なものだ。だから、ここまでの議論でわたしは満足しなければならないが、とはいえ、ここまで来たとなれば、裸体という危険な主題にうまく触れることができそうには思う。絵画にふくまれるすべては、思い出によって純化され、支配され、救済された社交の感情を、さらにいえば、つねに節度を失い、ほとんどすべてが忘却される運命にある一時的情動をぬけ出した社交の感情を、表現する方向へと赴く。美しい肖像画に自然に付随する儀式の衣服に、そのことが表現されていて、この衣服は、すべての注意を人の顔へと──すべての動物的な動きを組立て、磨き上げて翻訳した顔へと──向かわせる。また、自然な情動は、わたしたちが自然のなかに飛びこみ、たえまなくおのれの表面を攻撃するところから生じるといわねばならない。そのとき、衣裳は明らかにこの印象の大部分を和らげ、感情に近接した、目でとらえられる情動を強調する。いいかえれば、裸体は、社交の関係よりもむしろ、人と自然との交流を表現するのだ。衣裳が儀式のためのものであり、文明の作り出した身支度《みじたく》が感情にどれだけの落ち着きをあたえたかを思い起こせば、よく論議の種となる裸体の問題はぐっと単純化されるはずだ。文明的な身支度は、よく見ると、感情そのものであり、まずもって、純粋な情動の対極にある、抑制された情念である。とすれば、衣裳の否定はこうしたものの否定に等しい。まわりの意見や衣裳を軽蔑すれば、各人のうちにある無敵の自然がすがたをあらわすのはよく分かる。変わるくらいなら滅びたほうがよいと考える不屈の均衡を表現するには、体全体が慎重すぎる頭を支えるのがよい、ということさえできる。そして、頭だけを見ても、それが体の一部にすぎないことが分かる。だから、彫刻の単純さはある意味で脱衣に通じる。が、同じことを絵画についていうことは、実際に数え切れぬほどの人が試みていることだが、できるとは思わない。さきに取り上げた、目のない彫像についてのヘーゲルの美しい思考を思い出してほしい。魂は運動選手の体全体に広がっていて、ごく小さな部分にも表現されているのだ。それとは反対に、まなざしとその周辺こそが、画家の大切な対象であり、画家だけの大切な対象である。魂の先端ともいうべきまなざしをゲーテは愛情深く観察したが、知られているように、かれは眼鏡《めがね》をかけた人を、現に人工的な華やかさのもとに身を隠した人として嫌っていた。思い出が夢想の総体のうちに集められるように、思考のすべてはまなざしのうちに集められる。だからこそ、衣服と飾りは肖像画の自然な付属物だといえるし、裸体の肖像画は不可能だといえる。わたしたちの自然は裸であり、わたしたちの彫像は裸だが、歴史の息子たるわたしたちは衣服を着、わたしたちの感情は衣服を着ている。だから、運動選手や考える人を表現するのは絵画本来の仕事ではない。

裸体をよく対象として選ぶデッサンのことをちょっと先取りして言うのだが、絵画は動きを表現するのに適していないことを認めねばならない。たとえば、騒々しい集まりの絵は、ある一瞬を示すだけで、その場を示すのではない。描かれた集まりは肖像画の集まりで、一人一人は不動のままその全生涯を表現している。分かってほしいが、わたしには規則を定める気はまったくないし、動きを表現した傑作を作ることが画家に禁じられているわけでもない。わたしのやってみたかったのは、広く認められた作品から引き出される、それなりに筋の通った反省の形式をいくつか見つけることだ。そして、法則を定めるのは作品だ。いずれにせよ、肖像画が現に絵画の王であることに変わりはなく、作品の帝国そのもののもとで反省を重ねつつ、わたしが理解しようと努めたのはそのことだ。本当をいえば、彫刻も動きとさほどに相性がいいわけではなく、静止した彫刻のほうが美しい。とはいえ、ある存在の本質が動きのうちに示されるということもなくはない。ついでをもって指摘しておきたいが、動き――本質的な動きである、慣習、行列、ダンス――は、浅浮彫り《あさうきぼ》りに似合っていて、その理由はといえば、浅浮彫りがわたしたちをデッサンに近づける点にあると思う。デッサンは軽快だし、一瞬の仕事だ。その点はのちに丁寧に検討されるが、この講を終わるに当たって、読者にとって応用可能な一つの規則を提示したい。色はつねに動きを重くするが、たいして、デッサンはつねに色を装飾の手立てとして利用しようとする、という規則だ。色のついたデッサンや、絵に表現されたダンスの例が、また、裸の肖像の試みが、隣り合ってはいるが、根本のところではたがいに異質の二つの芸術について、論争の場を提供してくれるように思う。もう一度いうが、画家の身ぶりは画家がデッサンを打ち負かそうとしていることを告げている。結論として、異なる芸術は凡庸の作品においてはときに混じり合うが、傑作においてはたがいに分離し、対立しさえするということができる。

19講　デッサン

（一九三〇年四月一日）

デッサンは、建築以降のすべての芸術において、先回りして仕事を準備し、また、つねに追い越されていくような、そんな位置にある。ここに来て、ようやくデッサンは自由の身になり、完全な芸術として登場する。美しいデッサンが別の形で実現されることをだれも望まないし、だれもそこに計画を見ない。デッサンはほとんど体をもたないが、それでよしとされる。木版や銅版に彫られたデッサンや、陰影のついたデッサンには、ある種の絵画が混じり合っているけれども、それが厚みのほとんどない線となって白い紙に置かれた場合には、デッサンはまさしくデッサンだと感じられる。そこには、自足した、自身の力をもつ表現のありかたが感じとれる。凹凸や、影や、色は、そこになにもつけ加えず、むしろ、なにかを奪いとりさえする。純粋な状態にあるデッサンは、迅速で、簡潔で、完全である。日本のデッサンに描かれた顔の輪郭を考えるとよい。大仰《おおぎょう》さからこれほど離れた芸術はない。デッサンの神秘はすべてがその公正さ、明断さ、完結性にある。前もっての準備もなく、支えとなる下部もなく、塊《かたまり》らしきものもまったくない。こうしてデッサンは、建築、彫刻、絵画の三つと一度に対立する。

デッサンは、たとえば、スピノザの観念が明晰であるように明晰である。しかし、どちらの場合も、その透明性には深さがある。ほんのちょっとした試みのなかで、ある断片や片手にわずかな力が加わると、完全なものが出来上がる。手探りや、手直しや、起伏は受け容れられるが、その一方、まったく純粋な、厚みのない一本の線があれば、椅子、力、生命、動きを、そしてそれらを通して感情を、表現するのに十分だと感じられる。デッサンとはなにを意味するのか。この力はどこから来るのか。デッサンに特有の発明から――線から――来る。

線を十分に扱いたいのなら、精神を相手とし、精神の源へと――いかなる暴力もともなわぬある種の大胆さである生きた精神へと――さかのぼらねばならない。線は自然のうちには存在しないし、存在を望みもしない。線の影にすぎないその道筋は、線に中身をあたえはしない。けれども、現実の想像力が生み出したもののなかにあって、作品のうちに最後に見出される描線は、観念にもっともよく似たものであり、線が分割し輪郭づける純粋な白——差異のない均質の画面——は、あらゆる可能な内容を、しかもある意味で自然の望む内容を、表現する。そして、自然は線を変えることも、線に触れることもなく、線に全面的に従属する。いずれにせよ、線のうちには大胆な先取りがあり、完成することから始める至上の方法がある。線は走る。わたしたちの思考と行動の企《もくろ》みはすべて線のもとにある。線は思考する大胆さを形にしたものだ。わたしはそこに安全と無関心と一種の法則を見る。
デッサンを絵画と比較するとよい。画家は、そこは人間らしいが、感情を前にして身震いする。絵画のうちには一種の祈りがある。希望と期待がある。そこから、少なくとも重要な点については慎重な、いかなる先取りもしない扱いが生じる。デッサンはものごとを手中にする。一つの意志、一つの選択、一つの命令を表現する。デッサンは、翼のようにすばやく軽くなればなるほど、自分に近づく。デッサンに特有の奇跡は、どんなにかぼそくても足りることにある。実在しない線で描かれた、色のない、生命を追い求めない口が、こんなにも生き生きし、いまにもしゃべりそうだというのが、画家の勇気を挫《くじ》いたとしてもおかしくはない。まったくの創作物たる見かけが目の前にあって、それは白紙に黒の線であろうと、黒い紙に白線であろうと、青い紙に黒線であろうと構わない。完璧に描かれた頬《ほお》、顎《あご》、首の線を思い浮かべてほしい。一つの自然がまるごと罠《わな》にかけられたように思えるだろう。この紙はあくまでも紙で、固有の肌理《きめ》と奇妙で無傷の材質を示しているが、その紙が生きものとなるのだ。思考が、まねられることなど一切気にかけず、ことばだけでもって、この世にふんだんにある音とリズムを使って、作り出すことのできるものを、美しいデッサンは、すでに図像として示している。デッサンは崇高な散文なのだ。そこには、人間だけに依存する、ある種の真理があらわれている。デカルトはかぼそい線を使って、精神に沿って、物を再構成したが、ものごとがそのようにあり、(かれの言うには)神がものごとをそのように作ったことを証明する気はなかった。ものごとはこの網につかまえられはしたが、網はものごとの形をまったくもってはいない。虹と磁石はつかまえられるが、その素材はどうでもよいというわけだ。というのも、凡庸な精神は素材がどうなっているか知るのを放棄するのだが、偉大な精神はそれを知りたいとは思わないからだ。それこそが紙の白と、意味のない奇妙な形のしるしが示していることだ。

わたしを導いているのはデッサンと思考との、わたしにとっては明瞭な、近しさだ。デッサンの線は物のなかには存在しないが、デッサンされた髪は、モデルの髪にはない輪郭のおかげで、偉大なデッサンが無視する一本一本の髪の毛よりも髪らしい。線を扱うのに幾何学の線を考えないではいられない理由もそこにある。線はまったくの創作物であって、幾何学の線は現実には存在しないのに、図形のなかではつねに存在しすぎるほど存在する。思考は、線がおおよその形を示すと考える気はない。物にかかわるそうしたありかたを線に認めようとはしない。三つの星があるとする。三つをまとめて考えると、すぐに三角形が出来上がる。線のない三角形だが、なにも欠けてはいない。星と星との直接の関係、部分も差異もない距離、それが線の魂であり、線の観念である。星は目に見える点だが、物につきまとうさまざまの性質は線にはかかわらない。わたしからこの教室の奥までの距離は純粋な関係——まずは一挙に引かれる単一の道——以外のなにものでもない。それは純粋な企《くわだ》てだ。すべてのデッサンの最初の状態は、そういうものだといえる。図面そのものが急ぎ足になり、身軽になる理由はそこにある。物の重さはまったくないか、ほとんどない。努力もないし、征服欲もない。掘られた溝もないし、紙にあいた穴もない。手は、思考と同じように、軽快で、公明正大で、無関心である。

いまだ粗野で、いまだ世界を怖れている、見習い幾何学者の引く線には大きな意味がある。太い、ゆがんだ、力ずくの線で、情念や苛立《いらだ》ちや怒りや物への恐れが示されている。まぎれもなく醜い線だ。線が告げるのは、描いた人が理工科出身の貧相な立法家ではなく、むしろ、痕跡を、足跡のようなものを、通りすぎた全地点に残す、法律の敵だということだ。それとは逆に、自由な、決断力のある、物質的でない線が告げるのは、作者が大地の子ではなく、天の子――ピタゴラス、プラトンなど――だということだ。ちがいは顔立ちのちがいのようにはっきりしている。文字にも、幾何学の図形にも、代数の記号にも感じられるちがいが、デッサンで噴き出てくる。デッサンには描線に独特の美しさがあって、それは、描かれる物がなんであれ、まずは、情念の、所有の、欲望の圧力のあらわれない瞑想や把握のありかたを、いいかえれば、つかむことの拒否と暴力なき勝利を表現している。鉛筆の芯を折るようでは芸術からは遠い。こうしてデッサンは、人がつねに感じてきたように、すべての造形芸術において、あらかじめなにかを知らせるものであり、前もって習得されるべきものである。デッサンは、嚙《か》みつくのを拒否しつつ、征服した動物を表現するのだから、それ自体が大きな意味をもっている。デッサンは行動そのもののうちに全体の精神および瞑想の精神を表現し、さらには、芸術家に特有の運動競技らしきものを表現する。ほんのちょっとしたデッサンでも、描いた当人を映し出す明瞭な肖像画なのだ。

以上が、筆記としての線、いいかえれば、物質としての厚みをもつ線の意味するところだ。では、それとは別に、対象を表現するという本来の線はなにを意味するのか。一つの身ぶりを、動きの定着を、意味する。すべての行動は世界になんらかの図形を――たとえば、逃走を、引きずられた武器を、砂上に引き上げられた船の竜骨を――描く。そして、こうした自然なデッサンは物よりも行動に似ている。ということは、デッサンの線が、つかまえようとして、つかまえるのを控える手の動きの軽い痕跡だということだ。わたしたち自身はこの線、一次元しか持たないこの線を知覚する観客だが、そのわたしたちは、物質としての線が許すかぎり、線を追いかけ、線とともに走る。さきに言ったように、彫刻がたまたま動きを表現することはある。絵画には動きの表現はまったく似合わない。建築は不動であり、徹底して不動である。反対に、デッサンはつねに動きを、したがって、場ではなく瞬間を表現しようとする。一方、絵画はなんにもまして場を――感情総体のうちに集約された長い持続を――表現する。モデルのポーズの選択が重要なのはそのためだ。たいして、なんでも相手にできるのがデッサンで、レンブラント（一六〇六―一六六九）の銅版画の窓から飛び立つ天使の足だろうと、斜め後方から見た横顔であろうと、腕、肩、手であろうと、デッサンは苦にしない。大芸術家たちの下描き帳は宝の庫《くら》だ。そこに描かれたかぼそい完璧な輪郭と、明らかに絵を準備する、影のついた探究のためのデッサンとのちがいは、だれしも感じるところだろう。絵画の前段として描かれたデッサンは、滅びの途上にあり、別の芸術に移っていくのだ。

観念は、しかるべき場所にあればそれで十分で、それ以外に観念の存在の証拠はない。改めて言いたいのは、デッサンが色を拒否するということだ。いや、むしろ、色を軽蔑し、破棄する、というべきかもしれない。サンギーヌ（赤チョーク画）のほうが裸体がうまく表現されるということはない。青みがかった紙でも、バラ色の紙とまったく同じように裸体になる。言われてみると、びっくりすることではある。次に来るのは、もちろん、それがたんなる命題にすぎないということであり、絵画とデッサンを混ぜ合わせた中間の芸術の読みかたにすぎないということだ。すでに水彩画において、また、とりわけ版画において、デッサンが色に譲歩しない場合にはいつでも、最終的に、色は大なり小なり装飾の価値を――なにかしら気ままな、よそよそしい性格を――もつが、その理由はたぶん分かってもらえるだろう。たとえば、黒で勢いよくデッサンされた木々は、赤い描線を使った場合でも、黒や青の場合と同じように立ち上がってくるはずだ。

陰影についても同じようなことを、これまた証拠なしにいえることになろう。そして、こうした言についても、すべての観念についてと同様、それについて議論するよりも、それの応用される場面を見ていくほうが有益だと思う。わたしはけっして暴君ではないので、議論好きの人を前にすると、いつでも逃げ出すことを白状しておく。

陰影は、すでに言ったように、黒と白の色で描こうとする試み、つまり、線を消そうとする試みといってよい。そこにあらわれるのが版画だが、といって、わたしの個人的な好みからして版画を貶《おとし》める気はまったくない。むしろ、逆だ。版画は肖像画を複製するという、版画が部分的に絵画から引き出してくる力を示していて、そこではすでに解釈の第一歩が踏み出され、生身《なまみ》のモデルは必要がなくなっている。だから、黒と白の色で描く版画の試みを追うには、自然そのものに従い、デッサンの手順と身ぶりによらねばならない。わたしはここでレンブラントの「病人を癒《いや》すキリスト（百グルデン版）」を例に取りたいが、というのも、それが広く知られていることに加えて、おそらく読者には微妙にすぎるように思われる命題をうまく説明するのに、この絵がお誂《あつら》え向きだからだ。作品は二つの部分からなる。一方では、キリストが盲目の病人や麻痺の病人を癒していて、貧民の塊《かたまり》には陰影が強く施され、多人数の集まりが入念に描かれる。他方では、律法学者たちがこの事態を議論している。ところで、絵のこの一角は、白紙の上にきわめてかぼそい線を使って描かれる。純粋なデッサンの描きかたで、議論の一瞬を見事に表現している。議論は瞬間の寄せ集めだ。この敏《びん》捷《しょう》なデッサンほど完璧なものはなく、これほどに臨場感のあるものはない。これに反して、キリストの顔立ちは、表情ゆたかな、不動の、陰影のある、黒と白の色を用いたと言いたくなる描きかただが、計画通りに行っていないように思われる。感情に深みがないのだ。ここは油絵にすべきところだったようなのだ。実際、レンブラントならこの顔を油絵で描くことができたはずで、深い、集中的な感情を盛りこむことは、かれの天才をもってすれば手のとどかないことではなかった。ただ、デッサンの子どもに当たる版画は、この主題にはふさわしくなかった。版画そのもののなかで中間に位置を占めるのが、

希望をもてぬまま指を開いて立つ盲人

の、前へと進もうとする動きだ。この動きがすばらしいのは、それが動きだからだ。ここではデッサンで事足り、デッサンが十分に本来の力を発揮している。が、左の部分の純粋な線は、さらに見事に瞬間と無我夢中の議論家たちを表現している。

以上に述べたことからすると、デッサンは肖像をめざすことができないと宣言すべきだが、そうはいえない。人間のある性質を表現するデッサンは、疑いもなく、いくつも存在する。けれども、そこには一つの気配が見てとれるのであって、そのことは読者も確かめることができよう。つまり、デッサンは変化せず、これからも変化しないような性質を――わたしがワニ的と名づけたい性質を――一瞬のうちに定着するという点で、むしろ彫刻に似ている。それは経験に抵抗してきた性質であり、いいかえれば、抵抗力のある、うろこ模様をした部分こそがデッサンに表現されるのだ。その点では、肖像のデッサンは、自己肯定の力によって、専制的なやりかたで、油絵の肖像画の優美さに対立している。油絵の肖像画は、思い出し、策をめぐらし、自分を保持しながら変化し、社交の生活を語り、感情の生活を語り、最終的に、もっとも深い意味での礼節の生活を語る。要するに、彫刻することのできるものはデッサンすることもできるが、絵画が色を使って表現するものにはデッサンは到達することができない。改めて言うが、傑作同士を比較すれば、芸術のジャンルは切り離され、対立しさえするのだ。

残る課題は、想像力とその実際の力にかんする重要な考えを提示すること、あるいはむしろ、もう少し説明を加えてそれをとらえ直すことだ。人が思い出をどう複製できるのかを理解する上で、デッサンは絶好の機会を提供するように思える。その点について、スコラ的とさえいえる古典的理論はきわめて単純ではあるが、不幸なことに、人間の本性をとらえてはいない。芸術家がそうだが、想像力の人とは、自分の精神を通過するイメージを定着し、記述し、複製することのできる人だという。もうずっと前のことだが、劇作家キュレル（一八五四—一九二八）が創作の仕事についてこんなことを述べていた。登場人物がわたしのまわりを歩き回るので、わたしはかれらの声を聞くだけでよい、と。画家も同じことを言うだろう。自分の前に想像上のモデルを坐らせ、本当のモデルを相手にするように、それを模写するのだ、と。話によると、ニュートン（一六四二—一七二七）は目の前に太陽の像を呼び出す力をもっていたという。これら大家たちの言動は問題に終止符を打ってしまった。だが、いまこそ、すべてのものについてわたしたちをだます想像力は、想像力自身についてもわたしたちをだます、と言うべき場面なのだ。

この書物の始まりのところですでに説明したことだが、自分の幻想を記述する人びとのことを信じすぎてはいけないというのがわたしの考えだ。わたし自身のこととしていうが、まったく見ていないもののことを自分が述べ立てるのに驚いたことが一再ならずある。そこで気づいたのは、書くこと自体が、つかみがたい断片に一貫性をあたえているということだ。同様に、思い出をデッサンしているとき、モデルのきわめて漠然とした像に、モデルが目の前にいるという自分の体の感じとる感情が加わって、視覚像の不十分さを補う身ぶりが誘い出される。こうして鉛筆が、わずかに残る形をデッサンすることになり、すると、それが割れ目や、ひびや、煙や、木の葉らしきものに見えてきて、こちらの想像力の働きをしっかりと支え、こうして自分の完成したいデッサンの形が容易に見えてくる。最初の描線のうちに自分の求める肖像のさまを認知し、見えてきた類似の形を保持し、さらに強めていくこと、それが記憶をデッサンすることだとわたしには思える。とすれば、デッサンは想像されたものの複製ではなく、想像されたものを出現させることだ。

いま再発見されたこの考えは、芸術にとって大きな意味をもっている。というのも、想像力は悩みの種でしかないからだ。想像力はわたしたちを満足させることはけっしてない。どう呪文を唱え、ことばの説得力にどう期待しようと、わたしたちはけっして幻覚には到達しない。ひょっとして、幻覚が起こるのはつねに雄弁の一部類に帰せられる出来事かもしれず、いまはそう考える医者も少なくない。いずれにせよ、普通の人は夢想のために対象を求め、対象を作り出す。想像力が精神の内部だけで創造力を発揮するのは不可能だからで、だからこそあれこれの「芸術」が存在するのだ。想像力は、動きや手仕事や声によって世界を現実に変えるなかでしか、創造力を発揮できない。そのことをもっとも明らかに示すのが音楽だが、ダンスや雄弁も同じことを示しているし、おそらく詩はそのことをもっとはっきり示している。その点にかんしては不確かなところがないからだ。歌の一節を、歌うことなしに想像しようとする人はいないし、ダンスのステップを、踊ることなしに想像したり、演説の一節を、発音することなしに想像したりする人はいない。詩の一句を自分の耳に語りかけることなしに想像しようとする人は、いよいよいないはずだ。以上のきわめて単純な事柄の教えてくれるところはまことに大きい。すべての芸術を一つの体系のもとに——つまり、一定の整った順序に従って——扱うのがうまいやりかただというのも、そこから得られた知見だ。わたしが自問していたのは、体のどんな動きによって人は一つの形、一つの輪郭、一つの色を想像しようとするのか、ということであり、見えてきたのは、デッサンすることや彫刻することが、歌うことやダンスすることに劣らず自然なことだということだった。そうした体の動きが夢想を支える現実の存在であって、それを除くと、あとには極端に貧弱なただのイメージしか残らない。実際、精神のなかだけで瞑想されるイメージがどういうものかを、わたしは言うことができない。網膜に映る曖昧な知覚と浮游《ふゆう》する思い出らしきものが見えてくる。が、そんな亡霊がモデルになるわけはない。それどころか、芸術は、実作行為がたえず構想を乗りこえていく事実によって説明される。とくに、長い年月にわたる職人の仕事によって、感情と動きとの自由な交流が確立されたあとではそうだ。わたしたちの期待を超えるこの自然の動きが、霊感と呼ばれるものだ。そして、芸術家とは、約束はたくさんするがちっともそれを守らない心のなかだけの想像力の働きに比べて、歌、建築、絵画、デッサンによる作品の実現が、はるかに優位を占める人のことだ。すべての人は自分の思考とイメージを定着させたいと思ってはいるが、思考とイメージはじかに目を向けると、オルフェウスの前のエウリュディケーのように、溶けていってしまう。そして、目を凝らすと幻が逃げていくというのは、つねに否定されてはつねに証明される、称賛すべき法則だ。さらにいえば、作品の思い出が作品に取って代わることがないのは明らかだ。一篇の詩を荘重に読み返しただけでも、思い出とのちがいには驚かされる。そして、この驚きは古びるということがない。

20講　芸術家

（一九三〇年四月八日）

わたしたちの思索に終わりはない。一つの世界が開き、例がいくつも提示される。観念は対象を求め、対象を見つける。しかし、わたしたちは講義の最終回を迎えている。論を結ばなければならない。いまわたしが問うのは、芸術家についてどう考えるべきか、芸術家は市民なのか、ということだ。人びとに従うのは芸術家の本分ではないように思える。ミケランジェロは地獄の絵のなかに、好きではない枢機卿《すうききょう》のすがたを描きこんだ。ために、全能の教皇に苦情が寄せられた。こうした場合、機知が権力者の逃げ場となる。「わたしは天上ではなんでもできる。しかし、地獄ではなにもできない」と教皇は言った。聖と俗の二重権力を一身に集めた人間といえども、天才にはいかなる力も及ぼしえないことを告白したことばだ。芸術家はおのれの観念を外界にも、どんな種類の教説のうちにも、求めはしない。かれの作品がかれの観念なのだ。かれがそれをどんなふうに探し求めるのか、多少とも見当がつかなくはない。それが本のなか、教えのなか、議論のなか、伝統のなかに求められることはまったくない。芸術家がそこでつかむのは外的な観念にすぎない。たとえば、「最後の審判」は主題にすぎない。内的な観念については、芸術家ははるか昔からのやりかたで——輝かしい結果によって確証された唯一のやりかた、同意を作り出し、議論をおさめるという唯一のやりかたで——それを求める。しかし、この最後の講義でその奇妙な思考方法を大きく目の前に据《す》えるには、古代ギリシャの巫女《みこ》（ピュティア）を思い浮かべ、ギリシャ人と外国人が巫女にどう尋ねたかを考えてみなければならない。

巫女だって？　自分ではなにがなんだかわけが分からなくなり、体の動きと叫びでもってあらぬことを口走る狂女ではないか。さて、人びとは、将来についてあれこれ意味もなく指摘することに疲れ、宇宙の現状とその後に続くことについて、なんらかの光を得たくてこの巫女のもとにやってきた。ところで、人びとのこの足取りとこの探究はどんな考えに導かれたものだったのか。ギリシャ人は他のどんな民族よりもよく知っていたのだが、たしかに思考は独自の力をもっている。そしてその力は、近代哲学の祖デカルトを考えるといいが、分割し整序する思考が、推論の最先端を世界の一点に固定し、その一点を完全に明らかにするように働くところから生じている。たとえば、日食や月食の測定は、そのように行なわれる。そして、この例から明らかなように、この方法は経験の場に及んでも抽象的思考を手放しはしない。というのも、事実上、一回の日食ないし月食はそれがすべてであり、同じく、パニックに陥って敗れた戦争もそれがすべてだからだ。ところで、わたしたちの興味をそそる出来事――侵略、勝利、治世の変遷――は、まわりから切り離しがたいものであり、分析は全体のなかに吞みこまれてしまう。しかし、人間の体は、すばらしい共鳴器であり、宇宙の記録器であり、世界の縮図である。体に少しの変更も加えないような圧力が、音が、光が、あるだろうか。実在の広大な海があらゆる方向からこの敏感な皮膜を打ってくる。皮膜は反応し、その応答から憂鬱な気分や愉快な気分が生まれる。それを和らげるには理性や礼節によるしかなく、となると、わたしたちが動き、わたしたちが選択することになる。わたしたちが神託を告げないのは、わたしたちが理性を具えているからだ。

巫女は選択しない。巫女の体や声の曲折のどれ一つを取っても、すべての事柄を全体として表現しないものはない。巫女は同じ部類の事柄について何千という例を要約していること、そのことを忘れないようにしよう。人は、狂人たちや、愚者たちや、獣《けもの》たちや、獣たちの臓物《ぞうもつ》にまで問いを発してきた。そのだれもが、どれもがみな巫女なのだ。気分の解き放たれた巫女という存在――万物に順応する自然の渦巻にもどった存在――のありさまのうちに、大きな秘密が、後続の場を支配する世界の一場のすべてが、表現されている。それを観察し、解釈するのはむずかしいことだった。こうした類《たぐい》の協議では、ほとんどつねになんらか慣習的な言語が採用される。しかし、普通の言語がうまく機能するには、デカルト的理性がそれを乱さないことが条件となる。条件が満たされれば、純粋な情動へと解き放たれた体のうちに明らかに存在する総合的認識が、慣用の言語によって――たとえそれが折れ曲がった、切れ切れの、歪んだ言語であれ、――なんとか翻訳されることが期待できる。この試みはつねに人の心をゆすぶるものだが、いまやその試みが批判にさらされる。すべては曖昧であり、人は好き勝手にふるまっているというのだ。

しかし、芸術家はどこにいるのか。芸術家は、もっと忍耐強い方法で神託を救った人だ。その方法は職人芸に――継続する仕事に――支えられ、そして、一見きわめて平凡な、歌う、彫刻する、装飾する、描くといった表現の試みながら、ことばによる表現をはるかに超えるという際立った特徴をもつ試みに支えられている。すでに十分に説明したように、体こそがその場に投げこまれ、深い真理を表現するよう要求される。体の動きは恣意的なものではなく、あらかじめ限定された真実の動きでなければならず、巫女的な妄想に沿ってその輪郭が震え、波立つのでなければならない。そして、神託の場合と同様、芸術家はここで、観念を追い求めて明らかにするのだが、するうちに作品が出来上がる。作品は神託を記しとどめ、保存し、そして、来《きた》るべき他の動きをも記した分かりやすい表示板として公開される。詩句がデッサンされ、いくつかのことばが歌のなかにあらわれ、ほのかな光が肖像画を照らし出す。

芸術家の仕事は、萌芽状態の観念に気づき、それを慎重に――体が万物との交流のなかで応答する、この神秘の仕事を理性が乱すことのないよう十分注意して――解き放つことにある。そして、各人は自分のもっともよく知る芸術を基準に仕事の成否を判断するのがよい。わたしの場合、工業的なものを拒否し、始まったばかりの作品に働きかけ、それが応答してくれるところにまで行き着く忍耐力をもてるのは、音楽家の仕事と、とりわけ詩人の仕事を相手にするときだ。体と自然との結びつきが見えたとき、仕事がどう霊感と結びついているか、仕事がどう霊感を準備し誘発するかが理解されるし、また、なしたことを軽々しく抹消しないのがどうしてすぐれた技術なのか、自分へのあふれる寛大さがどうして不屈の厳しさと調和するのかが理解される。自分にたいする英雄的で勇敢な信頼と、自分だけにたいして抱く期待。それを身に着けている芸術家はこの世で唯一の楽天家といえる。一瞬ごとにあたえられる褒美《ほうび》が、他人には見えないが、芸術家を支える力となる。この長い道のりを経て、かれは、思考の無限の源たる、表現不可能な、無尽蔵の観念を、対象という形で見出すことになる。そして、対象となったこの観念が新たに神託となり、魂を映す鏡となり、わたしたちの情念に応答するものとなる。一篇の美しい詩、一枚の美しい肖像画とは、そうしたものだ。

かくて、前に申し立てたことにいっそう納得が行く。他人への、習慣への、法律への、権力への、利害への、そして、あらゆる国家理性への服従は、芸術家のなかでは重きを置かれない、というのがそれだ。しかし、自分のために、また万人のために巫女になるのを心得た芸術家については、かれが議論したり拒否したりするすがたではなく、むしろ、職人仕事に信頼を置き、そこに還っていき、そこで考えるすがたが見えてくる。だから、理路整然と証明され説明されること、かれが知的と名づけることについては疑いの目が向けられる。それは通貨であり、抽象的で伝達可能な思考であり、外からやってくるもの、他人から学ぶものである。他人から学ぶ、だって？　職人仕事はたしかに他人から学ぶものだ。しかし、芸術家の思考は、なんらかの職人仕事という言語を通じて、おのれの天賦の才と対話するといった形を取る。芸術家は世論を恐れる。いや、世論を愛すること、尊敬することを恐れる、とわたしは言いたい。かれは非難よりも称賛を恐れる。かれは、かれの自然が指示するものを軽々しく、また道理に従って、抹消するのを恐れる。かれの思考とはかれの作品にほかならないが、その思考が他人ではなくかれのうちに源をもつという厳密な意味で、かれは独創的である。だから、芸術家はある意味で孤立している。しかし、おそらくどんな人間よりも人間的で、普遍的で、万人の兄弟である。では、独創的だというのは？　この語をきちんと理解しなければならない。すでにいったことだが、正しいのは常識的な考えだけだ。芸術家が稀有《けう》な観念を求めていると信じてはならない。むしろ、偉大な作品がそうするように、万人に向かって語りかけ、それによって、共同の観念を生み出し、実際にそれを共同のものにするという、そのやりかたが稀有で、無類で、独特だと考えるべきだ。この考えはあらゆる芸術において追跡さるべきものだろうが、わたしにはそれが汲《く》みつくせそうもないものに思える。が、季節にまつわる例を引くことによって、それに光を当てることならできる。
詩人たちのなかにはいくつかの春が存在する。わたしにはとりあえず三つの春が思い浮かぶ。まずは、ホラティウスの春だ。

厳しい冬は春の精とそよ風の陽気な帰還とともに和らぎ、
乾いた船底は太綱で引っ張られて……

次も同じく、ホラティウスの詩だ。

雪が逃げていく！　牧場にはもう芝草がもどってきている、
木々は髪をなびかせ……

最後はヴァレリーの詩だ。この春も前の二つに劣らず愛誦されるだろう。

明日、天空にちらばる善意の溜息《ためいき》に乗って、春が封印された泉を破りにやってくる……

詩作の詳細な事情は知る必要がなく、出来上がった詩句に向かえばよい。春は万人に知られ、万人に感じられる。万人に知られた春を、めいめいが星や鳥や花や葉にこと寄せて記述することができる。ドリール神父（一七三八—一八一三）流に、これらのすべてを韻文に仕立ててもなんの差しつかえもない。まずは合理的な経験に沿って形成された思考が、次に音節数と韻律を調整され、こうして詩が出来上がることになろう。他方、各人は春を感じていて、わたしたちの全存在が巫女流にそれを表現する。さまざまな動き、顔色、両の目、さらに髪の曲線に至るすべてが、ちょうどツグミや、ホオジロや、ウグイスや、カッコウがなにかを伝えるように、なにかを伝える。が、それは片言《かたこと》同然で、表現には至らず、観念はその道を通って外には出ていけない。それは、ことばなき一つの喜び、一つの苛立《いらだ》ち、一つの大きな愛にすぎない。

さて、春の詩のなかで美を作り出しているものは、表現された月並《つきなみ》な観念ではない。万人の体験する感情ではない。美しいものは、この感情自体が体の動きによって——詩人の追い求める一種の自発的なダンスによって——、まるで奇跡でも起こって自然が一騒ぎするかのようにして、各人の口にしそうなことばそのものを生み出すところにある。各人がそれを口にはするが、いまやそれが神託の語りとなっている。観念が体を備え、自然になり、内的になり、存在の内奥から、巫女の存在の内奥から、微笑や涙となって出てくるのだ。それを読むわたしたちにおいても、理性と体の作りという人間的な二面が奇跡的に合致することによって、ダンスするものと思考するものとの和解が作り出される。それは挨拶のようであり、まさしく人間の現実の問題の解決である。ついにわたしは観念を所有するのだ！　いや、観念の幻は市場で買えるのだから、もっと強く、ついにわたしは観念となるのだと言うべきだ。観念はまったくありふれたものであっても、それを人が手にしているのだ。

観念を手にすることは本当にゆたかなことで、めったには起こらない。観念がめったにないのではなく、観念を手にすることがめったにないのだ。だれかにその人の意見を求めてみるとよい。かれはまず人びとの顔色をうかがう。尊敬にもとづく意見、取引上の意見、計算された意見の特質は、それらが借りものだということだ。有名な信用危機において見られたように、あるのは万人によって万人へと受け渡される借りものである。だれもが他人を基準とするようになり、最終的に、だれのものでもない一つの意見がすべての人に伝えられる。情けないことだ。わたしはまねをし、挨拶し、追従《ついしょう》し、合意する。空虚な合意だ。人間が欠けている。観念は根をもたず、個人の本性を表現していない。しあわせなことに、わたしたちはだれもが少しは芸術家だ。なにを考えているのかと真剣に尋ねられれば、だれもが、自分の感情を探し求め、「これこそがわたしの感情なのだ」と言う。それがもっとも力強いことばだ。わたしたちの本性から生まれた観念を指すことばであり、わたしたちのもっとも内密な動きと合致することばだからだ。すべての人間における天才の閃光《せんこう》はそうしたものだが、それはめったに起こらない。芸術家の方法をもたない人は閃光を再び見出すことができない。見出せないことに人は驚き、閃光の存在をあえて信じまいとする。もっと正確にいえば、かつて閃光の存在を信じたとはあえて思うまいとする。芸術家がおのれを失うのは、自分自身を信じなくなったからだ。自分がなにを考えているかを他人に尋ねたからだ。よく注意しよう。ある種の教育科目は、いまだに陶酔状態にあって、衣裳の下の人間を消してしまうこともなくはない。くりかえすことは、すぐにもできる。一つの証拠がわたしたちを強制し、すべてが口にされるが、この強制力そのものが不安の種となる。パスカルは人が自分で見つけた理由の利点をよく分かっていた。

が、大多数の人びとは諦《あきら》めている。物見高く、従順で、人の意見を気にし、人まねをし、群れている、といった状態をぬけ出せない。だから、御《ぎょ》しがたく手に負えない芸術家は、集結と抵抗の中心になるはずだ。君臨することを望まない、別種の、奇妙な王だ。説得することができず、記念建造物のように迂回しなければならない岩石仕立ての人間が、邪魔な存在であるのは事実だ。が、その一方、白い棒を手にした交通警官が、すべての精神に一方通行を押しつけるようなことがあれば、それはそれで見ものだといえる。

笑いたくなる話だ。ここには不確かなことはなにもないし、いままでにもあったことはない。本当の価値はだれもが待っているのだ。岩石仕立ての人間は三つの名と三つの外観をもっている。芸術家と聖人と賢者がそうで、この三者は、自分に即して考え、追従《ついしょう》せず、称賛を求めず、規約をもつ団体を設立することなどない人間のモデルを、あらゆる時代にわたって提供している。しかし、かれらはまた、自分たちだけが光栄に浴する人間でもある。自分たち三者だけで人類をなしている。というのも、社会を精力的に否定することによって、かれらはただちに社会をなすからだ。聖人と賢者はめったにいない。慎み深さゆえに、かれらが群れをなすこと——教会や学士院に集まること――がときどきある。芸術家の示す慎み深さは、別種の、ゆるぎない慎み深さだ。かれは言う。「わたしはわたしのままだ。自分を表現はするだろうが、さもなければ、なにも表現しない。だれかを羨《うらや》むことはない」。芸術家はその天職そのものからして不朽の存在である。そのことからして、いま一度、芸術と美しい作品の高い価値を理解できる。この価値は人を屈服させるのではなく、高みへと引き上げる。この称賛すべき不平等は、ただちに平等を作り出す。すべての人間のうちに人間を呼びさますからだ。称賛することは対等になることだと言われてきた。わたしの講義がこの美しい格言を分かりやすく説明できているとすれば、とてもうれしい。

解説

長谷川 宏

アランがダンス、曲芸、雄弁から建築、絵画、散文に至る、芸術の全体を論じた著作としては、第一次大戦に志願兵として従軍するなかで執筆した『芸術の体系』がすでにある。本書『芸術論20講』は、それから十数年後、非常勤講師として出講していたセヴィニェ学院で『芸術の体系』を下敷きにしておこなった20回の講義を、一本にまとめたものだ。

講義の冒頭でアランは、カントの『判断力批判』とヘーゲルの『美学講義』を案内役にするといっているが、先達《せんだつ》の考えを参照しつつもその言にこだわることなく、自分の思考の流れに沿って自在に論を展開するのが、いつに変わらぬアランのやりかただ。1回の講義ごとにまとまった話をするという形式上の制約もあって、前著『芸術の体系』とは肌合いのちがう著作となっている。

さて、『芸術の体系』もそうだったが、『芸術論20講』も、さっと読んで作者のいうところが分かるという書物ではない。腰を据えてじっくりと読み考えることを求める書物だ。翻訳する上でも、分かりにくい箇所にぶつかったら、先を急がず、虚心に著者のいうところに耳を傾けることが、なにより大切な心がけだった。

以下、読者の理解を助けるべく、アランの芸術観の特色をいくつか摘記することをもって解説としたい。

1

芸術作品が出来上がる道筋について、わたしたちはよく、頭のなかになんらかの思いが、イメージが、構想が、まずあって、それが形となって実現されたものが芸術作品だと考える。音楽家や詩人や画家が自分の仕事を振り返って、作品のなりたちをそんなふうに説明する場面に出会うことも珍しくない。アラン自身、そうした通念の広がりの大きさと呪縛力の強さを認める。

芸術作品とは前もって考えられたことを実現するものだ、と多くの人は信じている。大建造物や絵はあらかじめ考えられ構想されるもので、それを実行するのは職人仕事の領分にほかならない、というわけだ。こうした方面に役立つ万能の公式をあちこちで見かけるが、それは、美とは理念が実現されて対象となったものだ、という公式だ。（本書109ページ）
芸術の世界で幅を利《き》かせるこうした通念や公式にアランは強く異を挟《さしはさ》む。それは芸術制作の道行きを素直に追っているかに見えて、その実、まさしく美のなりたつ現場から目を逸《そ》らした俗流の解釈にすぎない、と。なにが問題なのか。
アランとて、「前もって考えられたこと」――芸術制作に先立つなんらかの「思い」――が存在しないというのではない。芸術家がなんらかの思いをもとに芸術制作へと赴くことは認める。が、その思いは、頭のなかにあるだけの段階ではなんとも頼りなく、はかなく、貧弱きわまりないものというのがアランの考えだ。作品が出来上がったところから作品以前の思いにさかのぼるとき、その思いは観念とか、理念とか、構想とか、計画とか、主題とかと呼ばれて、作品自体の堅固さや強靭さや奥の深さに見合うゆたかさをもつと思われがちだが、そんなことはまったくないとアランは言う。

作品の堅固さ、強靭さ、奥の深さは、道具を手にし、体を動かして作品を作り上げる実作行為のなかから生み出される作品独自の性質であって、制作以前の想念に備わるものではないというのだ。
制作以前に脳裡に浮かぶ想念を頼りないもの、はかないものとして脇に置く見かたの土台には、体を動かし、素材と格闘し、技《わざ》を磨き、道具を調整し、気息を整えて作品を生み出す実作行為こそが芸術の本領であるという、長年の思索に裏打ちされたゆるぎない芸術観が横たわっている。例はいくらでもあるが、たとえば、建築について述べた次の一節などにアランの芸術観の眼目とでもいうべきものを見てとることができる。

わたしたちは、形がそれ自体で美しいのではなく、ある種の闘いによって、また、観念のしるしではまったくない存在のしるしによって美しいのだ、ということを理解するよう心がけねばならない。型にはめて作った複製品は、ちっとも美しくない。形は打ち出され、削り出され、彫り出され、組立てられねばならない。

そうやって初めて、作業の対象であり、必然性に従って工作される素材が、精神の認める形を纏《まと》うに至るからだ。俗に、困難の克服の大変さが思われる、などといったいい草があり、それはその通りだが、重要なのは困難について語られるあれこれではない。芸術作品がわたしたちを喜ばせるのは、形が、困難な作業を経て目に見えるものとしてそこに具現されているからだ。わたしたちは変更された形をもよしとするのだが、それは、その形が自然だからだ。制作行為がつねに企《もくろ》みを凌駕《りょうが》していくような、そんな職人の勝利が、建築ほどはっきり示される領域はほかにない。（本書188ページ）

引用文の終わりのほうに「自然」ということばが出てくるが、芸術家の困難な実作行為を大きく自然とのかかわりという構図のもとにとらえるのが、実作行為の重視と並ぶ、アランの芸術観の際立つ特徴だ。西洋の近代思想においては、一般に自然を精神や理性や理念より一段低いものと見る傾向が強いが、それを承知の上でアランはあえて芸術を自然の近くに置こうとする。芸術は太古の昔から自然とのかかわりのなかで美を発見し、美を造形して今日《こんにち》に至っている。とすれば、芸術を論じるにも身を低くして作品と自然とのかかわりに目を凝らさねばならない。『芸術論20講』にはそういう構えがつらぬかれていた。

2

建築を主題とするのは12・13・14の3講だが、中間の13講では建築の一部門として庭園芸術が取り上げられる。庭作りは、記念建造物や家屋や駅舎や橋などに比べて、出来上がった形からしても自然とのつながりが強く感じられるものだから、それを論じる13講は、芸術論がそのまま自然論に変じるかと思えるほどに芸術と自然との関係に目が注がれる。『芸術の体系』では庭園芸術への言及はほとんどなく、それを思うと、芸術と自然との関係をくっきりと浮かび上がらせるために、あえてここにこの講が挿入されたかとも推測される。そのなかの一節、
花束と庭園を比べてみるとよい。花束は作品となるのに十分なほど物とはなっていない。そこには自然の法則が見てとれず、まとまりや配置が趣味的に決定さ

れる。たぶん、趣味はいかなる芸術の支えともならぬといわねばならない。

これにたいして、大庭園芸術は自然に服従することによって様式を守っている。第一に、サン=クルーの庭園を見ると分かるように、土地の形を尊重している。いや、見晴らし、坂道、曲がり角、階段、洞穴によって、土地の形がいっそうよく目に見えるようになっているとさえいえる。第二に、庭園は樹木に——ずっとそこにあり、貴重で、気むずかしく、手入れの大変な樹木に——服従する。庭園はまたすべての植物に従い、高さと日当たりを考えて植物を配置し、根がからまぬよう間隔を取る。対称と規則性、直線、曲線、感じのよい間隔、といった人間のしるしが見る者を喜ばせるが、それは自然そのもの、強制されない自然が作り出したものでもある。しあわせな服従という境地は、すべての芸術において容易に到達できるものではないが、庭園芸術ではほかの芸術よりも、しあわせな服従がどういうことか分かりやすい。イチイの木々を鳥や人の形に切ったりしたら、美しさは失われ、恣意的な装飾に堕してしまうのはだれでも感じることだからだ。

（本書198－199ページ）

冒頭で花束と庭園を対比し、花束は趣味がまかり通る領域だから芸術からは遠い、とするところがいかにもアランらしい。切り取られて束にされた花も自然といえば自然だが、芸術の相手とする自然はもっと頑固で、もっと御《ぎょ》しにくい自然でなければならないとアランは考える。そうでなければ、人間が自然に服従しつつ手を加えたその成果が「強制されない自然が作り出したもの」だといえようはずがない、と。「しあわせな服従」は、壊そうとして壊れない自然を前提にして初めてなりたつものであった。不壊《ふえ》の自然との格闘が、見かたを変えれば、自然との連携であり調和でもあることを説いたのが以下の一節だ。論は、庭師の仕事から都市の佇《たたず》まいへと及ぶ。

庭師は自然をまねるのではなく、自然に従う。自然が自分の作品と結びつくことを、自然が自分の作品の共犯者であり、自分の作品の源泉そのものであることを示す。工夫を凝らして階段や曲がり角や植え込みを配した庭園において、まさしく自然がすがたをあらわしているのだ。もちろん、人間もまたすがたをあらわしてはいるのだが。

都市は、わたしのいう服従する建築のもう一つの例となろう。人間のどんな作品も土地の形や川の曲線を都市ほど見事に示してはいない。坂道、屋根、壁、窓のどの一つを取っても、気候や季節を告げないものはない。都市は支配的な風向きと逆方向に動くといわれるが、煙にさからうこの動きさえも、気候の指示したものと思える。同じく、交通路や、多くの策を弄した商売や陳列の技術も、そのすべてが自然に服従し、同時に、自然に勝利している。屋台の店が美しい理由はそこにあるし、土地の色をした家が、人目を喜ばせる気などまったくないのに、わたしたちを喜ばせるのも同じことだ。（本書204ページ）
庭作りにおいても都市作りにおいても、目の前の自然やまわりの自然と調和を保ちつつ、一歩一歩美しく心地よい世界を作り上げていくところに芸術の芸術らしさがあるとアランは考えたのだった。

3

アランはすべての芸術について自然とのかかわりを浮かび上がらせようとする。同じく自然とのかかわりといっても、芸術のジャンルによって、相手とする自然の様相や、それとの格闘のしかたや調和の保ちかたに、大きな、また微妙なちがいがあって、自然とのかかわりを明らかにしていく論述は芸術ジャンルの特質を明らかにすることに直結している。
たとえば彫刻においては、自然とのかかわりが次のようなところに集中的にあらわれる。

素材とそこに見てとれる自然な形の尊重、木の節《ふし》や石の粒のような不揃《ふぞろ》いの尊重、切れ目や繊維や亀裂の尊重が、彫刻芸術の重要な部分をなすことが分かる。彫刻することは自分の望むものを彫るというより、物の望むものを彫ることだといえる。そこから、非人間的な素材と人間的な記号との親密な結合が生じるし、さらには、物が見事に記号を支え、物が記号と化すすばらしい出会いにたいする称賛が生じる。（本書232－233ページ）

『芸術論20講』の彫刻論においてアランが頭に思い浮かべているのはほとんどの場合、

大理石の彫像だが、右の引用文には「木の節《ふし》」ということばが出てくることから、アランがここでは木彫をも視野に入れて作品と自然とのかかわりを見ていこうとしているのが分かる。

庭師が相手とする自然が、その土地の気候風土や、地面の起伏、乾湿、水はけの具合、植生、等々であるのにたいして、彫刻家が主要に相手とする自然は、そこに鑿《のみ》を打ちこんで像を彫り出す大理石の塊《かたまり》ないしは木の塊である。だから、石の塊や木の塊にある砂粒や節《ふし》を尊重すること、そこに見てとれる模様や色の濃淡や光沢を尊重することが、自然に従い、自然と調和を保つことにほかならない。素材を思うがままに処理し利用して思い通りの形に仕上げる工法とは、対極をなす制作法といわねばならない。そこから、「彫刻することは自分の望むものを彫るというより、物の望むものを彫ることだ」という心に残る文言が出てくる。「非人間的な素材」たる石や木の塊と「人間的な記号」たる彫像の形とはそうした制作行為を経て親密に結合し、作品となってすがたをあらわす。作品とは物（石や木）が記号（像の形）を支えるすがたといってもいいし、物（石や木）が記号（像の形）と化したすがたであるといってもよい。彫刻における自然と作品とのかかわりを、アランはそんなふうにとらえたのだった。

自然とのかかわりの多様性と奥の深さをうかがうために、もう一つ、詩における自然と詩作の結びつきかたを見ておきたい。

いかにも詩人らしい詩人と、散文を韻律や脚韻の規則に合わせて整える人とを区別するなによりの基準は、詩人は観念から表現へと向かうのではなく、まったく逆に、表現から観念に向かうということだ。自分の思考に光を当て、抽象の次元で生まれた思考を具体の場に引き下ろすというねらいのもと、証拠や対比項やイメージをさがすのが詩人の仕事ではない。詩人はむしろ、フルートから音を出すように、自分のなかから音を引き出し、前もって音の詩句に、音の詩節に、予期される音の響きに耳を傾け、それに合わせて、自分のいまだ知らないことばを出現させようとする。詩人の待つことばは、何度かの拒否ののちに奇跡的にすがたをあらわし、音と意味の一致を作り出す。ここでは先頭を行くのは自然であり、意味よりも前に詩句の調和が存在することを理解しなければならない。（本書110－111ページ）

そもそも詩人が自然とかかわるという考えが、常識的に受け容れやすいものではない。大自然に分け入って清爽な空気のなかで詩作する、といったイメージならなんとか思い浮かぶが、アランはそんなところに話をもって行く気はまったくない。

詩人のかかわる自然は音の響きとしてあることばの世界だ。アランはそう考える。ことばは人間が社会のなかで作り出したものだから、その世界を自然だとするのは一見、奇異に思われかねないが、ここではアランは、ことばの要素たる意味と音を明確に区別し、詩においては音が格段に重きをなすことに注目して、そこに詩人と自然とのかかわりを見てとろうとする。詩人は観念から表現へ、思考からことばへ、意味から音へと向かうのではなく、さまざまな音が高く低く、強く弱く鳴り響く世界に——あたかも大自然に身を置くかのように——身を置き、おのれの心事にかなう詩句や詩章を編み出していく、とアランは考えるのだ。「フルートから音を出すように、自分のなかから音を引き出し」「自分のいまだ知らないことばを出現させようとする」のが詩人の営みだという。知的に研《と》ぎすまされた詩作行為も、音という自然を土台とし、自然に浸り、自然に従うところから立ち上がるのでなければならなかった。

4

アランは気候風土や山川草木を芸術にとっての自然ととらえるのみならず、素材として切り出されてきた石や木をも、また、ことばにおける音の響きをも自然ととらえたのだったが、さらに、人間の体をも自然として、しかも芸術にとって不可欠の、枢要な自然としてとらえる。『芸術論20講』は、総論めいた議論ののち、各論に移ってまずダンスを取り上げ、次いで音楽を、その次に詩を主題とするのだが、以上の三つが体を変化させる芸術だと定義されるところに、自然としての体の重要性が端的にあらわれている。

が、自然としての体との芸術のかかわりは、自然に従うというより、自然と格闘し、自然とせめぎ合うという面が大きくおもてに出てくる。

人が情念や情動や痙攣や現実的な想像力によってなすことは、当然ながら美しくない。叫びは歌ではないし、熱狂はダンスではないし、興奮は祭りではないし、

爪の引っかきは美しいデッサンではない。（本書32ページ）
「情念」「情動」「痙攣」「想像力」といった用語は、アランにあっては、精神ないし理性の具わった人間の体が自然のままに、いうならば無秩序に、無軌道に動くさまをいうことばだ。その動きから生まれるのは叫びであり、熱狂であり、興奮であり、爪の引っかきであって、それらは美しくない。が、その一方、叫びなくして歌はなく、熱狂なくしてダンスはなく、興奮なくして祭りはなく、爪の引っかきなくしてデッサンはない。自然のままの美しくないものはどのようにして形を整えられるのか。移行のさまを、アランは音楽に即してこう説明する。
想像力の――すなわち、情動と情念の――とりこになった人は、場合に応じて、うめき、叫び、うなり、あえぐ。ことばにはそうした雑音が数多く保存されてはいるが、それらはことばとは言いにくいし、歌ではない。音楽の音は叫びが統御《とうぎょ》されたものだ。統御された叫びとはどんなものか。自分をなぞる叫び、自分に耳を傾ける叫び、持続していく叫びである。全身の統御なくしてはそんな叫びは生まれない。痙攣や、感情の爆発や、喉《のど》のつかえのすべては、音を雑音につれもどす。だから、音楽の源には体の訓練があり、まさしくすべての情念の浄化がある。

（本書33ページ）

「情動」「情念」が――そして「想像力」もが――表現へと向かう体の昂《たか》ぶりを示すことばとして用いられていることをきちんと押さえておきたい。本書全体に通じる用語法だからだ。

体の昂ぶりは統御され抑制されねばならない。統御され抑制されて、叫びは自分をなぞり、自分に耳を傾け、持続していくものとなり、音楽的な音となる。そして、そのように昂ぶりを統御・抑制する行為が「体の訓練」と呼ばれ、「情念の浄化」と呼ばれる。体も、情念や情動や想像力も、解き放たれて自由に動きまわることが許されるものではなく、一定の秩序のもとに整えられねばならなかった。

そして、そのように体を訓練し、情念を浄化することは、それこそが芸術活動の本来のすがたであり、芸術的な美しさへとまっすぐ通じる道であった。そういう体の訓練や情念の浄化が、芸術家ならざる、ごく普通の人びとのあいだで自然におこなわれる例として、アランは祭りの場での人びとの動きを考える。祭りを芸術の一ジャンルととらえるとらえかたがすでにして独特だが、祭りに参加する人びとの外形と内面のありようを、情念の秩序立った交流という形でとらえるその視点は、それにもまして独自のものだといわねばならない。
祭りの本領は外へと向かう喜びにあるが、それはやがて内面の喜びになる。そして、対象によって内面が親しく統御されるというのが、おそらくは、すべての芸術の土台だといえよう。明らかなことは、儀式や行列にはことばぬきの雄弁の働きがあって、わたしたちの情動を呼びさますと同時に、情動を制御し、群衆を安定した、形の整った、秩序ある対象に変えるということだ。自分が自分にとって見世物となり、一人一人が全員に礼を尽くすことになる。……〔祭りという〕この巨大な生きた絵は、共通の情動に脅威を感じつつ、秩序に従って共同の場を生きようとする試みにほかならない。（本書58－59ページ）
浮き浮きと賑やかで騒がしいのが祭りだ。その場に身を置くだけで情動が呼びさまされる。が、それだけでなく、同時に、「情動を制御し、群衆を安定した、形の整った、秩序ある対象に変える」のが祭りだとアランはいう。たしかに、晴れ着を着、や気取って歩き、そういう自分を人に見せ、自分もまた人のそういうすがたを見て楽しむのが祭りだ。参加者は、だれに指示されるということもなく、賑わいに身をまかせつつ節度を守っている。アラン流にいえば、無意識のうちに「一人一人が全員に礼を尽くすことになる」。参加する人びとと祭りの場とのあいだにそのような関係がなりたつとき、祭りには人びとの体を訓練し、人びとの情念を浄化する力があるということができる。となれば、音楽を芸術の一ジャンルと呼ぶように、祭りを芸術の一ジャンルと呼ぶ呼びかたも根拠あるものと考えられよう。

5

しかし、音楽と祭りはちがう。二つを芸術という同一平面に置くことでかえってちがいが強く意識される。

ちがいを考える上で示唆に富むのが以下の一節だ。音楽の時間性に触れた鋭利かつ繊細な考察である。音楽の芸術的な価値がたぐり寄せられるとともに、時間のもつ人間的な意味を突きつけられる思いのする文章である。

現実の充実した時間の感覚が音楽なのだ。過去の時間の喚起がそれだけで美学をなすのかもしれない。わたしたちをなにもかもまとめて運んでいく、つまり、わたしたちとすべてのものをゆるぎない同一の運動によって運んでいく時間なるものは、偉大な対象である。「それは過去のことだ、もう過ぎ去ったことだ」といったことばにこめられた意味で、過去のことを、過去となる未来のことを思い浮かべてみてほしい。過去とはおそらく絶対の慰めである。時間のおかげでわたしたちは身を退《ひ》いてものごとをながめやることができるのであって、そのとき、自分の心配事や苦悩が対象に、たんなる対象になる。この大航海はやむことがなく、すべてを回復し、わたしたちを運んでいってくれるが、そこには解放の約束が、いや、約束以上のものがある。この持続的な運動が思い出の当たりを軽くしてくれる。絶望は過去に居坐《いすわ》ろうとするが、そうはいかない。過去を再考することと過去に別れを告げることは、人生の平衡そのものだ。それは、身を退きつつ自分を再発見することだ。思い出の歩みに密《ひそ》やかな崇高の感情がふくまれるのは、そのためだ。……音楽によってわたしたちが経験するのは、時間の流れがわたしたちをなだめてくれるということだ。そして、唯一の普遍的なこの時間によって、すべてのものが必然性をもってあらわれる。部分に分かれることなく緊密な統一を保つ必然性が、瞬間のつらなりを形成しつつあらわれる。（本書97－98ページ）

祭りにはない慰めとしての過去や、過去の再考と過去との訣別や、時間の流れの必然性が、音楽を充実した時間芸術たらしめる。音楽は過去へと押しやられることによって消えてなくなるのではない。記憶のなかにとどまり、影のごとき存在としていまとつながる。それが音楽の必然性というものだ。

そういう必然性に身を寄せることは、いつどこでも、だれにでもできることではない。それなりの訓練が必要だし、体と心の準備が必要だ。それがあって音楽の必然の流れに身を寄せるとき、情念が浄化されて心が軽やかになる。時間そのものにすでにしてそういう働きが具わっているといえるが、時間芸術としての音楽の存在によってそのことがはっきりと自覚され、喜びをもって感受される。時間に慰めの力があると信じられるかぎり、音楽は作られつづけ、聴かれつづけ、歌われつづけるといえよう。逆にいってもよい。音楽が作られ、聴かれ、歌われるかぎり、情念を浄化する時間はわたしたちの身近にありつづけるだろう、と。
音楽ほどに厳格な時間の形式をもつわけではないが、一定のリズムに乗って前へと進む詩にも時間の力が生きて働いている。

詩の動きはわたしたちを前へと押しやる。そこにわたしたちは時間の足取りを聞くが、それはけっしてとまることがなく、注意すべきことだが、急ぐことさえもない。わたしたちはすべての人間と物とを乗せた列車に再び乗せられ、普遍の法則のうちに帰っていき、すべての物のつながりと必然性を実感する。わたしたちは不幸を乗りこえ、不幸を後にし、否応なく新しい時間へと、不幸が過去のものとなった時間へと、送りこまれる。詩のなかにつねに慰めの響きが聞きとれるのはそのためだ。（本書105ページ）

詩では音とともに意味が時間に乗ってあらわれる。そして、あらわれた意味は時間の流れのなかで音とともに過去へと送りこまれる。音がいまにとどまることがないように、意味もいまにとどまらない。が、過去へと送りこまれた意味は消えてなくなるのではない。過去へと送りこまれた音が音の必然性によっていまの音とつながっているように、過去へと送りこまれた意味は意味の必然性によっていまの意味とつながっている。詩の進行が「すべての人間と物とを乗せた列車」にたとえられるのは、そこに意味のつながりがしっかりと保たれているからだ。音のつながりに合わせて、そういう意味のつながりをたどることが、詩を朗誦することであり、朗誦に耳を傾けることだ。

引用文の後半に「不幸」ということばが重ねてあらわれる。不幸こそが詩の――とりわけ叙事詩の――本質的なモチーフだとするアランの考えから出たもの言いだが、出来事を過去へと送りこみ、もって当たりの柔らかい澄明なイメージたらしめるという時間の浄化作用の働く対象として、不幸な出来事はまさしくお誂《あつら》え向きだといえよう。

6

音楽や詩が時間の芸術だとすれば、建築や彫刻や絵画は空間の芸術だ。

が、とはいっても、建築・彫刻と絵画とのあいだには空間との対しかたに大きなちがいがあって、建築・彫刻は三次元の物として作品が表現されるが、絵画は三次元の人や物が二次元の平面に移し変えて表現される。

二次元の平面に表現されたものを、アランは三次元の人や物とは区別して「あらわれ」と呼ぶ。三次元の人や物が二次元に移し変えられるとき、人や物は「あらわれ」とならざるをえない。逆にいえば、三次元の人や物を二次元に移し変える作業は、「あらわれ」を出現させる行為だ。

その「あらわれ」こそが絵画の本領だとアランは考える。

絵画の中心をなし真髄をなすのは、……最初のあらわれ、若いあらわれ、世界の誕生のような、いかなる知識も混じることなく、いかなる概念に導かれること

もないあらわれを探究し、再発見することだ。美しい肖像画にあるまなざしと表情がそれだ。（本書265ページ）
あらわれは新鮮で若くなければならない、とアランはいう。求められているのは、あらわれと向き合う画家の目のくもりのなさだ。それがむずかしい。絵の展覧会で、どこかで見たような絵だな、とか、いかにもありそうな情景だ、と思える絵が少なくないのが、むずかしさのなによりの証拠だ。
くもりなき目をもって向き合えば、あらわれはつねに新鮮で若いはずだ。見慣れたものでもおやっと思わず目を引かれることは、わたしたちが日常しばしば経験するところだが、そのとき、わたしたちは新鮮なあらわれを目の前にしている。そのようなあらわれの新鮮さのとりこになり、あらわれを画面に定着させるという忍耐強い作業のなかでその新鮮さを確かめようとするのが画家だといえようか。そして、画家のくもりなき目と絵筆を操《あやつ》る確かな技量のおかげで、絵の鑑賞者はときに「世界の誕生のような」あらわれに遭遇し、心をゆさぶられるという幸運に恵まれる。
引用文の末尾に、新鮮なあらわれの探究と再発見の例として「美しい肖像画にあるまなざしと表情」が挙げられていることに注意したい。肖像画のまなざしや表情に心引かれることは、たとえば美しい風景画に向き合うこととは位相の異なることだからだ。肖像画の名作の一つに、ハンス・ホルバインの「リチャード・サウスウェル卿の肖像」がある。落ち着いたそのまなざしと表情は、実生活ではめったに出会えないような清新な安らかさを具えているが、その落ち着きと安らかさはサウスウェル卿の人生経験の深さや人格の厚みと切り離せない。アランのいうあらわれの新鮮さは、時間の蓄積や人間的成熟を内にふくんであらわれ出る新鮮さでもあるのだ。

絵と色とは切り離せない。あらわれの新鮮さと色の美しさとはいわば一体となって画面から放射される。

美しい絵画作品の第一の特徴は色が画面に調和と均衡を保って美しく配置されていることだ、というのは画家のしばしば認めるところだ。たしかにそうで、そういう絵は逆《さか》さにしても美しいし、画家がなにを描こうとしたかまったく分からなくても美しい。描かれた図像が、風景であれ肖像であれ、美しいという最初の感情を鍛え上げていくのは明らかだし、その感情を抹殺することがないのも明らかだ。色の登場は、最高の感情が生動するような、健康で明朗な情動をただちに作り出す。そして、精神にとってはまずは混沌だが、生きた感性にとってはすでに秩序立っている色の複合から、なにかが奇跡的に誕生し、見るたびごとに目の前で誕生がくりかえされる。(本書268ページ)
ここにも「誕生」ということばが出てくるが、絵を絵具の塗りつけられた色の平面と見れば、どの作品も色の配置に工夫を凝らした新しい絵の誕生だということができよう。それを、色のあらわれと呼ぶなら、作品が出来上がるたびに現実の出来事として新しい絵のあらわれが誕生しているということができる。
が、見る側が、事実としてある色のあらわれの新しい誕生を、事実そのままの新しさで受けとめるのはむずかしい。色相や色の明度・彩度や色の配置のしかたの新しさは分かるし、実際に新しさの一つ一つを目で見て確認することもできるが、その新しさがいうならば体全体に行きわたる感覚として新しい誕生と感じられることは、めったにあることではない。絵を描くという行為を通じていま初めて誕生したあらわれの新鮮さに向き合うことは、画家にとってけっして易しいことではなかろうが、見る側にとっても絵に定着されたあらわれを掛値なしに新しいものとして受けとめることは容易なことではない。

アランの絵画論は、容易につかめぬあらわれの新鮮さに向かって広く深く思索をめぐらそうとするものであった。

7

最終20講で、アランは改めて芸術家とはなにかを問い、芸術家を古代ギリシャの巫女《みこ》（ピュティア）に見立てている。

大自然の山川草木や気候風土にたいし、あるいは、自然から切り出されてきた素材としての物にたいし、また、身近な自然たる自他の体のありさまや動きにたいし、全身の感覚と動きでもって感応する芸術家は、神霊ないし精霊と直接に接触し、交信・交流し、得られた神託を人びとに知らせる巫女になぞらえられるような存在だというのだ。体の昂《たか》ぶりを抑え、混濁する情念を浄化するのが芸術だ、とはアランのくりかえし説くところだが、巫女に近い芸術家は、その一方、体の昂ぶりも情念の混濁も並外れて強く感受する存在でなければならなかった。芸術家の感受性のありようをアランはこう説明する。

芸術家の仕事は、萌芽状態の観念に気づき、それを慎重に――体が万物との交流のなかで応答する、この神秘の仕事を理性が乱すことのないよう十分注意して――解き放つことにある。そして、各人は自分のもっともよく知る芸術を基準に仕事の成否を判断するのがよい。……体と自然との結びつきが見えたとき、仕事がどう霊感と結びついているか、仕事がどう霊感を準備し誘発するかが理解されるし、また、なしたことを軽々しく抹消しないのがどうしてすぐれた技術なのか、自分へのあふれる寛大さがどうして不屈の厳しさと調和するのかが理解される。自分にたいする英雄的で勇敢な信頼と、自分だけにたいして抱く期待。それを身に着けている芸術家はこの世で唯一の楽天家といえる。一瞬ごとにあたえられる褒美《ほうび》が、他人には見えないが、芸術家を支える力となる。この長い道のりを経て、かれは、思考の無限の源たる、表現不可能な、無尽蔵の観念を、対象という形で見出すことになる。そして、対象となったこの観念が新たに神託となり、魂を映す鏡となり、わたしたちの情念に応答するものとなる。一篇の美しい詩、一枚の美しい肖像画とは、そうしたものだ。（本書314－315ページ）
大自然との交感があり、作り上げられつつある作品との交感があり、作り出していく自分の体との交感がある。それが芸術制作の現場の状況であり、そこで外なる自然にも内なる自然にも信頼を置くのが芸術家であり、そのかぎりでかれは類稀《たぐいまれ》な楽天家であるという。20回にわたって芸術と芸術家について語ってきて、アランはやはり芸術家をしあわせな人と考えざるをえなかった。しかも、そのしあわせは芸術家だけが所有するものではない。作品を通じて芸術の世界へと入りこむすべての人びとに頒《わか》たれる。芸術を論じるアランその人も、むろん、しあわせに与《あずか》った一人だった。『芸術論20講』は次のことばで締めくくられる。
かれ〔芸術家〕は言う。「わたしはわたしのままだ。自分を表現はするだろうが、さもなければ、なにも表現しない。だれかを羨《うらや》むことはない」。芸術家はその天職そのものからして不朽の存在である。そのことからして、いま一度、芸術と美しい作品の高い価値を理解できる。この価値は人を屈服させるのではなく、高みへと引き上げる。この称賛すべき不平等は、ただちに平等を作り出す。すべての人間のうちに人間を呼びさますからだ。称賛することは対等になることだと言われてきた。わたしの講義がこの美しい格言を分かりやすく説明できているとすれば、とてもうれしい。（本書322ページ）
芸術について語る喜びとしあわせは、思えば、十数年前に書かれた『芸術の体系』にもその全篇に流れていた。『芸術の体系』が第一次大戦に従軍するなかで書き継がれたことを思うと、兵士アランは身近な戦場の不幸に耐えるべく、しあわせな芸術の世界を身近に引き寄せようとしたといえるかもしれない。
『芸術論20講』は不幸への抵抗を発条《ばね》とする書物ではない。しかし、芸術を講じるとなると、アランには、すぐれた作品の高みに昇っていく精神の昂揚が実感され、そこには人間としての喜びがあり、しあわせがあった。ダンス、音楽、詩から彫刻、絵画、デッサンに至るまで、その喜びとしあわせはすべての人に開かれているというのがアランの変わらぬ確信だった。

アラン年譜

一八六八年
三月三日、ノルマンディー地方の小さな町モルターニュ＝オ＝ペルシュに生まれる。本名はエミール＝オーギュスト・シャルティエ。父は農業と獣医を兼業する大読書家。母はノルマンディー地方の古い名家の出身。エミールには四歳年長の姉がいた。
一八八一年　一三歳
アランソンの公立高等中学校（リセ）に特別給費生として入学。在学中、ホメロス、プラトン、デカルト、バルザック、スタンダール等を読む。
一八八六年　一八歳
パリのヴァンヴ公立高等中学校（のちのミシュレ公立高等中学校）に転学。
一八八九年　二一歳
エコール・ノルマル・シューペリユール（パリ）の入試に合格。哲学を専攻。
一八九二年　二四歳
哲学教授資格試験に合格。ブルターニュ地方の小さな町ポンティヴィの公立高等中学校に赴任。
一八九三年　二五歳
ブルターニュ地方の都市ロリアンの公立高等中学校に転任。教師生活を送るかたわら、「ロリアン新聞」の熱心な寄稿者となり、ラディカルな政治評を書く。社会主義者ジャン・ジョレスの「民衆大学」の運動に協力する。
一九〇〇年　三二歳
ノルマンディー地方の都市ルーアンの公立高等中学校に転任。ルーアンでの「民衆大学」の活動を通じて、マリー・モール=ランブランと知り合い、以後四十数年にわたる親交が続く。彼女は師範学校初等中等学級の理科の教師だった。
一九〇一年　三三歳
最初の著書『スピノザ』を刊行。
一九〇三年　三五歳
パリのコンドルセ公立高等中学校に転任。「ルーアン新聞」で、「プロポ」（言いたいこと）と題する短文の連載（週一回）を始める。
一九〇六年　三八歳
母校のミシュレ公立高等中学校に転任、哲学クラスを担当。
一九〇八年　四〇歳
『アランのプロポ一〇一篇』第一集を刊行。以後、一九一四年までに二、三、四集を刊行。

一九〇九年　四一歳
パリのアンリ四世高等中学校に転任。
一九一四年　四六歳
第一次世界大戦勃発。志願兵として対独戦の前線に立つ決意を固め、志願を届け出る。重砲第三連隊に配属される。
一九一五年　四七歳
『非戦闘員のためのプロポ二一篇』を刊行。
一九一七年　四九歳
気象観測隊に配置転換。『芸術の体系』の原稿を書く。一〇月一四日除隊。アンリ四世校に復帰。『精神と情念に関する八一章』を刊行。
一九二〇年　五二歳
『芸術の体系』を刊行。
一九二一年　五三歳
『マルス——裁かれた戦争』を刊行。
一九二三年　五五歳
『美についてのプロポ』を刊行。
一九二五年　五七歳
『幸福論』を刊行。
一九二七年　五九歳
『デカルト論』『思想と年齢』『音楽家訪問』を刊行。
一九二九年　六一歳
『ポール・ヴァレリー詩集《魅惑》注釈』を刊行。
一九三一年　六三歳
『海辺の対話』『芸術論20講』を刊行。

一九三三年　六五歳
アンリ四世校を停年退職。『文学についてのプロポ』を刊行。
一九三四年　六六歳
『神々』『政治についてのプロポ』を刊行。
一九三五年　六七歳
『バルザックを読みつつ』（のちに『バルザックとともに』と改題）『スタンダール』『経済についてのプロポ』を刊行。
一九三六年　六八歳
『わが思索のあと』を刊行。
一九三七年　六九歳
『大戦の思い出』『彫刻家との対話』『精神の季節』を刊行。
一九三八年　七〇歳
『宗教についてのプロポ』を刊行。
一九四一年　七三歳
マリー・モール＝ランブラン死去。
一九四五年　七七歳
青年時代に詩を捧げたガブリエル・ランドルミと二月に再会し、一二月に結婚。『心の冒険』『ディケンズを読みつつ』を刊行。
一九五一年　八三歳
文学国民大賞を自宅で受賞。六月二日、パリ西郊ヴェジネの自宅で死去。六月六日、パリのペール＝ラシェーズ墓地に埋葬。

訳者あとがき

本書は、
Alain, Vingt leçons sur les beaux-arts, 1931
の全訳である。底本としたのは、プレイヤード版のアラン著作集『芸術と神々』(471-614ページ)である。わたしとしては、二〇〇八年に同じ光文社古典新訳文庫で『芸術の体系』を訳出・刊行したのに引きつづくアランとのつき合いとなった。
訳すきっかけは、もう十五年以上も続く研究会「美学の会」で『芸術の体系』をテキストにしたことにある。十数人の男女が集まって月に一回、文庫本を十五ページくらいを読みすすみ議論するのだが、そこで何度となくアランの分かりにくさが話題となった。分かりにくいところになんとか理解の道筋をつけるのは研究会の基本だから、そこのところで議論は盛り上がるのだが、意見のぶつかり合いがアランの芸術観の斬新さと奥深さを思い知らせる場面に何度か出会って、改めて自分のアラン理解の程を内省することになった。

内省の途上でくりかえし『芸術の体系』のフランス語原文に還っていく。合わせて『芸術論20講』の関連箇所にも目を通すと、そこから新しい光が射してきて、分かりにくさを解きほぐす道が開けてくる思いがする。同時に、『芸術論20講』の論述の堅固さ、切れ味のよさにアランの思考の強靭さが改めて強く印象づけられる。そんなこんなで、この本の翻訳に取り組むことは、自分のアラン理解を深める上でも有意義なことに思われたのだった。

翻訳は、『芸術の体系』の場合と同様、すらすらと進むものではなかったが、アランの議論は細部まで楽しむことができた。

翻訳に当たって、改行箇所を大幅にふやした。たぶん、原文の倍くらいになっていると思う。このあたりで、息をつくのがよかろうと思ってのことだ。

これまでの日本語訳としては、市原豊太・吉川逸治共訳、矢内原伊作・安藤元雄共訳、安藤元雄訳の三冊がある。わたしの翻訳では三つ目の安藤元雄訳『芸術についての二十講』（白水社・アラン著作集5）を参照し、教えられるところが多かった。
本がなるに当たっては、光文社翻訳編集部の中町俊伸さんのお世話になった。『芸術の体系』の翻訳に際しては中町さんとダンスについて話すことが多かったが、今回は建築についてことばを交わすことが多かったように思う。編集作業のご苦労に感謝する。

長谷川宏

二〇一四年十二月一日

kobunsha classics
光文社古典新訳文庫

芸術論《げいじゅつろん》20講《こう》

著者　アラン
訳者　長谷川《はせがわ》 宏《ひろし》

2015年1月20日　初版第1刷発行
2023年11月30日　第3刷発行

発行者　三宅貴久
印刷　大日本印刷
製本　大日本印刷

発行所　株式会社光文社
〒112-8011東京都文京区音羽1-16-6
電話　03（5395）8162（編集部）
03（5395）8116（書籍販売部）
03（5395）8125（業務部）
www.kobunsha.com

ISBN978-4-334-75304-7 Printed in Japan

いま、息をしている言葉で、もういちど古典を

長い年月をかけて世界中で読み継がれてきたのが古典です。奥の深い味わいある作品ばかりがそろっており、この「古典の森」に分け入ることは人生のもっとも大きな喜びであることに異論のある人はいないはずです。しかしながら、こんなに豊饒で魅力に満ちた古典を、なぜわたしたちはこれほどまで疎んじてきたのでしょうか。

ひとつには古臭い教養主義からの逃走だったのかもしれません。真面目に文学や思想を論じることは、ある種の権威化であるという思いから、その呪縛から逃れるために、教養そのものを否定しすぎてしまったのではないでしょうか。

いま、時代は大きな転換期を迎えています。まれに見るスピードで歴史が動いていくのを多くの人々が実感していると思います。

こんな時わたしたちを支え、導いてくれるものが古典なのです。「いま、息をしている言葉で」——光文社の古典新訳文庫は、さまよえる現代人の心の奥底まで届くような言葉で、古典を現代に蘇らせることを意図して創刊されました。気取らず、自由に、心の赴くままに、気軽に手に取って楽しめる古典作品を、新訳という光のもとに読者に届けていくこと。それがこの文庫の使命だとわたしたちは考えています。

このシリーズについてのご意見、ご感想、ご要望をハガキ、手紙、メール等で翻訳編集部までお寄せください。今後の企画の参考にさせていただきます。
メール　info@kotensinyaku.jp

光文社古典新訳文庫　好評既刊

芸術の体系
アラン
長谷川 宏 訳
ダンスから絵画、音楽、建築、散文まで。第一次世界大戦に従軍したアランが、戦火の合い間に熱意と愛情をこめて芸術を考察し、のびのびと書き綴った芸術論。

饗宴
プラトン
中澤 務 訳
悲劇詩人アガトンの優勝を祝う飲み会に集まったソクラテスほか6人の才人たちが、即席でエロスを賛美する演説を披瀝しあう。プラトン哲学の神髄であるイデア論の思想が論じられる対話篇。

善悪の彼岸
ニーチェ
中山 元 訳
西洋の近代哲学の限界を示し、新しい哲学の営みの道を拓こうとした、ニーチェ渾身の書。アフォリズムで書かれたその思想を、肉声が音楽のように響いてくる画期的新訳で！

道徳の系譜学
ニーチェ
中山 元 訳
『善悪の彼岸』の結論を引き継ぎながら、新しい道徳と新しい価値の可能性を探る本書によって、ニーチェの思想は現代と共鳴する。ニーチェがはじめて理解できる決定訳！

ツァラトゥストラ(上・下)
ニーチェ
丘沢 静也 訳
「人類への最大の贈り物」「ドイツ語で書かれた最も深い作品」とニーチェが自負する永遠の問題作。これまでのイメージをまったく覆す、軽やかでカジュアルな衝撃の新訳。

光文社古典新訳文庫　好評既刊

経済学・哲学草稿
マルクス
長谷川　宏　訳
経済学と哲学の交叉点に身を置き、社会の現実に鋭くせまろうとした青年マルクス。のちの『資本論』に結実する新しい思想を打ち立て、思想家マルクスの誕生となった記念碑的著作。

存在と時間（全8巻）
ハイデガー
中山　元　訳
「存在（ある）」とは何を意味するのか？　刊行以来、哲学の領域を超えてさまざまな分野に影響を与え続ける20世紀最大の書物。定評ある訳文と詳細な解説で攻略する！（全8巻）

市民政府論
ロック
角田　安正　訳
「私たちの生命・自由・財産はいま、守られているだろうか？」近代市民社会の成立の礎となった本書は、自由、民主主義を根源的に考えるうえで今こそ必読の書である。

自由論
新たな訳による決定版
ミル
斉藤　悦則　訳
個人の自由、言論の自由とは何か？　本当の「自由」とは？　21世紀の今こそ読まれるべき、もっともアクチュアルな書。徹底的に分かりやすい訳文の決定版。（解説・仲正昌樹）

人口論
マルサス
斉藤　悦則　訳
「人口の増加は常に食糧の増加を上回る」。デフレ、少子高齢化、貧困・格差の正体が人口から見えてくる。二十一世紀にこそ読まれるべき重要古典を明快な新訳で。（解説・的場昭弘）